きみと手をつないで

崎谷はるひ

幻冬舎ルチル文庫

CONTENTS ✦目次✦

✦カバーデザイン＝齋藤陽子（CoCo.Design）
✦ブックデザイン＝まるか工房

イラスト・緒田涼歌✦

きみと手をつないで

総武横須賀線の車窓の光景は、横浜をすぎ戸塚を超えたあたりから、唐突に緑の量が多くなる。品川や川崎あたりの、いかにもコンビナート地帯、といったグレーな町並みを眺めていた目には、その清々《すがすが》しく深い緑がどこかしら奇妙にも思えるほどだ。

山の中腹からにょっきりとその上半身を現す大船観音の大きさは驚きで、またその周囲に鉄道の高架と電線が張り巡らされている情景は、けっこうシュールだ。

白いふくよかな観音を尻目に進めば、時代をいきなり数十年逆行したような、緑深い山間《やまあい》の町並みが、車体を挟んで流れていく。

「観光気分だなあ」

まだ夏の名残《なごり》が強いこの時期には、陽《ひ》に照らされた緑もひどく眩《まぶ》しい。呟《つぶや》いて目を細め、兵藤《ひょうどう》香澄《かずみ》は高い鼻梁《びりょう》に引っかけた、オレンジイエローのサングラスをちょいとずらした。

しかし、いつまでものんびりとうつくしい光景を眺めているわけにもいかないのは、目的地が近づいたことを知らせる車内アナウンスのせいだ。

『次は、鎌倉――鎌倉です。お忘れ物のないようにご注意ください』

どうして電車のアナウンスというのは、どこも変わらず平板なイントネーションなのだろう。どうでもいいことを考えつつ、香澄はわらわらと出口へ向かうひとの列に混じった。

そして鎌倉駅へ降りた瞬間、たどり着くまでの閑静な印象を裏切る予想外のひとごみにぎょっとなった経験は、誰しもあるだろう。平日の昼下がりだというのに、うじゃうじゃと駅周辺をたむろする学生の群れに、香澄も啞然《あぜん》として足を止める。

「はいそこ、次に行くから！　点呼して！」

江ノ電に続く通路をすぎる間にも、引率の先生が疲れた顔で声を張りあげている。スポーツバッグを小脇《こわき》に、体育座りで整列する光景などずいぶんとひさしぶりで、香澄の頰《ほお》にはかすかな笑みが浮かんだ。

（ああ、修学旅行か）

いまどきの修学旅行と言えば本来の目的を見失い、スキーだテーマパークだ、海外リゾートだという派手なものも増えたようだが、体験学習の一環としての目的地に、この町を取り入れる学校はまだまだ多いようだ。

古都として名高いこの町は、名所名刹《めいさつ》がいまだ古式ゆかしい風情とともにたくさん残されている。しかし若い彼らは、歴史の証人たちを直《じか》に拝察し、そこからなにかを学ぶと言うよりも、集団行動での旅行に浮き足立っているだけなのだろう。教師の言うことなどどこ吹く風で、めいめいに手にしたマップを手に、きゃっきゃと騒いでいる。

「っとっと、眺めてる暇はねえっての」

微笑《ほほえ》ましく懐かしい姿に見惚《みと》れている場合ではない。呟いた香澄が大振りな旅行用のバッグを肩に担いで歩きだすと、制服姿の中学生が数人、香澄のいるほうへと走ってきた。

「ばか、急げよ！」

「なんだよ、おまえがいまになって鳩《はと》サブレストラップ、どうしても買うって言うから！」

「なに言ってんだよ、『鳩三郎《はときぶろう》』は押さえなきゃだろ、マストアイテムだろっ」

電車に乗り遅れそうになったのだろう、言い争いつつ荷物袋を抱えている。

改札前ですれ違う瞬間、急いでいるらしい彼らに道をゆずろうか、と香澄はアイコンタクトをしたつもりだったのだが——。

「ひっ」

派手な色ガラス越しに視線をあわせた少年は、びくりと顔を引きつらせ、香澄の横を迂回《うかい》した。つられたように、あとからの数人も同じようなリアクションで足を速め、列をなして左右にざあっと分かれてしまう。

そのさまは、かの映画『十戒』で有名な、海を割るシーンのように見事なものだ。

「……失敬な。俺はモーゼか」

せっかくの気遣いはあまり、伝わらなかったようである。

思わずぼやいた香澄だったが、同時にしかたないかと思う。

なにしろ、香澄は一九〇センチ近い長身だ。長い手足には本格的なスポーツでもやっていたような見事な筋肉がついている。おまけに日本人離れして高い鼻も、肉厚の唇《くちびる》も、鋭角的できつい造りなのだ。顔立ちは整っているけれども、それだけに迫力がある。

サングラスを外すと、澄んだ明るい色のひとなつっこい目が見えるけれど、力強く筆で描いたような眉《まゆ》に、切れ長の目の二重のラインがやはり、鋭い印象を与えてしまう。

同僚たちに顔をしかめられる、わざと不揃《ふぞろ》いにした長髪は金に近いような明るい茶色だ。量が多いくせっ毛は、黒いままではなんだか野暮ったく、短くすると奇妙に跳ねてしまう。

若さに見合ったそれなりのファッションセンスを持つ香澄としては、そんなみっともない髪型をしたくはなかった。結局、きつめで野性的な顔にいちばん似合うとなれば、この派手な頭しかないもので、マイナス方向での選択の末の金髪、というわけだった。

そんなルックスにくわえ、渋谷か新宿あたりのやばい街角に似つかわしいような派手なアロハシャツに、エッジのきついサングラスを引っかけているというファッションなのだ。ビビッドな服を着るのも、同じ理由だ。どうあっても香澄のルックスにトラッドファッションは似合わないためだが、田舎の中学生には充分、やくざ者に見えることだろう。

仕事の同僚であるベテランのおばちゃん連中には、ミーティングや会合のたび、『髪を切れ』とたしなめられるが、口調はけっして冷たいものではない。

——まったく、あんたはそれで損してるのに。

いい子なんだから、年寄り受けの悪い格好を、わざわざなんでするのかと、皺《しわ》のある手に髪をつかれるのも、いやな気分ではなかった。

「ま、いーけどね。誰にどう見られたところで」

なんのかんの言われても、最終的に仕事の実力さえ認めさせればいいのだろうという、青いような反抗心も多少自覚している。見た目で誤解を受けるのも、慣れていればどうということもない。うそぶいて、大振りなバッグを担ぎ直した香澄は、気分を変えるように呟いた。

「今度はどんな家かなあ」

香澄の職業は、ハウスキーパー。所属する派遣会社『川本《かわもと》家政婦サービス』は、大正の昔に創設された歴史ある団体で、かつての名称は『川本家政婦協会』。東京から千葉、神奈川などの近県を派遣エリアとし、設立当時には華族や旧家への出向がほとんどだったという、由緒正しい家政婦派遣団体だ。

時代は移ろい、ニーズにあわせて一般家庭へも出向するようにはなったが、あくまで紹介者がいなければ仕事をしない、身元確認をしてからしか派遣も行わないという、ある種お高い仕事ぶりで知られている。

（まあ、値段のほうもお高いですけどね）

とくに香澄は住みこみ専門なので、その料金は相当額になる。一般家庭といったところで、しょせんはセレブ御用達《ごようたし》、というわけだ。

「さあて。今回のセレブさまの家はどっちだ……」

駅のロータリー前、ファックスで届いた荒い地図を広げ、方向を照らしあわせた香澄は、鶴岡八幡宮へと続く若宮大路へと向かうことにした。地図上の直線ルートでは、駅前商店街である小町通りを抜けたほうが早いように思えるのだが、土産《みやげ》物屋のひしめきあうそこは、ちょいと覗《のぞ》いただけでうんざりするほどのひとの群れだったのだ。

「段葛《だんかずら》抜けたほうが、まだ早いだろ」

基本的に駅前近辺の道は直線で構成されているらしい、と近隣の地図を眺めての判断だった。若宮大路の道路沿いも小町通りと似たようなひとだかりだが、八幡宮前の参道、段葛があるだけ歩きやすくはある。

道々、辻《つじ》に立つたび方向を確認して小径《こみち》に逸《そ》れると、とたんに驚くほどにひとの姿が消えた。数人、旅行者らしいグループや、呼びこみをかける人力車は見かけるものの、住宅街に入ると静かなものだ。

(きれいな町だな。ゴミが少ない)

舗装された道路や家の前もゴミや落ち葉などはあまり見あたらない。品のよさそうな老女や、犬を連れた主婦が散歩している姿を見ると、その町の人種が基本的に潤沢な生活を送っていることがよくわかる。

小さな鳥居とカーブミラーが同居している、道路沿いの林から曲がって、どんどん奥に進む。勾配《こうばい》が次第にきつくなり、残暑も厳しい午後の陽気も相まって、香澄の若い頬にうっすらと汗が滲《にじ》んだ。

そうして、ふっとまた道が暗くなったのは、二十分ほども歩いたころだろうか。

「うあ、なんかいきなり山道って感じ」

呟いた香澄は、のびやかな山並みの見える小径で足を止めた。ずいぶんと酸素が濃い。舗装されてはいるが、だらだらと続く坂道を歩いていたせいで、かすかにあがった息を吐き、また吸いこむと、肺のなかが清涼な空気に満たされた。

「ここだな」

周囲を木々に囲まれた、谷戸《やと》と呼ばれる丘陵のゆるい谷あいに、目指す家はあった。古めかしい門扉の脇に、番地のプレートがはまっているのを何度も確認する。

「しっかし、どうせペンネーム使うんだから表札くらい出したっていいだろうに」

今回の雇い主は、ホラーミステリーのベストセラー作家だ。

作風にあっているというのか、いまどきめずらしいほどの秘密主義で、本名のほうでさえもどこにも名前を出したくないらしく、表札も掲げていないとは聞いていた。

少しばかり緊張しながら、一枚板の門には似合わない最新式のインターフォンを押した香澄は、少しばかり呆《あき》れるような気分でいた。

ぐるりと見まわしても、穏やかで古めかしい住宅街だ。寂れた印象こそないがとにかく静かで、ここに来るまでも細い路地が入り組み、観光客はおろか住人すらもさほど見かけない。

香澄も地図を片手に確認しいしいここまで来たのだ。住所もわからないファンが当てずっぽうで押しかけるなどというのは、地理的に不可能に近いと思うのだが。

（まあ、個人情報がどうってより、神経質なんだろうなあ。掃除とかうるさそう）

散漫に考えつつ、香澄はまずはその門扉の大きさと、塀の続いた距離をざっと目測で計る。そして、これはひとりで掃除するのはかなり大変かもしれないと吐息した。塀の長さと奥行きから考えて、敷地は大体二百坪はありそうだ。

（さて、どんなもんだか。この間までが、環境よすぎたからなあ）

前の勤めさきは、気のいいおばあちゃんのひとり暮らしだった。足が少し悪かったけれど、じつは昔、名のある女優だったそうで、ひっそりとした隠退生活を送っていた。

華やかな美人であっただろうことを想像させる彼女は、若い香澄ともよく話があった。

結局、足が悪化してひとりでは立てなくなり、息子夫婦の家の近くで治療を行うことになったけれど、元気でいてくれればいいと思う。

「返事遅えなあ……むつかしいおっちゃんだったら、ちょっとやりにくいかな。作家先生ってのは、はじめてだしなあ」

長く返答のない間、じりじりと木漏《こも》れ日に頭を焼かれつつ呟く。とにかくこの家のなかのことはいっさい他言無用と念を押されているだけに、最初は慎重にいかねばと思う。

この依頼を受けてから今日まで、何度も読み直した『顧客データ』の内容を、香澄はぼんやりと思い返した。

由緒正しい川本家政婦サービスは、契約成立までにいくつものコネを使わねばならないほどに顧客審査が厳しい。むろん雇われる側も、本来資格のいらない家政婦業ながら、研修を受けるしテストもある、なんらかのコトが起きた場合は罰金制という決まりもある。

またそれだけに、事情の多い家柄や、有名人などは、安心して家のなかのことを頼めるというわけでもある。

このたびはことに、近年の依頼のなかでもトップ中のトップの極秘扱い、ということだった。そして特例と言われるこの仕事を引き受けるには、香澄自身、やや引っかかるものがあった。

「神堂風威《しんどうふうい》先生、かあ」

世紀末をまたいだ数年は、なぜか怪奇ものやトンデモ本が流行《はや》るという。ごたぶんに漏れず、このミレニアム以後の出版、エンターテインメント界隈《かいわい》では、安定したホラーブームが続いている。映画化などで当たれば、ハリウッドへのリメイク進出もあり得るというのが定番になったのも、ジャンルのヒットの要因として大きいのだろう。

そんなホラーミステリージャンルのなかでも、もっとも安定した人気を誇る作家のひとりと言われているのが、神堂風威だ。

映画化された著作により一躍有名になった作家だが、デビューからの著作歴以外年齢、出身ほか、すべてのプロフィールがいっさい明かされていない。

また、職業作家としていまどきにはめずらしいことに、雑誌、エッセイ、インタビューなどはいっさい引き受けず、専属である大手の出版社、白鳳《はくほう》書房でのみ作品を発表。短編であれ長編であれ書き下ろしの単行本のみを、年に多くて二回程度しか上梓《じょうし》しない。

おまけに、仲井貴宏《なかいたかひろ》という白鳳書房の担当編集以外は、誰ひとりとして連絡さきを知るものさえないいため、全体に彼の姿は謎《なぞ》に包まれたままである。

おかげで同業各社は躍起になって、仲井担当にあの手この手で迫って神堂の連絡さきを訊いてくるらしい。だが、温厚かつスマート、そしてエリートでハンサムなその担当は、一度としてそれらの思惑に籠絡《ろうらく》されたことはないのだそうだ。

——先生は繊細なかただ。これ以上のキャパシティは無理とのことで、わたくしがいっさいの権限を引き受けています。

そうきっぱり切り捨てられ、涙を飲んだ連中は数知れず。三十代前半にして白鳳書房編集部のホラー部門を仕切っていると言われる仲井は、やり手すぎて敵を作るとよく囁《ささや》かれる仕事ぶりでもって、神堂の情報をいっさいシャットアウトしていた。

そんなわけで現状、彼のプライベートを知るものは、ごく数人しかない。前述の仲井と一部親族、そして、神堂の自宅で身の回りの世話をする、家政婦のみだ。

しかし、神堂が頼みとしていた、この十年、一度もその役を降りることのなかったベテラン家政婦である押尾《おしお》しずえが、年齢による引退を決めた。

老齢による足腰の弱りに、さすがに限界を覚えた彼女が、息子夫婦のもとへ引っ越すことになったからだ。

（押尾さんの後継って、けっこうきついんだけど……）

彼女がトッププロだったというだけでなく、昔気質《かたぎ》のひとだっただけに、香澄はかなり不安だ。神堂に関しての『秘密厳守』は徹底されており、本来ならば業務引き継ぎの報告書等に記載しなければならないような事項でも、ほとんどが香澄には伝わっていなかった。

また、押尾をかなり気に入っていた雇用主が、簡単に後継の話に乗らなかった。幾人かの候補をあげては却下され、前の契約が切れる香澄に話が回るまで相当こじれたのだそうだ。

本来ならば押尾と入れ違いにして、相手の不自由がないようにするべきところであるのに、二週間近い空白期間があったのもそのせいであるらしい。

（問題はそれだけじゃねえしな。家族構成も、雇い主の年齢も伏せられちゃうと、正直やりにくくてしかたないんだけど）

本部にも、後継の自分が知る権利はあるだろうと言ったものの、契約上の問題があって告げられないの一点張りだった。唯一教えられたのは、男性だということだけ。だから男の香澄でも問題はないと、そればかり。

とはいえ、実際この手の仕事は、報告書に書けないできごとも多い。いやな思いをすることも、ないわけではない。ことに、依頼に際してあれこれ条件をつけてくる家庭では、おおむね、わけありなトラブルを抱えていることも多いのだ。

条件を聞いただけで、この神堂家——といっていいのだろうか、ペンネームなのに——に関しての仕事は面倒も多そうだなあ、と思うには思ったのだが。

「でもなー、海、近かったんだよなあ……」

うっかりふたつ返事で引き受けてしまったのは、ちょうど香澄が契約終了でフリーだったというだけではなく、ここが海の近い鎌倉だったからだ。

香澄の趣味はサーフィンで、ここ数年入れこんでいるものの、暇がなくてなかなか波乗りもできないでいた。だから趣味に最適な地への出向に、思わず心が動いたのだ。

(公私混同はまずいっつーのはわかってっけどさ)

この安易な理由はいかがなものかと、ちょっとばかり香澄は自分を戒める。

正直いえば、ただでさえお高い契約金に『口止め料』として相当な色をつけられた、破格の待遇にも惑わされた。それも先日から新しくしたいと思っていたサーフボードとバイクのことが頭の隅にあったからだ。

(まあ、まじめに勤めあげれば、理由なんかは二の次だろう)

勝手に結論づける間にも一向にインターフォンは返事を寄越さない。じりじりと夏の名残の日差しに焼かれて、金髪が妙な熱を持ってきた。

「……時間、間違ってないよなあ？　それとも、締め切り明けとかなのかな」

腕時計を眺め、もしかしたら寝ているのだろうか、と香澄は首をかしげた。

香澄はさほどのホラー好きでも、きらいでもない。ごくふつうに、たまに怖いもの見たさで手に取る程度で、相手作家のすごいファンでもなければアンチでもない。

依頼の確認時、その作家を知っているかと言われて、『まあそこそこ』と答えたのだが、相手にはそれで気にいられた、という話だった。

（そういや、なんかマニアックなファンが多いひとなんだっけ。もしかしていたずらかとか、警戒してんじゃねえだろうなあ）

念のため電話をかけてみるべきか、と携帯を手にする。しかし、もしそれで執筆中で機嫌を損ねたりしても厄介《やっかい》だと、しばし香澄は悩んだ。

十年間コンスタントなヒットを飛ばすような売れっ子作家となれば、一筋縄ではいかないだろう。いままで、芸能人の関連の家に手伝いを頼まれたこともあるが、有名人はプライベートの流出にかなりぴりぴりしていることが多い。

なにしろ、他人の家庭のプライベートに踏みこむわけなのだ。家政婦はナントカ、というドラマのように、さきざきで事件が起こるなどということはまずないが、家族間のレアな問題を知りたくなくても知ってしまう場合もある。

業界でも信用の厚いことで名高い川本家政婦サービスに、あれほどの念を押してくる相手だ。かなり気むずかしいのだろう。仕事中であれば、返事もしないかもしれない。

重厚な、歴史を感じさせる造りの門扉の前にたたずみ、ただ待っているだけの時間には、どんどんと想像が膨らんでいく。

（どういうひとなのかなあ。なにしろ、性格とか知ろうにも、そういうのは書類にいっさい書いてないし、行けばわかる、だし……）

あまりの情報の少なさに、神堂の著作は香澄もいくつか読んだ。しかし、エッセイどころかあとがきすらもなく、徹底的に創作物以外を外に出していないので、相手の思考はさっぱり読めなかった。そしてインターネットで検索してみても、この情報時代には見事なくらいに本人情報は出て来ず、書評と噂だけがデジタル世界のなかを跋扈《ばっこ》していただけだ。

（逆に、こんなに謎だらけだから、いろいろ取りざたされるんだよな）

タレント的な活動も求められる昨今の作家事情にいっさい関わりなし、とする神堂にも、愛憎羨望嫉妬憧憬《あいぞうせんぼうしっとしょうけい》入り混じった、風評は乱れ飛んでいる。

じつは美女で、仲井の恋人なのでは。じつは老人なのでは。男でブサイクなのでは。果てには、神堂は仲井自身なのでは、などと珍説も入り混じりつつ、結局誰もその実像には迫ることがないまま、神堂のデビューから十年がすぎた。

近ごろではなににおいても、クリエイターが自らのメディアプロデュースをすることが望まれ、器用なものはその話術やキャラクターで世間に作品以上の認知度をあげたりする。

自分から好んでスキャンダルめいたものを作りあげるものもあり、それは日本の文学において、古くからスキャンダラスな私小説の割合が高いという『常識』を踏まえれば、マスコミにそれらの物語を提供するのも、さして奇妙なできごとではないだろう。

しかし、そうして私生活を提供するぶん、作家の神秘性や、作品と人格を切り離して語ることがむずかしくなるといったリスクもたしかに存在した。

そういう意味でいけば、神堂のようにいっさいの情報を秘した作家というのはめずらしい部類になり、それがまた、発表される作品の妖《あや》しさともの悲しさ、そしてぞっと背筋が冷えるような恐怖感に拍車をかけてもいるらしく、全体に人気には貢献しているようである。

いずれにしろ、神堂について、皆ひとかたならない興味を持っているのは事実だった。

結果的に、この秘密主義は仲井の戦略であったのだという分析までが風評として流れもしたが、映画のヒットから一年も経《た》てば、メディアもすっかり沈静化する。

そうして神堂は、変わらず静かに本を出し続け、彼の本は淡々と、売れ続けている。

香澄個人としては、神堂の作品は、おもしろいけれど怖かった。

映画化され、代表作となった、『蝦女《えびおんな》の囁き』は、主人公と化け物じみた女性とのセックスシーンが幻想的に描かれ、場面を想像するとずいぶんえげつないながらも、どこか危うくエロティックで、読後には純粋なもの悲しさが残った。

神堂の話のモチーフに多いのは、異形《いぎょう》のものとの恋愛をベースにした悲話だ。むろんそれ以外の要素もふんだんにあるけれども、民話の昔から語られた異種間恋愛の報われなさは、そのおどろおどろしいストーリーのなかに、一筋のせつなさと、清冽《せいれつ》な印象を添えていた。

なかでも、代表作であるデビュー作はことにその恋愛要素が強く、クライマックスで、焦がれて愛したはずの男に引導を渡されるシーンでは、香澄は思わず涙してしまった。

むろんヒロインは人間ではない。タイトルから想像するとおりの、見るもおぞましいような姿をしていたし、何人もの関係ない人間に恐怖と死を与えたりもする。

それでも、片恋を秘めた少女のような真摯《しんし》さで相手を恋い、必死に追いすがる姿には、なんだか泣けてしまったのだ。

また、神堂の著作に現れる、異形のヒロインたちは、決まって同じようなタイプの男に入れこみ、静かに破滅していく。

相手の男は端整な顔立ちで穏やかで、涼しげに笑いながら甘い声を発する。やさしくはあるけれどもどこか踏みこませない、少しだけずるいところがあって、ヒロインを翻弄《ほんろう》するくせに最後の最後でするりと逃げるのだ。

(ずっるい男だよなあ、あれ。絶対モデルいるよな)

同性から見ると憎たらしいような感じもするが、色男だというところは認めざるを得ないし、だからこそそれにはまって破滅していく異形のヒロインがせつないのだ。

そうして、こういう話を書くひとと言うのは、どんな人間なのだろうと思っていた。

（年は、絶対いってるよな。おっさん……いやおじいちゃんだったり？）

あさはかだったり、心根の醜い人物造形への冷徹な厳しい目や、どこかシニカルな乾いた文体は、およそ若い作家のそれとは思えなかった。たぶん、気むずかしく、影があるタイプの作家なのだろう。

（お？　なんかいま、気配がしたな）

貧弱な想像力できっと着物姿かなにかの、いかめしい中年男が出てくると思いこんでいた香澄は、ようやく小さな音を立てて応答したインターフォンに、夢想の時間を終わらされる。

『はい……？』

「あ、わたくし、川本家政婦サービスから派遣されてきた、兵藤と申しますが」

インターフォンの音声はずいぶん聞き取りにくかった。ノイズが混じって、もしかすると壊れかけなのではなかろうかと思うそれに、つい大きめの声で名乗る。

しかし、それだけではなく、おそらくは神堂本人であろう声の響きも弱かった。いまにも死にそうな返答に、もしかすると具合でも悪いのだろうかと香澄は首をかしげる。

『開いているから、入ってください』

「はあ」

では失礼します、と重そうな門扉に手をかけると、あっさりと開いた。不用心だなと思いつつ足を踏み出すと、案の定、玄関までの長い道のりに庭石が点在している。

「おお。さっすが押尾さん、パーフェクトな仕事ぶり」

引退した先輩家政婦の彼女は、齢《よわい》七十を越えていた。不在の二週間のせいか、少しばかりその敷石の間に雑草が覗いていたけれども、庭木も芝も完璧に手入れされている。

「失礼します、川本家政婦サービスの、兵藤香澄で……」

これも古めかしい玄関にたどり着き、声をかけつつその引き戸をからりと開けると、しかし香澄はそこで、硬直した。

「あの、神堂先生は、ご在宅ではないのでしょうか」

絞り出すような声で問いかけた自分を誉《ほ》めてやりたかった。しかし、相手は香澄の引きつった顔にも気づかないのか「……え？」と首をかしげるばかりだ。

「いや、あの、今日、神堂先生しかいないとうかがっていたんですが……」

香澄を出迎えたのは、端整な顔をしたきゃしゃな青年だった。背もさほど高くはなく、年齢は、おそらく香澄と同じか、年下くらいだろうか。

それだけならば、べつに驚きもしない。書生のような人間も、もしかするといるかもしれないし、親戚の誰かと見当をつけることもできるだろう。

香澄の声をうわずらせ、顔を引きつらせたのは、その青年の容姿と、たたずまいだった。うりざね顔のシンメトリーな輪郭に、ほっそりとした鼻筋、かすかに開いた唇はぽってりと赤い。けぶるような長い睫毛《まつげ》に縁取られた目は二重で、それがとろりと重そうに、半眼に開いている。

　はっとするほどにうつくしい、繊細な顔立ちは、それこそ神堂の小説のイメージのように、妖しく艶《なま》めいて映った。にもまして、問題なのはそのいでたちだ。

（なんちゅう格好してんだ、このひと）

　これはもうある種の趣味人があえて纏《まと》わせたとしか思えない、仕立てのよい着物は大きく合わせから崩れて、かろうじて肩に引っかかる程度。たわんだ布地の隙間《すきま》からは、青白くうつくしい肌がちらちらと覗き、ぬめるような光沢の胸は膨らみがないのがいっそ不思議なめらかさだ。そして、これもぐずぐずな状態の裾《すそ》は大きく割れて、気《け》だるそうな腰つきから想像するとおりのきれいな脚が惜しげもなくさらされている。

　中性的できれいな顔、肩にかかる長い髪の乱れ具合。なまめかしく気だるげな息づかいは、淫靡《いんび》かつえげつない想像を巡らせるには充分だった。

（し、神堂先生って、そっちの趣味か）

　愕然《がくぜん》としたのは、偏見からではない。雇い主の趣味やそのほかにはいっさい、口を出す権利もないのがハウスキーパーの役目でもあると、若いながら熟知している。

　また香澄はかなりリベラルなほうだ。無茶をして遊び歩いたころに、派手でひと目を引く容姿のおかげか、あんまりひとに言えないようなだらしない経験もした。さすがに男性とはお手合わせしたことはないが、複数人プレイの一環で、同性とぎりぎりアウトな体験をしたこともある。そんな我が身を振り返ると、どんな趣味だろうがこんな趣味だろうが、どうこう言うつもりはない。

しかし、さすがに真っ昼間、しかも訪問者があるとわかっている時間に若い男とよからぬことをして、それも自身では顔さえ出さないとなれば、さすがにモラルを疑う。香澄が眉をひそめても、しかたないことだろう。

（うえ、こりゃまいったか……？　公開プレイとかやるタイプだったら逃げるぞ俺は）

よもやそういう意味での守秘義務か。今後の仕事に気が重くなりつつ、その破廉恥《はれんち》な、しかし魅惑的な青年の姿から目が離せないでいると、相手はひたすら怯《おび》えた表情をする。

「あの……」

彼がそうっと細い肩をすくめた拍子に、さらに乱れた着物から覗く胸もと。そこにぽつりと紅を落としたような色の、かわいらしいとしか言いようのない乳首があることに気づいて、ごくりと唾《つば》を飲んだ香澄は目を逸らすしかなかった。

「あの、どなた、ですか」

か細い声も、見た目のとおり澄んでいてきれいなものだった。不安そうに揺れるそれにやっと正気づき、香澄はできるだけさわやかに見えるように、にっこり微笑んで名乗った。

「失礼いたしました。さきほど申しあげましたが、わたくし、川本家政婦サービスからまいりました、兵藤です。本日より、こちらさまのおうちでお手伝いさせていただくことになっております」

快活な声で再度身元をあかすと、相手は目を丸くする。

「だ、だって、男のひとじゃないですか！」

「はあ、まあ、見てのとおりです」

驚愕するのも無理からぬことだ。これは職業柄と香澄の名前のせいなのだが、伝達が悪いとよく勘違いされる。なにしろ自身でも、ちょっとこの図体のでかい男にあの名前はないだろうと思ってもいるので、香澄は苦笑して受け流す。

「だって、信じられません」

「本日からわたしがこちらにうかがうことは、すでにお伝え済みのはずですが」

また女性めいた名前ばかりでなく、香澄のルックスはおよそ『家事手伝い』だの『メイド』というイメージに似合わないのも自覚しているので、相手の反応にもうなずけた。

ただでさえ若い男で、しかもいわゆる強面《こわもて》気味に見られる香澄が家政婦――この場合家政夫だろうか――となれば、古い頭をした依頼主にはそれだけで却下を食らう場合も多い。

実際、それで事前にキャンセルされたことも少なくないもので、初期にはずいぶん仕事をもらえなかった。が、それも実績が伴えばどうにかなる話で、一度ＯＫが出た家では、相手さきの転居など、やむにやまれぬ事情がないかぎり、香澄が解雇されたことはない。

年配には奇抜に思われるファッションも、最初に度肝を抜いたぶんだけ、香澄本来の手際のよさや性質の明るさを際だたせる隠し味にさえなるようだ。

総じて、仕事明けには惜しまれながら出向さきのひとびとと別れることが多かった。

自分の仕事への自信もあり、また、見た目だけで判断するなというポリシーも相まって、どう注意されても香澄は自分の身繕いをあらためはしない。

そもそもなにかと物騒な昨今、紹介状に関しては必ず写真つきのものを提出しているし、本来いきなりのお宅訪問、というのはセオリー的にあり得ないのだ。

「紹介状、そちらに提出してますよね？　写真、ご覧になってませんでしたか」

「知りません、見て、ません」

しかし、こうまで疑われるところをみるに、今回はどうやら書類上の行き違いもあったようだ。些事《さじ》を代理人まかせにする習慣のあるオカネモチの場合、本人が確認していないこともままあると、香澄は平静を取り戻しつつ告げる。

「ともあれ、まずは神堂先生ご本人とお話しさせていただきたいのですが。サービス事務所のほうへ、確認のお電話を入れていただいてもかまいませんし」

これも慣れた手順だ。見た目で仕事をするわけじゃない、というポリシーを曲げたくない以上、こうしたトラブルも織りこみ済み。場合によっては、今日の今日でクビかもしれないと覚悟しつつも、平静な顔のまま慇懃《いんぎん》な声をあえて発する。

しかし、ぶんぶんと子どものように首を振った相手は、青白い顔にかすかに血の色を浮かべて、叫ぶように言った。

「だからっ、知りません、ぼくは！」

かたくなな態度に、本人を出せと言っているのにと次第にいらいらしてくる。

（知りません知りませんじゃないだろう。子どもでも取り次ぐぐらいできるぞ）

いいかげんにしろと思いながら、香澄はいささか声を大きく、しかし感情をあらわにしないため、ゆったりとした口調に変えた。

「あの、だから、神堂先生に、ですね？　お取り次ぎいただきたいんですけど」

「……だから、ぼくですっ」

彼の引き絞るような声と、細い肩をすくませるさまは、香澄には地団駄を踏む子どものように見えた。どうしてわかってくれないんだと、双方が嚙《か》みあわない言語に苛立《いらだ》っているのがわかる。そして、膠着《こうちゃく》状態に耐えられなかったのは香澄のほうだった。

「っとに……あのなあ、あんた、いいかげんにしろよ。ふざけてないで、先生出して」

さすがにもうやっていられないと香澄が顔をしかめ、呆れた声を出すと、青年は怯えたように涙目になる。そして青ざめた顔でぱくぱくと口を開閉させたあと、蚊の鳴くような声で恨めしげに言ったのだ。

「ぼく……ぼくが、本人です……」

「は？」

「ぼ、ぼくがっ、神堂風威ですって、言ってるんですっ」

香澄の手から、どさりと荷物が落ちる。言語を脳が理解するまでに、ずいぶんと時間がかかり、そして。

「……神堂先生、ですか？」

あまりに意外な神秘の作家の正体に呆然《ぼうぜん》としつつ問えば、相手はこっくりとうなずいた。

「そうですって、言ってるのに……」

「す、すみませんでした。失礼いたしました」

あわてて謝罪しつつも、なじるような視線を向けられた香澄は、無意識のままうっすらと顔を赤らめた。恨めしげな涙声、潤んだ目の赤さはやはり、どうにも艶めかしいものが滲んでいる。

（嘘だろ。この色っぽい、きれいなひとが、あのどろどろグログロの小説を……）

ひとはどこに心の闇を飼っているのかわからないものだ。香澄がこの日何度目かわからない驚愕に目を瞠《みは》っていると、突然、目の前の細い身体《からだ》がぐらりと傾《かし》いだ。

「ちょ、ちょっと、どうしたんですか!?」

緊張の糸がふっつりと切れたように崩れ落ちる身体を、あわてて駆け寄り支えると、神秘のベールに包まれた作家は見た目の印象に違《たが》わず軽い。

まさか倒れるほど具合が悪いのか、返答がピントはずれだったのはそのせいだろうか。

（意識、もうろうとしてたのか⁉　そういえば顔色悪かった、気づけよ俺！）

抱き起こした身体はやわらかく、くったりとしている。心配もむろんだが、はだけた裾がさらに大きく乱れ、腿《もも》のほとんどまでをあらわにするから香澄はべつの意味でもあわてた。真っ白な脚は細く、裸足《はだし》の爪先《つまさき》だけが赤い。乱れた裾の品のよい紫、散らばる髪の黒さという色合いはうつくしくはあるけれど、いまは見惚れている場合ではない。

「だ、だいじょうぶですか」

目を逸らし気味にしつつも真っ青な顔を覗きこむと、ぼそぼそと細い声が聞こえる。

「……た」

「えっ、なんですか？」

いやな想像に胸を騒がせながらの呼びかけに返ってきた言葉に、香澄はさらに目を剥《む》いた。

「おなか、すいた」

泣きだす寸前の子どものような声を出したベストセラー作家、神堂風威――本名、鈴木《すずき》裕《ゆたか》は、今度こそ本当に驚いた香澄を尻目に、気を失ってしまった。

しん、とした家のなかで、香澄は呆然と固まってしまう。

「うそ……ど、どーすんだよこれ……おなかすいた、って聞こえた気はしたけど」

初日から昏倒《こんとう》する雇用主はさすがにはじめてだ。うろたえ、真っ青な顔で倒れた神堂にあせった香澄は、救急車を呼ぼうとレトロな黒電話に向かった。

だが、その重い受話器を取りあげるよりさきに、ベルが鳴った。

「はいっ神堂でございますっ」

反射的にそれを取りあげ、やや声はうわずるもののきっちりと返答してしまったのは、染みついてしまった職業意識のせいにほかならない。

名乗ったあとに、果たしてペンネームで答えてよかったのかと気づいてさらにあせると、受話器の向こうからは耳に心地よい低い声が聞こえてきた。

『ああ、きみ新しいひと？』

「は？　あの、……どちらさまでしょうか」

『俺は神堂の担当の、仲井です。白鳳書房の』

訝《いぶか》りつつ問えば、そのさわやかな声の主は、そう名乗った。

「あ、ああ、担当さんですか。俺は、あの」

『兵藤さんですよね。今回、そちらに手配をお願いしたのも俺ですから、存じてます』

関係者かと知ればほっとして、香澄は広い肩から力を抜く。そして、このたびの事態を簡単に説明し、指示を仰ぐ。

「あの、どうしたらいいでしょう、先生、倒れてるんです」

いま大変なのだと訴えると、しかし仲井の声はあくまで、のほほんとしたものだった。

『ああ、裕、またやらかしたんだ。じゃあ、お粥《かゆ》かなにか、煮てやってくれない？　きみ』

「だ、だって倒れてるんですよ。救急車を呼ぼうかと思って、いま電話をしようかと思ったところなんです」

眉をつりあげた香澄に、担当作家が倒れたと聞いても動じず、仲井はけろりとした声で続けた。

『あっはは。まあ落ちついて。だーいじょぶ、だいじょぶ。それ、腹減りなだけだから』

「はあっ？　腹減り？」

まだ床に転がったままの神堂を眺めた香澄は、そういえばそのようなことを呟いていたと、ようやく恐慌の去った頭で思いだす。

『まあ、あれじゃまともに説明もできないでしょうから、これからうかがいます』

「は？　あ、あの、ちょっと——」

そうして、なにがなにやらと思っているうちに電話が切れては、しかたない。

転がっている神堂を回収し、まるで勝手のわからないだだっ広い家のなかで布団を探すのが、香澄の神堂家での最初の仕事になったのだ。

＊　＊　＊

くつくつと、年代物らしい土鍋で煮える粥を味見しつつ、香澄はしみじみとため息をつく。

「妙なことになったなあ……。いまだにちょっと、状況についていけてねえよ、俺」

詳細もなにも知らされることなく訪れた仕事さきで、いきなりとんでもないお色気の和風美青年が出てきたかと思えば、雇い主が昏倒。

のっけからでこんな展開とは、前途の多難さを思うと頭が痛い。

神堂が倒れ、仲井からの電話を受けたのちに香澄がまず訪れたのは、この台所だ。

全体にレトロで和風な家のなか、そこだけは最新式のシステムキッチンに改造されている空間に入ると、流し台のうえの棚には一冊の大学ノートがあった。

表紙にはマジックで『献立表』と書いてある。達筆なそれに見覚えがあり、押尾の残したものかと判断した香澄は、無断ではどうかと思ったもののとりあえずめくってみた。

高齢の押尾は、自分が早晩この役を辞することを重々理解していたのだろう。タイトルだけは献立表となっていたものの、内容は図解された家の間取りから各種道具類の収納場所、この家で働くうえでの細かい留意事項が、項目ごとに分けられ綿密に綴《つづ》られていた。

小物の点数までがチェックされたそれらをぱらぱらとめくりながら、思わず口笛を吹く。

「押尾さん、やっぱパーフェクトな仕事ぶりッス」

助かった、と香澄は胸を撫《な》でおろす。言うなればこのノートは、この家を仕切る際にけっして欠かせない『あんちょこ』だ。大事にせねばなるまい。

たいていのクライアントは、一度オファーをかけ仕事上の詳細を伝達したら、たとえ担当者が変更になっても同じクオリティの仕事を求めるのが当然だ。引き継がれた相手への伝達が悪く『知りませんでした』で失敗するなど言語道断、そんなこと相手は知ったことではない。

香澄がいまからいちいち、あの神堂相手に掃除道具の収納場所だの、料理の好みだのを聞き出しているようでは、どうにもなりはしない。というよりサービス業失格だ。

(……そもそもあの先生が、そんなこと把握してるかどうかもアヤシイもんだ)

いくらこの家のなかで起きたすべてについては秘密に——という依頼であったとしても、今回のようなケースはかなりまれだ。押尾もこんなノートを残していくあたり、この仕事のやっかいさを重々知っていたのだろう。

「もー炊けたかな……」

ぽってりと黒くまるい形の一人前用らしい小さめの土鍋は、丈夫で軽い。蓋《ふた》を開けるとやさしいにおいと湯気がたちのぼり、いい具合に粥ができあがっていた。

つけあわせには梅を叩《たた》いて練ったもののみ。

初日に香澄が作った食事は、病人食の白粥だ。まあ、これはこれでこつはいるのだが、なんとなく腕の見せどころを逃した気がしてがっくりしてしまう。

「しかし、ほんとにこれでいいのかね。病院のセンセが言ったことじゃあるけど……」

仲井にああは言われたものの、布団のうえで真っ青な表情でのびている神堂を、香澄はやはり放っておけない気がした。そこで押尾のノートには、神堂かかりつけの医院の電話番号と住所も記入されていたため、一応連絡を入れてみたのだが。

『……ああ、鈴木さんね。なんだ、あんた新しいお手伝いさんかい？　押尾さんから、こんなこともあるだろうと聞いておりましたよ』

電話に出た老齢の医者は、香澄がなにか言うよりさきに毎度のことだと笑った。

『どうせまた、書き物しとったんでしょう。先生の部屋がとっちらかってませんか』

医師の指摘に、それはもう、と香澄はなんともつかない顔で肯定の沈黙を保った。

適当な客用布団に神堂を寝かせたあとで見つけた、仕事部屋とおぼしき十二畳間。床の間のある純日本的な内装に似合わないライティングデスクに設置されたデスクトップマシンでは、スクリーンセーバーの３Ｄ画像がくるくるとまわっていた。

そしてその周囲の状態はといえば――本当に、とっちらかっていたというか、汚部屋《おべや》というか、魔窟《まくつ》というか、とにかく、カオスだった。

脱いだ着物は帯もなにもぐちゃぐちゃになり数着まとめて放置され、資料らしい本や書類はこれまたごちゃごちゃと散らばっている。

部屋の中央に広げられた布団は、ずいぶん敷きっぱなしらしく、よれていてぺったんこ。畳敷きのうえに大ぶりな塗りの盆が放置され、そこのうえにはカップ麺《めん》に割り箸《ばし》が刺さったまま、乾いた汁に貼りついてオブジェと化しているものが数個、転がっているという状態。

(な……なにここ……ケモノの巣？)

とにかくまっとうな人間の生活するような状態ではない。ついでにいえば、あんな清楚《せいそ》かつ妖艶《ようえん》な美青年はこんなカオスにいてほしくないと、香澄は衝撃とともに強く思った。美形と汚部屋はセットではいけない。それは香澄の美意識に強く反するものだというだけではなく、一般的にあんまり、見たくない光景だろう。

『診に行くまでもないね、それは』

状態を簡単に説明しただけで、呆れまじりの声が返ってくる。結局神堂の倒れた理由は、ここ数日の締め切りに集中するあまりの過労、それも主な理由は栄養不足。

要するに腹が減っていたのだと判断する以外にないようだ。

『月に一回か二回は倒れるからな。あんた、なんか粥でも煮て食わせなさい』

あげく仲井とまったく同じことを言われてしまえば、もうしかたない。「はあ」と間抜けな返事をするのが香澄の精いっぱいだった。

(しかしまたなー。この粥が……)

記憶をたどり、とほほと肩を落として香澄はテーブルのうえにあるノートを恨みがましく見つめる。

医師の言うとおり、この粥を煮るべく土鍋を引っ張り出し、参考までにとノートをめくった香澄は、押尾の残した『要注意事項』にあんぐりと口を開けるしかなかったのだ。

「……なんじゃこりゃ⁉」

そこには、『鈴木さま、不得意』と赤い二重線で強調されたタイトルがあり、びっしりとページを埋め尽くすような、食材の名前が列挙されていた。

野菜：トマト、ピーマン、セロリ、キュウリ、なす、しいたけ、ネギ（タマネギ含む）

　根菜全般、豆類全般、漬け物に関しては手をつけず。

　梅干しだけは、おかかとあえて練れば平気。

肉類：豚、牛、レバー、脂身。鶏ささみは細かく切れば少々は平気。

魚類：青魚、白身魚、貝類。鰹節《かつおぶし》は好まれる。

穀類：白米は苦手。味つきごはん、麺類は好物、うどんは少量なら平気か？

特記事項として、大きな字で書かれているのはこのような感じだが、ＯＫな材料でもメニューのセレクトで全然だめになるものもあるということで、組み合わせや料理法についてまでも細々とレシピが書かれていたのだ。

読めば読むほど、食べられるもの自体がほとんどない。好物の欄にはメーカー名も決まったジャンクフード——神堂の部屋で転がっていたカップ麺だ——があり、『休暇時、買い置き切らさず』とこれも花丸つきの注意事項になっている。

「……なに食って生きてんだ、あのひと」

なんだか目の前が真っ暗になってくる。いままでの仕事さきでも、偏食の子どもはいなかったわけではない。それでも、ここまでひどいのはさすがにお目にかかったことはなかった。

「こ、これを、どうしろってか……俺に」

眩暈《めまい》を起こしつつ、それでも目さきの神堂の胃袋を満たすしかない。くらくらしつつ立ちあがった香澄が冷蔵庫と収納棚を見ると、本当に笑えるほどに食材は少なかった。

ノートと首っ引きで香澄が使用可能だと判断したものは、米、鰹節、出汁《だし》昆布《こぶ》に梅干し。

「ねこまんまかよ？」

料理の腕には自信があるだけに、情けなくなりつつも米をといだ。ともかくへたなことはできないと、このひたすらあっさりとした粥を煮た、というわけだった。

「とにかくできた。あとは、食わせなきゃ……」

いろんな意味で遠い目になった香澄が土鍋を抱えたところで、インターフォンが聞き取りにくい音で鳴らされた。どうやら故障気味らしく、さきほど神堂の返事が遅かったのはこのせいか、と思いながら応答すると、あの美声が聞こえてきた。

『おそれいります。さきほどお電話した、仲井と申しますが――』

「はいはいっ、いま、まいります！」

香澄にはそのとき、仲井編集の訪れが、なんだか天の助けのような気がした。

しかし、それがただの勘違いであると彼が知るには、ものの三十分もいらなかった。

「たかちゃん！　来てくれたの？」

客間の和室に敷いた布団のうえ。いままで死にそうな表情で倒れていた神堂は、この美形の編集者が顔を出したとたん、喜色満面といった風情で声をあげた。

「ああ、いいから、寝てて」

真っ青だった神堂は、仲井の登場に幾分、顔色さえもよくなったように見える。跳ね起きるようにした薄い肩を、すらりとした長身の男がやさしく押さえ、布団に戻した。

「なんだ、また無理したのか。根をつめるなって言ってるだろ」

「うん、でもあの、原稿、できたから」

誉めて、といわんばかりの顔で微笑む神堂に、香澄は仰天した。

（うわ、なにその顔）

あの淫靡な印象をまるでひっくり返す、無邪気な笑顔だ。そしてまた相対する仲井も、すっきりと男前な顔を綻《ほころ》ばせ、髪まで撫でている。

「そうか、偉かったな。フロッピーに落とせたか？　逆向きに入れたりしてないよな？」

「ちゃんとできたよ」

なにこのラブラブな空気。世の担当と編集というのはこんな関係なのだろうか。

入りこめず、香澄が土鍋セットを手に呆然と立ちすくんでいると、顔をあげた仲井が「ああ」と会釈する。

「はじめまして、仲井です。あの、それお粥だよね？　もらえるかな」

「あ、ええ、はい……」

なんだかいろいろついていけない気分のまま香澄が粥を差し出すと、抱き起こすようにして神堂を支えた仲井が、お膳の用意を調《ととの》えた。

「裕、熱いから気をつけてな」

「ん……」

とろりとした甘みのある粥にも負けない、甘ったるい声がやさしく響く。

いかにもハンサムなエグゼクティブという風貌《ふうぼう》の仲井に、見た目だけは薄幸の美青年風の神堂の取りあわせは、ビジュアルだけはたいそう、うるわしい。けれども、しかし。

「ああほら、ちゃんとふーふーしないと」

「うん」

電話越しにも美声だと感じた仲井の声は、神堂を前にすると糖度を五十パーセントは増しているようだ。かける言葉もまるっきり、幼児に対するようなそれで、聞いている香澄のほうが頭が痛くなってきた。

（ふーふーってあんた。どうなのそれ）

どう受けとめたらいいのかわからない光景に、香澄の眉間《みけん》に刻まれた皺はどんどん深くなっていく。あげく、小さめの器によそった病人食をひと口啜《すす》るなり、ぼそりと呟いた神堂の声音に、色はなかった。

「……味が違う」

びしりとこめかみに血管が浮きあがりそうになるのをかろうじて堪《こら》え、香澄は引きつった笑みを浮かべた。

「お口に、あいませんか、ね」

塩と出汁と鰹節で味つけしただけの粥に文句を言われては、いったいどうしたらいいというのだ。そこに練り梅があるんだから、勝手に味はつけて食え！　と、喉《のど》元まで言葉がこみあげてくる。平静を装ったのはひとえに、プロ意識によるものだ。

（いや、こんくらいのわがままな客なんていままでもいただろ。なにキレそうになってんだ）

どうもハプニング続きのおかげで、素の感情が表層に出やすくなっているようだ。いかんいかんと香澄が表情筋を総動員して平静な顔を作る。

（クライアントはお金さま……どんなお客も野口英世。なにがなんでも樋口一葉、そしていずれは福沢諭吉っ）

感情的になりかかったときの決まり文句は、この仕事について初期のころ、ぶちキレそうになったらそう考えろとベテランの先輩に教わったものだ。香澄は金にさほどの執着はないのだが、あまりに身も蓋もなくて笑ってしまい、おかげでリラックスできた。

（むかしはこれ、夏目漱石と新渡戸稲造だったんだよなー）

以来、呪文のようになっている言葉を胸の裡《うち》で唱えつつ、散漫に意識を散らしてみる。

それでもなにか抑えきれないものが漏れていたのか、香澄が苛立っている気配を察したらしい仲井が「まあまあ」と取りなしてきた。

「すみません、誤解しないでくださいね。そんなに口のおごった子じゃないんですよ。押尾さんだと醤油《しょうゆ》味が多かったからでしょう。これは塩味だから」

気分を害さないでくださいと告げる仲井の笑みはどこまでも如才なく、それだけに目の奥がけっして笑ってなどいないことを香澄に知らしめ、じんわりといやな気分にさせた。

「まずいんじゃないよな？　裕？」

「ウン」

そうしてまた、れんげを口にくわえたまま借りてきた猫のようにこっくりとする神堂の様子も、癪《しゃく》に障《さわ》ってしかたない。

（自分で喋《しゃべ》れ自分でっ。いくつだあんたは！）

仲井が訪ねてきたときからこの調子の神堂に、すっかり香澄は引いていた。いい年をした大人の男がふたりで交わす会話とは、とうてい思えない。

一応はひと前で、いちゃいちゃとしか言いようのない空気を醸《かも》しだしているというのは、香澄にはやはりどう考えても尋常とは受け止められなかった。

ひと目を気にしていないというより、香澄の存在がこの場にはまるでないかのようなのだ。しかもそれが、神堂が香澄を意図的に無視しての拒絶、というのならまだ理解できる。

しかし、そんな意志はまったく感じられず、単純に神堂は仲井以外の人間を認識していないような雰囲気で、なんとも居心地が悪いのだ。

(このふたり、どういう関係よ)

恋愛は自由であるし、カンケイがどういう類《たぐい》であれ、そこはひとそれぞれと思ってはいる。しかし、ひと目をはばからない恥知らずな行動というのは、見た目の派手さに反してまじめな――それはかつての自分の乱れっぷりに思うところがあるせいだが――香澄の好むところではないのだ。

(いやまあたしかに、使用人とかって空気みたいなもんだけどさ……)

そういうのはふたりきりでやってくれ、頼むから――と、思わず天を仰いでしまった。

「ええと、じゃあ、私はあちらにおりますので。なにかありましたらお呼びください」

頬を引きつらせた香澄は、これ以上ムードの漂うふたりの側にいるのは精神衛生上よくないと判断し、その場を中座しようとした。しかし、その背に「待って」と声がかけられる。

背後からの声に振り向けば、仲井も長い膝《ひざ》を折って立ちあがるところだった。

「すみません。俺もちょっとお話があるので一緒に。ついでにお茶いただけますか？」

「は、はあ」

困惑気味に香澄がうなずくと、離れようとする仲井を神堂が慌てて振り仰いだ。

「たかちゃん？」

「あとでな」

心許《こころもと》ないような神堂の声に、やんわりと、見ているほうが恥ずかしいような表情で笑んでみせた仲井は、軽く顎《あご》をしゃくって居間を示し、目顔で話があると香澄に告げた。

（なんか、先生に聞かせらんない話か）

こちらも目線だけで了承を伝え、長身の男ふたりは鴨居《かもい》をくぐる。

静かにふすまを閉めたとたん、仲井がすっと表情を変え、香澄はひどく驚いた。そこには、さきほどまで神堂に向けていたあの、甘ったるいとろけそうな色はどこにもない。

「さて。とりあえず、こっちで話しましょうか」

「はあ……」

めったに使われていないのだろう、ここだけはフローリングの洋間仕立てになっている居間に彼が座すると、家主よりも仲井のほうがよほど馴染《なじ》んでいるように感じた。

（なんなんだ、このひと）

来客用のソファにゆったりと座る彼に茶を出すと、座って、と軽く手を伸べて示される。

向かいに腰かけ、香澄もまた表情を引き締めると、仲井がふっと微笑んだ。

「さて。驚いたかな、初日からいろいろとあって」

「そりゃまあ、ふつう驚きますね」

ひと口茶を啜るなり、甘みのある緑茶で舌をなめらかにした仲井は、神堂の前ではけっしてみせることのなかった類の笑みを浮かべた。

（顔まで変わってら）

さきほどまでの甘ったるいそれよりも、こっちのひとくせもふたくせもありそうな表情のほうが、むしろ本来の仲井のものであるのだろう。

この家にあがりこんでからというもの、柔和な甘い笑みを絶やさなかった彼の表情が、対神堂専用のものであると香澄は察した。

「えーと。まず質問したいことが――」

いろいろと問いただしたい香澄が口を開くが、すっと手のひらで制して仲井は言った。

「その前にこちらのほうからいいかな」

「はあ」

先んじられてはしかたないと曖昧《あいまい》にうなずけば、長い脚に肘《ひじ》をかけるようにして、仲井の端整な顔立ちがじっと香澄を値踏みするように見つめてくる。

「とりあえず……とさっきは言ったものの、きみはどうなのかな。このさき、ここでの仕事を引き受けるつもりはありますか？　それによって、俺から答えられる内容が変化してくるので、まずそれをさきに教えてください」

滑舌《かつぜつ》のはっきりした低音は変わらないが、口調もまろやかに穏和なものから、言葉尻の鋭い、やや早口なものへと変化する。

（頭の回転がそのまま口につながってるわ、このひと）

仲井のそれは、タイムスケジュールと戦い、頭と神経を使う仕事をしている人間特有の語調の早さときつさだ。こうした人種は、他人が一度発言した言葉はけっして忘れないし、失言があればさくりとそこを突いて、言質《げんち》を取りにかかる。

気を引き締めないとまずい、そう感じた香澄の背は、我知らずぴんと伸ばされた。飲まれまいと、いったん言葉を切り、切れ長の目を正面から見据える。

「そうですね、じゃあ……正直に言ってよろしいですか」

「はい、どうぞ」

「質問に質問で返して申し訳ありませんが、俺には手持ちの情報が少なすぎます。このままお引き受けするにしても、ある程度は腹を割っていただかないと、返答しかねます」

「なるほど。ではどの程度の話をすれば？」

香澄の強い視線をおもしろそうに受け止め、仲井はにこやかに微笑む。

「こちらにうかがうまで、俺は神堂先生がおいくつなのかという、最低限のことも知りませんでした。そこまで伏せられると、さすがに業務に支障が出ます」

「年齢のプロフィールは必要？」

「必要です。高齢のかたであれば、場合によってはこちらだけでなく、デイケアのほうにまわるような仕事も加味されますし、逆にお子さんであれば、タイムスケジュールの組みかたも、子どもの時間をメインにしなければいけなくなる」

基本データさえもらえないで、依頼を受けるか受けないかなどの判断はつかない。上層部がGOサインを出すとはいえ、基本的には川本家政婦サービスでは、現場担当者の判断が尊重されることを香澄は説明した。

「ふうん。選ぶ権利はそちらにあると言いたいのかな？」

「そういう意味ではありません。こちらのできうる限りのサービスは提供しますが、不可能な場合には人選をし直すことも必要だと申しあげています」

各家庭に即したサービスをするとなれば、結局は個対個の人間関係も重要になってくる。データのうえではわからない、相性のようなものは存在する。いざ現場に出ました、うまくいきませんでした、というわけにはいかないのだ。

しかし、まじめに語る香澄を目の前に、仲井はますますその笑みを深くするばかりだ。

「うんうん、なるほどね。いやあ、ご意見参考になります」

「なるほどなるほどって仰《おっしゃ》いますけど、仲井さん、ちゃんと聞いてます？」

「ははは、まあ、まあ」

なにかを試されているような居心地の悪さに、香澄が目つきの剣呑《けんのん》さを隠せないでいると、わかりました、と仲井は軽く顎を引く。

「そう睨《にら》まないで。おもしろいひとが来たもんで、俺的にはすごく喜ばしいんだよ。裕も、きみならだいじょうぶでしょう」

「ちょっ……だからですね、だいじょうぶとかじゃなく」

そういう話をしているんではない、と食ってかかろうとした香澄を制するように、仲井はまた勝手に話しはじめる。

「まず、ご質問の基本のプロフィールから。本名は鈴木裕、ペンネームは神堂風威。独身、ひとり暮らし。デビューは十年前、著作に関しては白鳳書房からハードカバーが十八冊、うち文庫落ちしたのが十二冊」

「あのねえ、仲井さん！」

そうやって勝手に物事を運ぶなと言いたいのだが、仲井の言葉には独特のテンポがあって、割合押しの強いほうである香澄にも口を挟ませない。

「年齢は二十七歳、身長は一七〇センチに二ミリ足りない、体重はここんとこ聞いてないけど、たぶん五十キロ切ってるかな」

「そういうことと違くて……って、嘘、年上⁉　見えねえ！」

このまま言葉を並べ立てられれば、有無を言わさず依頼を引き受けるはめになる。あせって口を開いた香澄は、しかし神堂の年齢を聞くなり、思わず声を裏返してしまった。

「ですよ。きみよりふたつ、年上」

「あ、ってことは、デビューってかなり、早くなんですか」

「高校生のときだったね。まあ、ほっとんど学校行ってないけど、あいつ」

「そうなんですか……」

返答に窮した香澄が声のトーンを落とすと、いままで完璧な笑みを浮かべていた仲井の表情に、ほんのかすかに苦いものが混じった。

「ちょっと見ればわかるでしょう。あの社会不適合っぷりっていうか、幼さっていうか」

「……あー、それは、はい」

さきほど、神堂の前から自分の存在を消されたような奇妙な気分が思いだされ、香澄は言葉を濁した。目を泳がせていると「いいから」と仲井は手を振ってみせる。

「神秘の作家だのなんだの言ったところで、結局はそういうことなんだよ。たいていの人間とは、ひとりじゃほとんど話せないから、俺が窓口やってるだけです」

「話せないって、どの程度ですか」

「うんまあ、初手が悪かったんだけどね……ほら、『蝦女の囁き』映画化になったでしょ？」

映画化で名前が売れ、取材だの新規の出版社の依頼だのが相次いだ折り、初対面の人間とは電話でもろくに話せないという神堂は、かなりのパニックに陥ったことがあったらしい。

「映画の絡みでどうしてもパーティーに出なきゃならないことがあったんだ。けど、挨拶《あいさつ》するどころか会場についたとたん、ひとことも口きけなくなって、倒れたんだよ」

「倒れてって、具合でも悪かったんですか？」

「いや、緊張しすぎて。でっかいホテルのパーティー会場見たとたん、ばったり」

無言のまま昏倒した神堂は、救急車で運ばれたそうだ。当然パーティー会場には出ることもかなわず、お披露目の挨拶は仲井が代理でつとめたのだという。

それ以来、神堂風威に関しての情報規制はますますひどくなり、本人もまた引きこもりに拍車がかかっていったのだ、と彼はため息をついた。

「さすがにあれはまいった。もうちょっと、しっかりしてくれれば助かるんだけどね」

仲井も、気苦労が絶えないのだろう。なまじ隙のない二枚目なだけに、目を伏せて息をつく姿はひどく痛々しく思え、香澄はつい、フォローの言葉をつないでしまった。

「でも、先生はさっき、俺には、受け答えもされましたよ」

なめらかとは言いがたかったが、会話は通じていたし、きちんとこちらの言葉に応えてもいたと告げると、仲井の涼しげな目が驚いたように瞠られた。

「それはまた！　めずらしいねきみ。初対面で喋ったのか、あの裕が」

「そ、そんなに驚くところですか？」

「そんなに驚くところです。俺の知るかぎり、この十年、なかったことだ」

香澄はさきほどの逸話から、単に大勢の人前がだめなのかと思っていたが、どうも神堂の対人におけるレベルはそんなものではないらしい。たかが玄関さきの会話とも言えない会話に驚かれるほどに、極度のひと見知り。それってどうなの、と香澄は遠い目になる。

「あのー、あれって、素《す》、ですか？」

「素ですよ。もう二十年のつきあいだけど、変わらないね」

原稿明けでたまたま、いろいろ『飛んでいた』とかではないのかと、香澄が一縷《いちる》の望みを託して問えば、仲井にあっさりと「それはない」と言われてしまった。

疲れと憂いを滲ませても色男は絵になる。だが、本気で悩んでいるらしい編集者に、香澄はなんと言っていいものかわからずにいたが、ふと二十年という言葉が引っかかった。

「いま二十年って、おっしゃいましたよね。仲井さんと、先生って？」

どうもただの仕事関係者ではないと思っていたが、なにか個人的なつきあいがあるのか。

問えば、仲井はあっさりとうなずいた。

「いわゆる幼なじみです。俺の弟と、あれが小学校の同級生でね。ご近所のよしみってやつ」

「はあ……それで」

香澄が曖昧にうなずいていると、書類でも読みあげるかのような、なめらかな仲井の話はさらに続いた。

「ちょっと初対面があれだったんで、驚いたと思うけど。実際のところは本当に、ふつうなんだよ」

「はあ、ふつう……」

「そう、ふつう。ただ、ちょっとひと見知りで、ちょっと口べたで、ちょっとひととコミュニケーション取れないってだけで」

それはちょっと、というレベルなのだろうか。どうにもうなずきかねると香澄は思う。

（まあ、コミュニケーション不全とか、よく聞く話じゃあるけど。そこまでひどいのかな）

青ざめつつも、自分が神堂本人であると言いきった彼の様子からすると、まったく他人と会話ができないというほどではないのだろう。

――ぼくがっ、神堂風威ですって、言ってるんですっ。

口調はたどたどしかったが、けっこう意志的な言葉を発していたように思うのだ。

だからこそ、そのあとの仲井の訪れによって、ああまで子ども返りしてしまうのが、香澄にはいささか異様に感じたのだ。

（どうも摑《つか》めねえんだよなあ、キャラが）

香澄は眉間に皺を寄せたまま唸《うな》っていると、察したらしい仲井が苦笑混じりに言った。

「ともかく、まるっきり子どもみたいなもんだから、そう思って面倒みてくれればいいよ。情緒がね、どうも育ちきってないんだ、あれは」

言わんとするところはわかる。だが仲井の物言いもまた、二十七の男を捕まえてするにはかなり過保護すぎるのも事実だ——と感じたが、香澄は賢明にも口を挟まなかった。

「まあ、神堂に関してお伝えできる詳細としてはこんなものですか。ほかに質問は？」

「ええっと……」

もう少し、神堂のひととなりについて突っこんで話を聞きたい気もしたが、これ以上はどう考えてもプライベートに障る問題だとしか思えなかった。

「仲井さん的には、もうこれで終了って感じですよね」

「はい、そのとおり」

ここまで喋ったからには、もうあと戻りはできないだろうことは察せられる。顔をしかめたまま考えこんでいると、ふっと吐息した仲井の視線が、懇願するようなものに変わった。

「実際、押尾さんが辞めることになったときには、どうすればいいのかと思ったんだ」

「仲井さん……」

「見たでしょきみも、あの部屋。汚部屋というか、魔窟というか。あれね、締め切りだからってわけじゃないんだよ。ほっとくと、ああなっちゃうの」

神堂は自分では、身の回りのことが、半端ではなくなにもできない状態なのだそうだ。香澄が思わず頬を引きつらせると、「頼むよ」と彼は静かに頭をさげる。

「さっきも言ったけど、まず裕が初対面で口がきけたことだけでもめずらしいんだ。押尾さんだって、ふつうに喋るのに二ヶ月かかった」

「そ、そんなに」

「――頼む！　引き受けてくれないか」

お願いだ、と手を取られ、その勢いに香澄は顎を引く。

「たぶんきみならうまくやってくれると思う。それに、俺も仕事仕事で、合間を見て面倒を見るのも、限界があるんだ。押尾さんのいない二週間は、正直、めちゃくちゃだった」

個人の生活を丸ごとサポートするというのがどれほどやっかいなのか、香澄は職業柄、身に染みて理解している。ただでさえ出版社は忙しいと聞く。担当作家というだけでなく、プライベートな面倒まで見るとなれば、その負担はいかばかりのものか。

このエリート然とした男も、かなり疲れてはいるのだろうと思った。

「お話は理解しました」

「頼まれて、くれるかい？」

「まあ、すでに初日ははじまっちゃってますしね。なんとかするしかないでしょうが」

もうしかたがないでしょう、と吐息すると、喜色満面の仲井は何度も感謝の言葉を述べた。

「本当にありがとう！　いや、助かった！　本当に助かるよ！」

心底ほっとした様子の仲井に、しかし香澄は表情をあらためる。どうしても釘を刺しておきたかったのは、なんだかその表情の落差に、いやな予感がしたからだ。

「けど、俺は押尾さんのやりかたを踏襲するだけでは、やれません。俺なりの方法論もあるので、先生の生活スタイルもある程度、口を出す可能性はありますが？」

「かまわないよ、それは全然。きみの判断におまかせします」

「……そうですか。じゃあちょっと、いいですか？」

あまりにあっさりとうなずかれ、どうも腑《ふ》に落ちないと思いながら、香澄は席を立つ。

そうして仲井を連れ、向かったさきは神堂の休んでいる和室だった。

「先生、失礼します。よろしいでしょうか」

「あ……え？」

食事は終えたと見え、わずかに赤みのさした頰でうとうととする神堂は、やはりどう見ても香澄よりも年上に見えなかった。長い、密度の濃い睫毛をぼんやりと揺らす様子は、年齢や性別を超えた、不思議なきれいな生き物にも思える。

「な、なに？　たかちゃん」

「ん、なんか兵藤くんが用事あるらしいよ」

仲井に向けて頼りなげな声を出すこの相手を、どう扱っていいものか、正直に言えばずいぶんと香澄は迷っていた。どこからどう見ても、取り扱い注意シールがべたべたと貼りまくられているような神堂相手に、果たして押尾ほどのキャリアもない自分でだいじょうぶかと、そんな気持ちはむろんある。

しかし、だからこそ最初が肝心だと、香澄は腹をくくった。

「失礼します」

「わあ!? ちょ、ちょっと、なにっ」

言うなり布団を捲《まく》りあげると、ぎょっとしたように細い脚が引っこめられた。それを許さず、香澄の長い指には簡単に摑めてしまうそのきゃしゃな足首を捕まえる。

「ひ、兵藤くん!? いったい、なにを」

さすがの仲井も驚いた声を出したが、神堂のうろたえにも仲井のそれにもかまわず、香澄はその足先を引きずり寄せ、ちいさめの足の裏を、思いきり、押した。

そして緊迫した部屋のなかには、神堂の絶叫が響き渡る。

「い、……っ、痛ぁ――っ!!」

「……やっぱり。足の裏もすねもぱんっぱんじゃないですか。まだ夏場だってのに、妙に足先赤いから変だと思ったんだ」

案の定だと香澄はため息をついた。さきほど倒れた際、赤みがかった紫に足の裏が変色していたのが気になっていたのだ。白い脚はほっそりとした肉づきであるのに、香澄の太い指の跡が白く残るほどに鬱血《うっけつ》し、むくんでいる。ぐいぐい押すと、神堂は両手をばたばたさせながら逃げまどった。許さず、香澄は強くマッサージを続ける。

「筋肉もぺったんこだし、これ下半身まともに動かしてないでしょう。カップ麵ばっかり食ってるから代謝も悪くなるし」

病的とは言わないが、成人男性としてあまりに細すぎる体軀《たいく》は、長年の不摂生が作りあげたものなのだろう。高校在学中からデビューしたということは、育ち盛りの時期から運動をしない生活を送っていたのだと思われた。

「体温も末端だけ低い。日にもあたってないでしょう。病気しますよそのうち」

「ひ、い、く……っ」

泣きわめいてじたばたと暴れる身体を押さえつけ、ぐいぐいと足のツボを押すと、どこもここもリンパがつまって小さな瘤《こぶ》を作っている。きれいでほっそりとした脚なだけに静脈の浮き出る様子が痛ましい。

「痛い痛い痛いっ、も、や、やめて……っ」

神堂はもはや、なんの取り繕いもできない様子で布団のうえを泳ぐように暴れている。その情けない様子を見つめ、しみじみと香澄はため息をついた。

（よしわかった、このひとは小学生なんだ。ドーブツだ）

あえて心中で繰り返し、乱暴にそれらを施したのは——暴れるたびに乱れる裾から覗く、艶めかしいような脚に思わずときめく自分を、知りたくなかったせいかもしれない。

「仲井さん。さっきも言いましたが、俺、この件ちゃんとお引き受けします」

「おお、そうか！　ありがとう兵藤くん！」

「ええ、その代わり、やるからには、生活と体質の改善からやらしてもらいます」

香澄は断言すると、すっかり据わった目で、いまはもう声さえ出ないまま布団に噛みついて痛みをこらえている神堂を見下ろした。

「……いたいー」

「もちろん偏食も直しますし、最低限、仕事に響かない程度に身体も動かしてもらうと思います」

「いや、それはすばらしい！　是非お願いするよ！」

「いた……」

「完全住みこみでみっちりやりますよ。その代わり、完璧に俺のタイムスケジュールで動きますけど、かまいませんか？」

「いいよ、今日あがった分があれば、こいつあと半年は、暇だから。その間に本当に、体調なんとかしてくれるなら、助かるんだけど」

「了解です。じゃあ、あとでメニュー組んでみます」

「い……」

頭上で交わされる会話の意味もわからないらしく、すでに神堂は青息吐息で、ぴくりとも動けなくなっていた。

「ところで兵藤くん、パソコン使える？」

「まあ、ふつうに。メール出せるくらいですけど」

「充分。連絡事項とかの取りまとめも、できればお願いしたいんだけど」

顔の見えない相手からのアクションがきらいな小説家は、パソコンの扱いはひととおりこなせるくせに、メールを受信したがらないらしい。おかげでいまだに原稿の受け渡しは仲井が直接取りに来ての手渡しか、郵送となっているという。

「効率悪くてね。ファックスもきらっちゃって、黒電話から変えてくれやしないし」

「そりゃまた、困りましたね。じゃあ、詳しい話はもう一度、あちらで」

そうして。

どんどん決まっていく契約内容が、今後の自分にどう影響するのかも、いっさい反応できないまま、神堂はひとり、つくねんと残された。

「……いたい……」

そうして、売れっ子作家の子どものような、だが精いっぱいの抗議を含んだ呟きを聞くものは、その場には誰もいなくなったのだ。

＊　＊　＊

神堂宅は、見た目の古さのわりに、水回り関係だけは最新式に改築されている。

キッチンもシステム式であったが、浴室もそれに同じくだった。さすがに、二十四時間OKのジャグジーつきとはいかないが、パネル式のガス給湯で、タイマーで自動汲《く》みこみになっているのは香澄としても楽でいい。

「とにかく風呂、しっかり入ってあたたまってください。あとでまたマッサージします」

血行が悪すぎるから湯船に浸《つ》かれと、風呂の用意ができるなり神堂を放りこんだのが一時間前。その間、押尾のノートを頭に叩きこむべく、与えられた自室でそれを熟読していた香澄は、部屋に設置された室内電話が自分を呼ぶのに気づいた。

「はい？　どうしましたか」

『あの、すみません……来てください』

壁面設置の受話器を取りあげると、神堂のとまどったような声が聞こえた。

「風呂場にですか？　なにかありましたか」

香澄が問うけれど、神堂はますます困ったように、「早く来てください」と繰り返すだけ。

「……ともかく、行きます」

なにがなんだかと思いつつ、雇い主には逆らえまいと腰をあげ、香澄は浴室へ向かった。

香澄の部屋は、玄関から入って奥のつきあたり左手の位置にある。浴室と脱衣所はこの部屋からはやや遠いため、声をかけただけではあまり届かない。おそらくあの室内電話は、老齢の押尾への連絡用に設置されたのだろう。

「先生、失礼します。ご用件はなに、か――!?」

呼びつけたくらいだから、おそらくは着替えもすませているのだろうと考え、返事も待たずに引き戸を開けた香澄は、思わず悲鳴をあげそうになった口元をあわてて押さえた。

「な、なん、なんで服、着てないんですかっ」

「え？」

まだ水気の残る細い肩先の肌に、濡れてますますしっとりとした黒髪を纏わせた神堂は、きょとんとこちらを見あげてきた。

どうにか下着はつけていたものの、九割裸といっていいその姿に、香澄はうろたえ、またうろたえた自分にもショックを受けた。考えてみれば同性の裸相手にこんなに狼狽《ろうばい》する必要もないのだが、神堂の容姿はとにかく、そういう話ではない、としか言いようがないのだ。

おまけに濡れ髪、風呂あがり。ほんのり上気した肌はうっすら色づき、その胸がまた。

（ち、乳首がぴんく……ってだから凝視すんな俺はっ）

初手からこの乳首にはやられていたが、どうにも直視がはばかられる。中身は小学生とわかっていてさえ、うっかり目が眩《くら》みそうな色気はどうしたことか。

香澄が静かに悶絶《もんぜつ》していると、「んー」と首をかしげた神堂が、さきほどの問いかけにやっと答えてくれた。

「だって、いつも、着せてもらってたし」

「はっ⁉」

「だから、お願いします」

はい、と差し出されたのは、着替えとおぼしきそれだ。もういいかげん驚くこともなかろうと思っていたのだが、さすがにこれは聞いていなかったぞと香澄は目を剝いた。

「ちょ、ちょっと待ってください。まさかそれで、俺を呼んだんですか」

目を白黒させた香澄が問えば、なにがおかしいのかというように神堂はまばたきをした。

睫毛が長いので、ぱちんという音さえしそうだ。

「押尾さんは、最初の日から、そうしてくれたけど。……だめ、ですか」

「え、あ、いや。だめ、というか」

「も、もしかして、そういうの、変なんですか……？」

香澄のうろたえぶりに気づいたのか、神堂は少し怯えたように肩を震わせた。そして、いまさらになって羞恥《しゅうち》を覚えたような神堂に、なんとも言えない気分がこみあげてくる。

「ああ、いや、変っていうかですねっ」

湯あがりで上気していた肌が、さあっと青ざめる様子は哀れとしか言いようがない。あわてて、取り繕うようなことを香澄は言ってしまった。

「あの、俺その、ほらっ若いもんで！　着物とかうまく、着つけできないっていうか！」

「あ……そう、ですか。困っちゃった……じゃあ、どうしよう」

半裸のまま本当に困り果てている神堂に、全身から力が抜けるような気分を味わいつつ、この場は自分がどうにかするしかない、と香澄は吐息する。そして、なにかが腑に落ちたと思った。

（要するに、本日の初対面で着物がぐちゃぐちゃだったのも、そういうことかい）

香澄がうっかり想像したような下世話な理由でもなんでもなく、自分ひとりでは着つけもできないという単にそれだけの話だったのだろう。押尾が去ってからは、ああして適当に引っかける以外、どうにもできなかったに違いない。

「えーと、わかりました。なんとかしましょう」

「できますか？」

「……へたかもしれませんけど、まあひととおりの知識はあります」

しかたない、と脱衣かごのうえに用意しておいた時代劇にでも出てくるような白い単衣《ひとえ》を手に取り、細い肩にかける。この手の仕事をしている以上、なにかの役に立つだろうと、年配の家政婦たちに勧められるまま基本の講習だけは受けていた。

（研修って大事だなあ）

そうでなくとも、男性用の着物は簡単だ。適当に合わせを引っ張り、帯を巻く。あつらえものなのか、それは神堂の細すぎる腰にもちょうどよいサイズではあったから、着つけにはさほどの時間もかからなかった。

ただ、問題だったのは技術より心理の部分だった。

「腕、あげておいてください。そう……じっとして」

声をかけつつ、香澄の視線はどうしても泳ぐ。

襟《えり》をあわせるためにはその身体にどうしても腕をまわさなければならないし、帯を巻きつけるのも同様だ。そのたびに、ふんわりとした甘い香りとほのあたたかい体温を感じないではいられず、香澄の目はなんだかどんどん剣呑なものになっていった。

神堂のどこか育ちきらない印象のある体つきに、腰の細さは思春期の少年のようだ。顔立ちもやはり中性的というか、腕のいい職人が作った精緻《せいち》でうつくしい人形のようにも思える。おまけに洗い立ての髪からは、ほのかなシャンプーの香り。あたたかな体温を交えて立ちのぼってくるそれには、なんだか妙な気分にもなろうというものだ。

(男だっつうの、男。それよりなにより雇用主！)

玄関さき、乱れた合わせの隙間から見えた胸元も、なんだかこちらをくらくらとさせたものだった。鼻先の距離で、あたたかみのある神堂の湯あがりのにおいさえ感じられる距離でまともに見るとなれば、それはあまりに刺激的にすぎた。

「……はい、できました」

着つけにかかった間はほんの数分のことだったろうが、香澄にはひどく長く感じられた。どっと疲れて、結び終えた帯をぽんと叩いた瞬間には汗が出ていた。これは浴室からの熱気のせいというよりも、安堵《あんど》のあまりのものだったろう。

「……上手じゃないですか」

きつくも緩くもない帯をさすり、神堂が呟く。相変わらずあまり抑揚のない口調ながら、着心地は悪くないらしいなと香澄は情けなく笑う。

「ええと、それじゃこのあと俺、風呂もらいますから。休んでください」

「はい。おやすみなさい」

告げると、おとなしく神堂は頭を軽くさげ、その場を去った。細く小柄なその姿が廊下に消えていくのを見送り、香澄は首をかしげてしまう。

(なんでああ、よたよたしてんだろ……)

話から想像するに、もう十年近く着物を着ているはずの神堂は、なぜか着慣れていないような、足下のおぼつかなそうな歩きかたをする。

「だいじょうぶかよ」

思わず呟き、はっと香澄は気づいた。もしかしてこれから毎晩、この状態なのだろうか。

「ちょ、待て、仲井さん……っ」

そうして、ばたばたと浴室を出るなり、携帯をひっつかんで、メモリに登録したばかりの仲井のナンバーを呼びだしたのだ。

「仲井さん!? ちょっと俺、お話ししたいことあるんですけどっ」

『はいはい、どうしました？』

深夜だというのに、仲井はまだ編集部につめているらしかった。精度のいい携帯は、周囲の音を拾いあげて、電話の音や怒声に近い会話を交え、活気というか殺気の満ちた編集部の様子をつぶさに伝えてくる。

「どうしましたじゃないですよ、なんすか、先生、自分じゃ着替えもできないんですかっ⁉」

さすがにそこまでは聞いてないとまくし立てた香澄に対し、仲井は飄々《ひょうひょう》としたものだった。

『あれ、そうなの？』

「そうなのって、知ってるんじゃないんですか⁉」

『さあ、俺はそこまではねえ。生活全般については、押尾さんにまかせてたし』

のらくらとした仲井はおもしろがってさえいるようで、声には笑みが混じっている。いまさらながら、どこまでこの男の言動を信用したらいいのかわからないと、香澄は頭を抱えた。

「勘弁してくださいよ、もう……」

辟易《へきえき》しつつ、さきほどまで眺めていた『押尾ノート』をばらばらと捲った香澄は、まだ目を通していなかったページのなかに『鈴木さま、着衣』という項目があるのを見つけた。

そこには、神堂はいくら教えてもどうにもうまく着つけができないこと、脱衣はともかく着衣に関してはこちらでやらざるを得ないことなどが書かれていた。

（押尾さんも甘やかしすぎっ）

神堂専属だった彼女とは、それほど顔をあわせたことはない。それでも仕事ぶりは昔から優秀だったと有名であったし、また面倒見もよいことで知られていた。

細々と綴られたノートは、むろん後継の人間にあてての気遣いでもあったろう。けれども、基本は神堂のあの生活無能者っぷりを案じて書かれたのだろうと香澄は思う。詳細を綴る文章は、苦笑の滲むようなあたたかい言葉が混じっていた。

年齢的に考えると、押尾にとっては孫のようなものだったのかもしれない。だが、そのあたたかい交流の果てに、神堂はますます『なにもできない子』になっているのではないか。

そもそも不器用ならば、着脱の簡単な洋服を着るようにすればいいのだ。神堂自身、あの様子からいって、さほど着物にこだわっているとも思えなかった。

「そもそも、なんであんな格好してるんですか。慣れないと面倒なだけでしょう」

本人に問うにも、疲れきってようやく休んだばかりであるし、実際問いかけたところでこちらの納得するような返答があるとも思えなかった。自然、矛先《ほこさき》は仲井に向けられたのだが、戻ってきた言葉はある意味、ふるっていた。

『着物ねえ。なんかむかあし、俺がうっかり、小説家ってのは鎌倉に住んで着物着てるもんだ、って言っちゃったらさあ、そうするべきなんだと思ったみたいで』

「はい!?　昔ってそれ、いつですか」

けろりとした返事に仰天し、香澄は声を裏返した。頓着《とんちゃく》せず、仲井はのほほんと続ける。

『いやあ、もう二十年近く前の話？　冗談だったんだけどね。なにしろ素直だからあいつ』

まいったな、あっははは。

そんなさわやかに笑われても、それこそどこまで冗談だと思えばいいのか香澄にはわからなくなる。

二十年くらい昔となれば、神堂が小学生くらいのころだろう。たしかに、小学生ならばそれを鵜呑《うの》みにするのもわかる。だが、もういい年の大人になれば――いや、そうでなくとも、思春期を越えるころには、そんなステレオタイプな、しかもずいぶんレトロな小説家など、さほどいないと気づいて当然だ。

まして、自由業に制服があるわけでもない。どう考えても、それは奇妙な話だった。

「それ、素直すぎるでしょう。っつうか、ば――」

思わず口に出かかった、ちょっとばかりよろしくない単語を香澄は飲みこんだ。

常識の範疇《はんちゅう》内にない事実に、唖然としてはいる。だが、さきほどの、仲井になにもかもを委《ゆだ》ねたような甘えた表情の神堂を見るに、さもありなんと思えてしまう。

そうして、このたびの奇妙な雇用主に対して、ますますどうしたものかと考えた。

神堂のどこか欠落した様子に、日常生活に関しての不器用さは、埒外《らちがい》なものがある。かといって、ひと並みの感情や羞恥心がないとは言いきれない。

――も、もしかして、そういうの、変なんですか？

風呂場での神堂の不安そうな声には、自身に知識がないことを羞《は》じるようなそぶりさえ感じられた。だから香澄は、これは本人の資質よりも環境のせいかもしれないと思ったのだ。

根本で身につかず理解できないことと、知らないから気づかないことは、大きく違う。

「ともかく俺、毎回着替えまで手伝うっていうのはちょっと無理です」

『んーまあ、そのあたりはきみにまかせますよ。俺じゃなんともね』

できるできないの問題でなく、一般的に言って妙だろうと言いつのると、仲井はにわかに忙しくなったとみえる。さっさと話を切りあげにかかってきた。

『昼に言ったとおり、自由裁量でどうぞ。じゃ、仕事中なんでまた』

「まかせるって、ちょっと仲井さん！　なかっ――」

やっぱり言質を取りやがった。そう思っているうちに、さっさと通話は切られてしまい、香澄は唸りつつも携帯の通話ボタンをオフにする。

「あー……くっそぉ」

舌打ちして手のなかの携帯を放ると、香澄はごろりと畳に転がった。いままで手がけてきた仕事のなかでも今回はことに難物だ。たしかに生活改善をさせようとは思ったが、こんな基礎の基礎からとは。

「俺は家事手伝いであって、教育係じゃねぇんだぞ。まかせるったって、どうすんだ」

仲井にも告げたとおり、とてもではないが、毎度の着つけなど冗談ではない。もちろん、自分ではそれらのままならない小さな子どもや、たとえばお年寄りなどの介添えということならば、香澄は文句も言わずにやるだろう。

しかしこのたびのこれだけは、どうもまずい。

（心臓に悪いんだよ）

口を開けばただの不思議ちゃんであるというのに、黙っておとなしくしている神堂の容姿というのは、どうにもこうにも落ちつかない気分にさせるのだ。

いままでにも、妙齢のお嬢さんのいる家庭におもむいたことはある。あまり羞じらいのないタイプの、二十代なかばの娘さんはめりはりのついた身体に風呂あがり、タオル一枚で香澄にジュースをねだるようなこともした。

要はかなりろこつにアプローチをかけられていたわけだが、香澄はそれをプロの笑顔でさらりと交わし、余裕の態度でもって一年近くの契約をやり遂げたこともある。

そんな自分がいったいなぜ、と香澄は思う。

「俺はなんでこんな、うろたえてんだよ……」

あんな発育不良で、ただひとよりちょっときれいな――いやかなりきれいではあるけれども、引きこもりの社会不適合で不思議ちゃんにくらくらさせられるとは。

なんだか、プロとしてのプライドが傷ついてしまいそうだ。それもこれも、初対面で度肝を抜かれたせいで、混乱を引きずっているのだろうか。

「なんだかなあ。だいじょうぶか、俺」

初日からこれで、果たして今後はどうなるのだと思えば頭が痛い。しかし、とにかくやるしかないのだ。

このサービスの基本の契約期間は、三ヶ月単位になる。そこからさき、更新をかける場合には年単位での契約も可能ではあるが、とりあえずはその三ヶ月を乗り切れるか否か、だ。

「ま、ぐだぐだ考えててもしゃあねっか」

やると言ったからには、どうでも遂行するほかに、道はないのだ。基本、悩みを引きずらないのが香澄の最大の長所でもある。

「まずはできることからだ。風呂、はいろ」

ばたばたとした一日の汗を流すべく、香澄は呟いて起きあがる。そうして、ひっそりと静まった廊下を歩みつつ、明日からのあれこれについて、前向きに考えることにした。

＊　＊　＊

香澄が神堂家——正しくは鈴木家——に来てはじめての朝は、じつによく晴れていた。

これは絶好の洗濯アンド掃除日和《びより》だ。さわやかな鳥の声とともに目を覚ました香澄は、まず広い家中の雨戸を次々と開けていった。

昨日から延々眠っている神堂の自室にも、ずかずかとあがりこむ。

「先生、おはようございまーす!」

「……うう?」

香澄のさわやかかつでかい声に顔をしかめた神堂は、再度布団のなかに潜りこもうとする。だが、それを許さず、香澄はべろりと上掛けを剝《は》いでやった。

「もう朝です、起きてください。朝食の用意、できてますから」

「う……うあ?」

状況を把握できないまま唸る神堂は、ぐちゃぐちゃの寝間着で丸くなっていて、意外にも寝相が悪いことが判明した。

(昨夜、きっちり着つけてやったはずなのに)

はだけきった裾からのぞく真っ白い脚は、やはり最初の印象どおりどうにも艶めかしい。

それをあえて無視して、香澄はとにかく乱暴に揺り起こす。

「せんせーい! 起きてくださいって!」

相当な日数、掃除をしていないだろうぐちゃぐちゃの部屋。昨日最低限香澄が片づけておいたものの、修羅場の様相をあちこちに色濃く残している。

その汚部屋のなかに、時代を超越したような美青年の神堂が、寝乱れた無地の単衣でいる情景というのは、香澄には果てしなくシュールに思えてしかたない。

「押尾さんいなくなって、ずっと掃除してないでしょ。今日は大掃除しますから、邪魔しないでくださいね。午後には俺、買い物に行きたいんで、さっさとすませたいんです」

「……おおそうじ？」

片目が完全に眠ったままの神堂は、ぼんやりと布団のうえで脚を崩して座りこんだまま、ぐらぐらと揺れていた。なにが起きたのかさっぱりわからない、という表情でいるから、目の前で手を振ってみせる。

「先生、聞いてます？　起きてください」

「……誰？」

朝寝坊した小学生のようなその状態に、香澄は思わず笑ってしまいそうになりつつ、まだ寝ぼけているのかと鹿爪らしい顔を作った。

「兵藤香澄です。昨日も挨拶しました」

「えーと……」

顔の前にばらばらと落ちている長い髪を整えもせず、しばらくぼうっと香澄の顔を眺めていた神堂は、「ああ」と気の抜けた声をあげた。

「男のひとなのに家政婦さん」

その、どこか茫洋《ぼうよう》とした視線のさきにいる香澄は、金髪のうえに派手な赤と黒のバンダナを巻いて、これもプリント柄のデニム地のエプロンをつけていた。

およそハウスキーパーというよりも、ストリートのアクションペイントのイラストレーターだとか、サーフショップの店員というほうがよほどすんなり来るようないでたちではある。

「そっス。そんだけわかればもういいですね。はい、邪魔だからどいて」

昨日の短い時間の間に、この神堂の扱いを『小学生ドーブツクラス』と決定した香澄は、へたをすると女性よりも細いのではないかという腕を取って引き起こした。

「じゃま……？」

「布団干します。この部屋だけ、押尾さんにも触らせてなかったんでしょう。今日こそは掃除させてもらいます。起きて、顔洗ってきてください。着替えはそのあと」

そのまま、ぽいとばかりに部屋の外に放りだし、顔を洗ってこいと告げた。まだぼうっとしていたけれども、香澄が再度「顔洗って！」と命令すると、よろよろしながら洗面所に向かった。

「あーあー。ぐっちゃぐちゃだなもう」

あらためてぐるりと見まわした仕事部屋兼寝室は、ずいぶん埃《ほこり》もたまっているようだ。

すぱんと小気味いい音を立てて滑る、手入れのいい雨戸を開けば、案の定きらきらと舞うそれらが光のラインを描いた。

「よくこんなとこで寝られるよ」

古い世代の家政婦である押尾は、家主が触るなと言った場所には、本当に手をつけていなかったのだろう。

「灯《あか》りも、つけっぱなしで、まったく……」

朝になって気づいたが、部屋の灯りも、その前の廊下の電気も煌々《こうこう》と明るくついたままで、なんだかなあと思う。疲れていたのか忘れたのか知らないが、不経済なことこのうえないとぶつぶつ言いながら消してまわった。

簡単にたたんで持ちあげた布団は、もとはきっと上質なものであっただろうに、ずいぶんとつぶれてしまっている。

（やっぱ、こっちじゃなくて、客間に敷いた布団に寝かせるべきだったな）

反省しつつ、香澄はへたった布団を部屋から縁側へと運び出した。

仲井の来訪あとにいったん目の覚めた神堂は、やはり自分の布団のほうがいいと言い張ったのだ。つぶれて敷きっぱなしの万年床では身体によくないだろうと香澄は止めたのだが、じっと上目に訴えてくる神堂の視線に根負けして、客用のふかふかの布団を引きあげた。

――ぼく、あの部屋じゃないと、寝られません。

控えめな自己主張ではあったけれども、じつは頑固な部分もあるのだと知り、それはむしろ香澄をほっとさせた。多少なりとも自分の主張やこだわりがある人間のほうが、まだ意志的であると感じられるからだ。

（それに、やっぱり俺とふたりだけのときは、あそこまで赤ん坊みたいには思えない）

どうやら仲井がいないほうが、彼の雰囲気もそれなりにふつうに思えると香澄は気づいた。

たしかにずいぶん変わったひととなりに思えるけれど、香澄には腰の座りの悪いようなあの幼児性が、個として存在する神堂には感じられなかった。

（二重人格、ってほどじゃないんだけど）

対応する相手によって多少、自分を作ることはよくあると思う。親子の関係であれば、大人は親の顔、子どもは子どもの顔をするし、たとえば学校や、遊び仲間のなかでも、そうした関係性によるキャラクターの変化は当然だ。

（幼なじみって言ってたしなあ。そのころの関係が抜けてないのかも）

神堂の場合、接触する人間が極端に少ないために、おそらくその変化も異様にはっきりして見えるのだろうと結論づけたところで、香澄は物思いを意図的に振り払った。

「考えてる暇はねえぞ、こりゃ」

なにしろ、平屋造りとはいえ、ひとり住まいにはばかばかしいほどだだっ広い家である。

家屋だけでも七十坪はあるそうで、間取りは玄関ホールから入って隣に居間、その先に同じ広さの台所と食堂、神堂の自室に客間、それから香澄の部屋と、書斎らしい本棚のみがびっしり置かれた一室に、使われてない和室がさらにふたつ。

「無駄に広いっつーの！　ったく、押尾さん、どうやってこなしてたんだ、これを」

ものは少ないし、空き部屋も多いけれど、古い家らしく桟《さん》などに埃もたまりやすいようだ。こまめに掃除をしようと思えば、半日はかかってしまう。ぐだぐだと埒もないことを考える暇はないのだ。

「とと、これも洗濯しなきゃ」

縁側で手早くシーツと布団カバーを外していると、全自動洗濯機が一度目の洗濯の終了を告げた。洗い物が主に下着とタオルに集中しているのは、着衣関係がすべて、上等な着物であるからにすぎない。

「つーかあの着物はもう、どうしたもんだかなあ」

たしかにこの家屋には似合いだとは思うものの、手洗い必須のあれらを毎日手入れするとなれば、とんでもない手間だ。ひととおりの知識は研修で得ていても、香澄にはかなり持てあます。

押尾のように年配の人間ならば、ある程度は慣れたものであろうが、もしもあのままでいられたなら、最悪毎回クリーニング行きだ。それも着物は専門のところにまわされてしまうから、価格が冗談のように高い。

（そこんとこの経費はかけていいのか、悪いのか……）

それになにより、着つけが大変なのだ。女性のそれよりも簡易にはできているし、ぶっちやけ羽織って帯を巻いてしまえばそれで終わりになるとはいえ。

「あのひと、それもできねんだもんなあ」

昨晩、とりあえず風呂に入らせた際の騒動を思いだし、香澄は庭に布団を干しながらがっくりと吐息した。

しかし、まだまだ疲れている場合ではない。食堂にとって返すと、案の定椅子に座って舟をこいでいる神堂がいた。

「先生、とりあえず起きて」

「んー……？」

声をかけつつ香澄が冷蔵庫から取りだしたのは、卵だ。とりあえず空っぽの食材を補充するべく、朝、少し遠くになるが若宮通りのスーパーまで走って買いに行ってきた。

同じく個人経営のパン屋さんで朝の焼きたてのイギリスパンを手に入れ、これは適度な厚みに切ると、トースターではなくフライパンにバターをしいて軽く焼く。

バターの焼けるにおいに、食欲が刺激されたのだろう。ふっと神堂の眠そうな目がまばたきを繰り返し、キッチンカウンターごしに背後の香澄をうかがってくる。

神堂が着崩れた寝間着のままでいるのは、もうこの単衣しか着替えがないせいだ。さきほどあの部屋を大掃除し、くしゃくしゃになった着物を片づけクリーニングに出すべく整理してみたところ、もはやまともに着られるものが残っていなかった。

「あの……ええと、家政夫さん」

「はは。家政夫さんはやめてくださいよ。兵藤でも、香澄でもいいです」

きつね色に焼けたバターブレッドを皿に載せると、軽くその横に蜂蜜《はちみつ》を垂らした。

オーブントースターなどで焼くよりも、このほうがバターが染みて美味《うま》い。ただし、手で掴んで食べるのは少々べとつくが。

「はい、これどうぞ」

「……これ朝ごはん？」

大皿に、バターブレッドと一緒に並んだのは、これもぷるんときれいに焦げ目のないレアなプレーンオムレツ。横にはチョリソーとベーコンの焼いたものに、マスタードを添えた。

「まあ、定番のブレックファーストですけど。コーヒーと紅茶、どっちがいいですか？」

「紅茶で……あの、でも……」

「あと、ミルクスープもありますから、やけどしないでくださいね」

神堂がなにを言いたいのかをわかっていながら、香澄は完璧に無視する。

ほかほかと湯気を立てる皿の目の前、大振りなガラス器に盛られているのは、軽く焼いて苦みを取った三色パプリカと、タマネギにトマトを細かく刻んで特製ドレッシングにあえ、それにサニーレタスとアスパラガスを添えたサラダだった。

(絶対、食わす)

押尾ノートにあった、神堂の苦手な食べものなどいっさい無視だ、と香澄は決めた。

というよりも、肉、魚、野菜全般におよんだ苦手食材を省いて献立を考えることなど、ほぼ不可能なうえに、栄養に関しても炭水化物以外なにも摂《と》れなくなってしまう。

押尾は甘かったかもしれないが、香澄は違う。なにより仲井にも、生活改善からやってくれと頼まれたのだと胸の裡で繰り返し、厳しい顔を作った。

「先生、こっちもちゃんと食べてくださいね」

箸《はし》を持ったまま硬直している神堂に、ちゃっちゃとその彩りあざやかなサラダを小皿によそい、目の前に置く。「あっ……」と困ったように声をあげた神堂に向け、香澄は厳《おごそ》かに宣言した。

「苦手かもしれませんけど、いっそ薬だと思って食べてください。先生は食事のバランスが悪すぎますから、これからは出したものはちゃんと食べてもらいます」

最初がとにかく肝心だ、と香澄は思っていた。昨日今日の様子を見るに、神堂はけっしてわがままなタイプではない。おまけに押しにも弱そうだ。

ならば最後のひとくちを飲みこむまで見張っていればなんとかなるかもしれない。

（さて、どう出るか）

この家で、彼の流儀にあわせていれば香澄のほうがまいってしまう。押尾とは違うというところをきっちりわかってもらうために、初手からけっこう強引にやらせてもらったのだが、神堂の反応はいまひとつ鈍かった。

文句のひとつも訴えるかと思った当の相手は無言で、じいっとテーブルを眺めている。

（さすがに、子どもみたいにはぐずらないか……でも、この反応は？）

手もつけないいつもりかと思って様子を見ていると、眼下にある細く薄い肩の持ち主は、どこかうっとりしたようなため息をこぼしたあげく、とんちんかんなことを言った。

「きれいだねえ」

「は……？」

ぽつんと落とされた呟きの意味がわからず、香澄は思わず眉をひそめる。

しかし、続いた言葉に、どうやら神堂は目の前の色とりどりな食事に、ひたすら感心しているのだと知れる。

「ふつうのごはんって、もっと茶色いのかと思ってた。こういうきれいなごはん、見たことない」

「え、と。まさか先生、こういうの食べたことない、とか？」

ファミレスや、喫茶店などではありきたりな朝食だ。さほど変わったものでもないだろうにと驚きつつ問えば、こくりと彼はうなずいた。

「実家にいるときは、菓子パン置いてあっただけだし。押尾さんのごはんはなんか、みんな茶色かった」

「あー……なるほど」

おそらく、純和食系の朝食だったのだろう。みそ汁に焼き魚に、醤油をかけた浅漬けとか。

「そっちがいいなら、今後はそうしますけど」

さきほどの口調の強さはどこへやら。しどろもどろに香澄が言ってしまったのは、なんだかふわふわと夢でも見ているような神堂の笑顔に、まいったと思ってしまったからだ。

(それに、菓子パンだけって……)

ちらりと漏れた、神堂の家庭事情にもかすかに胸が痛む。むろん、家の人間が忙しければそういうのもあり得るだろうけれど、『ふつうのごはん』という言葉になんだか、しんみりしてしまった。

「つうか……あの、それ、眺めるもんじゃないし。冷めるとパン、おいしくないですよ」

「そうですね。いただきます」

ともかく食ってくれと告げるほかない。勧めると、神堂は素直にきつね色のそれを齧《かじ》る。

ダイニングテーブルの向かいに腰掛け、なんだか試験でも受けているような気分でじっと様子をうかがっていると、ひたすらに山切りのパンを齧った神堂が、ぽつりと言った。

「兵藤くんは、食べないの?」

「は、え? いや、俺はあとで――」

下を向いてゆっくりと咀嚼《そしゃく》を繰り返していた神堂が、その言葉にふっと顔をあげた。じっ

と見つめてくる視線に『どうして』と問われた次の瞬間、香澄の口は勝手にこう動いていた。

「……いや、ご一緒していいですか」

「うん」

「じゃ、自分のやりますんで」

真っ黒な目に、なんだかあせった。ざわざわと落ちつかない気分をごまかしたくて、香澄は口早に告げると席を立つ。

(びっくりした)

神堂が香澄自身を受け入れたのでも、好ましく思っているわけでもないだろうに、食事を一緒になどと言われるとは思わなかった。

基本的に、香澄は依頼者と一緒には食事を摂らない主義だ。そこは仕事としてのけじめだとも思っているし、完全に食卓に混じれる立場ではないからだ。実際、いままでの家政婦を雇い慣れた家庭では、同席を勧められたことなどない。とまどいつつ、しかしなんだか胸がほのかにくすぐったい。

(なんか、調子狂うなあ)

おそらく押尾は、この無口な青年と食事の席を同じくしていたのだろうとも察せられた。この寂しい家で、ひとり無言で箸を動かす彼を、放っておけなかったのだろう。

手早くパンと卵を焼いて席に着けば、神堂はまだもぐもぐとパンだけを頬張っている。サラダはむろん、卵にもスープにも手をつけていない。どうやらひとつのものを食べ終えないと、次のものに移らないようだ。

「あの、それ、一緒に食ったほうがおいしいと思うんですが」

冷めかかっている卵とチョリソーを指さすと、きょとん、とまた神堂は目をあげた。そうして香澄はまた、心臓に悪いような思いをする。

「そうなの？」

「や、好きずきですけど」

この真っ黒で澄んでいて、やたらとまっすぐにひとを見る視線にはどきりとする。

通常はおどおどと伏し目にしているのに、なにかに意識を奪われればひと見知りも飛んでいくのか、子どものような無心さでこちらの目を覗きこんでくるのだ。

「卵半熟なんで。ちょっとつけて食べたりすると、うまいです、けど」

おかげで香澄は、どうでもいいようなことを解説するのに躍起になってしまって、いったいなにをやっているんだと自問する羽目になった。

「じゃあ、やってみる」

けれど神堂は、言われたとおり本当に、半分ほどになったバタープブレッドの端へ卵を乗せてそれを食した。そのあとで、びっくりしたように目を丸くするから、もうおかしくてたまらなくなる。

「……おいしい」

「ね？　えーとそれから、サラダも。少しでいいから口に入れてみて」

なるほどこんなふうでは、仲井も押尾も甘やかしたくもなったのだろう。素直な反応が見たくて、あれこれと手をかけてしまったのだろう。

　そもそもこんな仕事に就くからには、香澄もひとの世話を焼くのがきらいではないのだ。施設育ちのせいもあり、小さな子どもの偏食を直すために根気強くつきあった経験もある。俄然《がぜん》、世話焼きの血が疼《うず》いて、香澄はなかば身を乗り出すようにサラダの説明をはじめた。

「トマト、種も取ってあるし、味がついてますから。苦かったりしないと思うし」

「う、でも、ピーマン……」

「それはピーマンじゃなくてパプリカですから！」

　味に自信があるだけに、ひと口飲みこむたびになんとも言えない顔をされるのは、正直、情けなかった。それでもどうにか勧めて、香澄は小さな取り皿いっぱいによそったそれを、神堂に食べさせるのに成功した。

「あとひとくち、もうちょっと」

「うう……」

　神堂は眉をぎゅっとひそめ、それでも絶対に途中で口を止めない。いっそがんばれという気分にもなりつつ完食を迎えると、香澄はなんだか達成感すら覚えた。

「……食べました」

最後のレタスを口に放りこむと、神堂は涙目になっていた。サラダと格闘したせいですっかり冷めたミルクスープを、口直しとばかりにごくごくと飲んでいるのさえもはや微笑ましい。スープの味は気に入ったらしいと、それにも香澄は満足の笑みを浮かべた。

「おお、最後まで食べたじゃないですか！　えらいえらい！」

思わずいままで面倒を見ていた年下の子どもたちを思いだして、手が伸びた。神堂の年齢も忘れ、笑いながら頭を撫でてしまうと、彼はびっくりしたように硬直し、目を瞠る。

「……子どもじゃないよ」

「あ、すみません」

これはさすがに失礼をしたかと、その驚きようにかえって気が引けて手を引っこめる。とたん、いままでがんばって食べていたトマトのように、神堂の小さな顔が真っ赤に染まった。

「ご、ごめんなさい、気を悪くしたら謝ります」

尋常でないその赤みに、香澄があわてて頭をさげると、小さな声が聞こえた。

「違うから、えと……赤面症、ってやつだから……ごめん」

「え？」

顔をあげてみると、さっきまでどうにか綻《ほころ》びかけていた神堂の表情が、硬く強《こわ》ばっている。たしかにやや異様に感じるほど頰が赤いのは、羞恥を感じてのそれと言うより、哀《かな》しげにしかめられた顔のせいだった。

「治らないんだ。恥ずかしいね。すぐ赤くなる」

小さく、しょんぼりと呟く彼に、香澄の表情は一瞬曇る。しかし次の瞬間にはまた、笑ってみせることに成功した。

「んじゃ、怒ってないですね？」

「お、怒ってなんか、ないよ」

「じゃあよかった」

「え？」

あわてたように真っ赤な顔をあげた神堂は、微笑む香澄に驚いたように、目を瞠った。

「怒ってないんだったら、俺も気にしないです。それに先生、ちょっと顔色悪いから、それくらいでちょうどいいっすよ」

からりと言って、香澄は神堂の食事につきあううちに冷めてしまった自分の卵とチョリソーを、大きく開けた口に放りこむ。

うつむいたふりでこっそりうかがった神堂の表情はあきらかにほっとしていて、香澄はわざと放った無神経な言いざまが、彼の気を逸らしたことを知った。

しかし次の瞬間、ぽつりと神堂が漏らした言葉に、飲みこみかけた卵の塊《かたまり》が硬く強ばったような気分になった。

「あんまり……」

「え？」

「あんまり、笑わないでほしい」

「なんで、でしょうか」

いきなりなんだ、と顔をあげると、そこにはもう、強ばった無表情な神堂がいた。

「……怖いから」

「へ⁉」

向けられた言葉の意味が一瞬わからなかった。動揺を卵と同時に無理に飲み下す香澄を見て、神堂はまた、しまったというように顔を歪《ゆが》める。

「ご、ごちそうさま」

そうして、あわてたように席を立った彼に取り残され、呆然と香澄は呟いた。

「笑ったら、怖いって」

いままでこのルックスのおかげで、強面だとか、喧嘩《けんか》が強そうだとか、いろいろと言われたこともある。けれど、親しくなった相手はおおむね、こう言ってくれた。

『でも、笑うといいひと丸だしだよね』

だからこそ、世渡りの武器というか、自分の数少ない好感度の高いポイントとして、笑顔はかなり有効に使えていたのだが。

多少なりともうち解けたかと思った相手に放たれた、あれはさすがに――。

「ショックかも」

くすん、と洟《はな》を啜りそうな勢いで、香澄はその広い肩を落としてしまう。

前途はまだまだ、多難な模様だった。

＊　＊　＊

そんなこんなの朝食を終え、香澄が家中の掃除をしながら箪笥《たんす》の中身をチェックすると、本当にこの家には洋服の類がほとんど存在しなかった。

おそらくは冠婚葬祭用であろう、濃紺《のうこん》と淡いグリーンのスーツが二着と、それにあわせたシャツがやはり二枚あるだけで、ふだん用の衣服など天袋のなかにも存在しない。

「いままで、外出のときってあのスーツしか着なかったんですか？」

用向きのときはそれでもよかろうけれど、『ちょっとそこまで』というときにはいったいどうしていたのか。不思議になって問えば、戻ってきた返事がこれもふるっていた。

「出ないから」

「は？　出ないって、だってこの本はどうやって？」

ちょうどそのとき、香澄はハードカバーがびっしりと詰めこまれた書斎の書架にはたきをかけていた。歴史関係や法律書、はたまた料理本やスポーツ選手の自伝まで、内容はまったくばらばらの大量の書物は、資料だけではなく小説の類もたくさんある。ただ不思議なことに、神堂の著作の系列である怪奇ものやミステリーはいっさい見あたらなかったが。

「本は、たかちゃ……仲井さんに頼んで送ってもらったり……あとは、インターネットで通販できるから」

ぽつりぽつりとした神堂の言葉をつなぎあわせると、買い物は主に通販か、細々したものは仲井、もしくは押尾に頼んで購入してもらっていたらしい。

「ええとだって、遊びに行ったり、ほら、映画観るとかするでしょう」

「映画館、暗いし怖いから。ビデオも通販できるし、行かない」

「気分転換にお茶に行ったりとか」

「お茶は、家で飲めるし」

戻ってくるのはどれもこれも、ごもっともとは言えあまりにむなしい回答ばかり。

たしかにそう言ってしまえば、そうなのだが。なにかがおかしいと思った香澄は、ふと浮かんだおそろしい疑問に耐えかね、おずおずと問いかけた。

「……先生あのう、このスーツ着てお出かけになったのって、いつですか？」

「いつ……」

香澄の質問に、神堂はしばし考えこんだ。そして大変長い沈黙ののち、こう答える。

「よく覚えてないけど……たぶん、二年か、三年前？」

「その前は？　ええと、このスーツ……いやこっちの、この洋服着たときは？」

いやな予感を覚えてなおも問うと、神堂は「んー、んー……」と唸って首をひねっている。

その様子にますます香澄は冷や汗をかき、ようやく出てきた答えにはいっそ青ざめた。

「……たぶん、その三年か、四年前……かな？」

「じゃっ、じゃあ、この、洋服着ないで、着物でいいから、出かけたことはっ⁉」

「あ、それは一回もない」

けろっと言ってくれたけれど、それって要するに引きこもりでは。

ぐびりと息を呑んで、香澄は引きつる頬を必死にこらえた。

（な……仲井さん……これも聞いてねえよ……！）

話を総合するに神堂は、鎌倉に居をかまえて十年の間、この家の敷地からほとんど出たことがないらしい。香澄のようなアクティブなタイプにとっては驚愕の事実だ。

個人の事情は詮索《せんさく》はすべきではないという職業倫理も吹っ飛び、信じられないと目を瞠ったまま、あれこれと質問してしまう。

「と、友だちに会う、とかは？」

「友だち……？」

「そう、ほら、ちょっとひさしぶりに会おうとか、そういうの、あるでしょ？」

あげくほかの人間との交流はないのかと突っこんでしまえば、戻ってきた言葉はあまりに寂しいものだった。

「いないから、そういうの」

「いない……」

しかし、思わず顔をしかめてしまったのは香澄のほうだけで、神堂はその事実をなんとも思っていないようだ。逆に、なぜそんな顔をするのかと問うように小首をかしげられ、香澄のほうがいたたまれなくなる有様《ありさま》だった。

「……まあそれはいいとして、今日、先生の着替え買ってきたいんですけど、いいですか」

いやな話題を振ってしまった自分に反省し、茫洋とした神堂に困り果てつつの香澄が、昨晩から考えこんでいた懸案を口にすると、神堂はあっさりとうなずいた。

「まかせます」

「まかせます、って……。あの、洋服ですけど、着物じゃないですけど、いいんですか」

念のため問えば、それもかまわないと神堂はうなずいた。十年近くこだわっていたはずではないのかと香澄が訝ると、神堂はまた首を振る。

「べつに自分でこだわってるわけじゃないけど、それしか着替えがなくて、面倒だったから」

いまひとつ文脈の読みとりにくい言葉を、香澄は仲井に聞いた事実とあわせてどうにか解釈する。

「面倒、っていうのは洋服揃えたりするのがですか？」

「はい。押尾さんも、着物のほうがいいって言ったし、着つけはやってくれるって言うから、そのまま頼んでたけど……でも、それは変なことなんでしょう」

昨晩の脱衣所でのやりとりを神堂は口にする。またじわっと彼の顔が赤くなりかけるのを感じて、あわてて香澄も言葉をつないだ。

「いや、変つうか。べつに、先生がそれでいいなら、いいんですけど」

本当は香澄は雇われている身分で、主の頼みに逆らえる立場ではない。だからどうでもと言われれば引いただろう。けれど、神堂自身はさほどにこだわりがないらしいことを知ると、着替えの容易《たやす》い洋服にするのがいちばんいい方法のような気がした。

うっかり二度も見るはめになってしまった神堂の素肌に、なんだか奇妙なうしろめたさを感じた自分のとまどいに関しては、内心で気づかないふりをする。

（べつにやましいわけじゃないんだけど……なんかこう）

じつのところこの提案が、うしろめたい感情を増長させないようにするための、なけなしの対策であったことも、香澄の口をまごつかせる原因ではあった。

「着物にこだわりがないなら、洋服のほうが楽だと思うんです」

毎晩のように着つけをさせられたのではたまらないと考えた香澄が、逆転の発想で持ちかけたのが、箪笥入れ替え作戦だ。いちいち着替えを手伝うのがやっかいならば、手伝わなくていい環境を作ってしまえばいい。

だが、そのほうが神堂が楽なんじゃないかというのも、本心だった。昨日今日の短い間で観察したところ、神堂はけっして裾捌《さば》きもうまくないし、帯で巻いた腹まわりには窮屈そうに手をあてていることも多いし、不自由そうにしていることもままあるようだった。

「ああ、兵藤くんにお世話かけなくていいですよね、たしかに」

神堂本人はあっさりとしたものだけれど、なにかが違うと香澄は苦笑した。

出会い頭から香澄を混乱のなかに叩き落とし、継続して振りまわしてくれる張本人は、やはりいまひとつずれているようだ。

「えっと、そこは俺が主体じゃなくて、ですね。俺はお世話するためにいるんだから、それでいいんですよ。でも、先生はどうですか？」

「ぼく？」

「ええ。着物好きならそれでもいいんです。どうでもっていうならお手伝いもします。でも、違ったらあれですけど、べつに先生、着物好きじゃないでしょう？」

伝統の衣服とはいえ、着物は現実の生活に即していない部分もある。十年ただ身につけるだけのために纏っていた着物は、けっして神堂本人に馴染むことはなかったようだと、短い間ながらもともにすごして香澄はそう感じたのだ。

「好き……とか、考えたこと、ないです。ただ、たかちゃんが……」

案の定、問いかけには困ったような表情で返した神堂の伏し目に、香澄はやっぱりと肩をすくめた。

「小説家は鎌倉で着物ってやつですか。仲井さんもあれは冗談だって言ってましたよ」

「たかちゃんが？」

香澄が口にした仲井の名に、神堂はびくりと薄い身体を震わせた。その顕著な反応に、香澄のほうがとまどった。

「え、ええ。洒落で言ったのに本気にしたらしい、まいったなって」

「まいったって……言ったの？　怒ってた？」

不安そうにしながらも問いつめてくる神堂の語調は強い。いままでにない反応の鋭さに、香澄はいったいなんだと驚いた。

「お、怒ってなんかいませんでしたよ」

「本当？　たかちゃん、困ってなかった？」

黒目がちな目を潤ませた神堂に、つめ寄るように顔を覗きこまれ、香澄はひたすらあせる。

そうしてなんだか、じんわりと気分が悪くなった。

（あのひとも、ひとが悪いよな）

仲井のあの様子では、自分の発言が神堂にここまでの影響を与えているなどと考えてもいないようだ。それなのに、言われた本人は十数年も前の軽口を気にして、怯えたような顔さえする。

ちぐはぐで、アンバランスで、自分にはまるで頓着しない神堂がそこまで必死になるのが不思議だった。それだけに、あっさりと香澄の提案を承伏するのがわからない。

「そんなに気にするのに、洋服買ってきちゃってもいいんですか？」

「あ……そっか」

神堂の頭には、ここでようやく『洋服を買う＝仲井の言葉に背く』という図式ができあがったのだろう。とたんにおろおろとうろたえはじめた。

「お、怒られる……のかな。まずい？　でもそうしないと兵藤くんが困るよね」

ぶつぶつ呟きながら、混乱しかかった神堂にはもはや、ため息さえも出なくなる。この場は神堂の思考回路を理解しようとするよりも、現実問題をクリアするほうがさきだと思えた。

「いや。仲井さんは俺にまかすって言ってましたから、いいと思います」

「そ……そう？」

「そのくらいじゃ怒らないでしょう？　あのひと」

「う、うん。たかちゃん、やさしいから」

じゃあなんでそんなに怯えるような態度を取るのか。よくわからないと思いつつ、香澄はじんわりといやな気分を味わった。

（なんで俺が不愉快になってるんだ？）

理由はわからないけれど、どうも納得がいかない。だがこれ以上、神堂の混乱につきあっている暇もない。

「じゃ、あとで買いものには行きます。見立ては、俺がしますから」

そうして、中断しかけた掃除を続けるからとの言い訳で、まだ考えこんでいるらしい家主を書斎から追いだし、あとはひたすら機械的に働き、午後の買い物に出かけた。

そして香澄は夕刻も近くなるころ、ごっそりと大振りな紙袋を抱えて戻った。

「せんせーい、ちょっといいでしょうか」

「はい……？」

自室のパソコンの前で、なにか調べものでもしていたのだろう。検索サイトを開いてひたすらマウスをクリックしていた神堂に声をかけると、相変わらずのぼんやりさで彼が振り向いた。朝に同じく、よれた寝間着姿であるのにため息が出そうになりつつ、香澄は手にした紙袋を床におろす。

「これ、たぶんサイズあってると思いますから、あててみてください」

ばさばさと包みを開くと、出てきたのは洋服の山だった。紙タグがついたままのそれを手に取った神堂は、口と手を同時に動かす香澄をぼうっと眺めている。

「ここしばらくはまだ暑いみたいなんで、夏物でいいと思います。ジーンズの丈は俺があとで直すんで、穿いてみて裾の長さ調整しましょう」

「はあ」

「夜は肌寒いかもしれないんで、こっちのシャツでも羽織って。それからこっち、パジャマはとりあえず長袖で二着もあれば洗濯で着まわしできると思いますから」

てきぱきと包みの中身を取りだし、ゴミと化した紙袋を畳みながら「気に入らないものがあれば替えてきます」と告げると、ふるふると神堂は首を振った。

「これでいいです」

ぽつんと答え、それでもまだ迷うようにじっと手にしたシャツに目を落としている小説家に気づかれぬよう、香澄はこっそりとため息をついた。

(ああ、これで自分で着替えてもらえる……)

むろん神堂に言ったとおり、彼の楽なようにと考えたことでもあるのだが。

「とにかく着替えてみてください。俺、ちょっと部屋出てますから、終わったら呼んで」

困った顔で、それでもこくんとうなずいた神堂の部屋を出る。冷静に考えてみると、同性の着替えシーンを見て困惑している自分のほうがおかしいのだが、あの心臓に悪いヌードを何度も拝まされた身としては、あまり刺激を受けたくはないのだ。

「あの、着替えた……どう、かなあ？」

「はい、いま、まいります」

おずおずと声をかけてきた神堂に呼ばれて部屋を覗きこめば、生地のしっかりしたTシャツに裾を折ったジーンズを着た彼が、所在なさげに立ちすくんでいた。

これでいいのかと、おどおどしながら上目に見てくる神堂を上から下までじっくりと検分し、香澄は満足とうなずいた。

「ああ、いい感じじゃないっすか」

じつに十年ぶりに纏っているカジュアルな服は、ひどく神堂を幼く見せた。さらさらとした長い髪のせいもあって、ぱっと見には高校生くらいにしか思えない。

(おお。思った以上にいい。グッドチョイス、俺)

色白できゃしゃな神堂には、上品な生成やアースカラーの色味が似合うだろうとの見立てはあたりだったようだ。

「変な気がするんだけど、これでいいの？」

「似合ってます。よかった」

しきりにシャツの裾を引っ張ったりする仕種《しぐさ》も妙にかわいらしく、ほっとして思わず笑みこぼした香澄は、しかし次の瞬間はっとなって顔を引き締めた。

笑うと怖い、と言われたことを思いだしたのだ。

「なにか、変ですか？」

表情の変化に気づいたらしい神堂の不安げな声に「いや」と香澄は頭を掻《か》いてみせる。

「なんでもないっす。ところで、夕飯は何時ごろにしましょうか」

蒸し返すのも大人げないとごまかすと、べつにいつでも、という返答があった。この日予定していたメニューは白身魚のソテーにカボチャのポタージュと野菜のつけあわせで、煮こみものではないからそんなに時間はかからない。

「じゃあ、できたら呼びますから」

わかったと告げる神堂をあとにして、香澄は暮れてきた空を眺めつつ、あちこちの雨戸を閉めてまわる。縁側から眺めた庭先には、なんとはなしに湿った空気が漂っている。このところは晴天であったけれども、そろそろ秋の風物詩として定番の、長雨が来るのかもしれないと感じた。

「明日は買いだし、まとめてしとくかなあ」

なにげなく呟いた香澄は、そのまま台所へと向かう。

ほどなく、さらりという音が聞こえて、空が崩れたのを知った。夕食には、朝昼と同じく神堂と食卓をともにして、二日目の仕事もどうにか終了する。

風呂を終えても、この日は呼びつけられることはなかった。床につくことを告げにいくと、神堂はパジャマに着替えている。変わらず表情に乏しくとも、あの着崩れた着物を纏っているときより、よほどふつうに見えて香澄はほっとした。

「それじゃ、休ませていただきます」

「おやすみなさい、お疲れさま」

挨拶だけはしっかりしている彼に会釈して、やれやれ今日も一日終わったと嘆息する。

そして自室に戻るなり、予想以上に疲れきっていた香澄は布団に倒れこみ、そのまま一瞬で眠りに落ちたのだ。

＊　＊　＊

そうして、同じような日々が繰り返され、香澄もずいぶん神堂の家に馴染んだ。住みこみの仕事の第一条件は、順応性。暮らしはじめれば、どんな環境でも慣れるものだ。

また、思うよりも神堂は手のかからない相手だった。

こつさえ摑んでしまえば、なにしろおとなしい相手だけに問題は少ない。そして素直だ。かなり常識の部分でかっとんでいるところはあるものの、理論立てて説明すればきちんと理解してくれる。

（わりと楽勝？）

作家先生と偉ぶることもなく、多少偏食の気があったところで、こんこんと説いて聞かせれば、出された食事もなんとか食べようとする。

苦手な野菜類をかたっぱしから克服させてやることに使命感さえ覚えつつ、要は苦みのきいた食材や香りの強いものが苦手なのだとわかってきた。また本当に子どもと同じで、彩りあざやかな視覚でごまかしてしまえば、野菜類もけっこう食べる。

今日の夕食にはほうれん草ときのこと鶏肉のグラタンを作ってやった。ホワイトソースで煮こんでしまえばこれもクリアで、いまのところ出した料理はほぼ全勝だ。

しかし、この日の夕食は少しばかり塩気が強かったのかもしれない。香澄が夜中に喉が渇いて目を覚ますと、雨はまだ降り続いているようだった。

さほど激しい降りではないけれども、このあたりは人気《ひとけ》が少なく、周囲の物音が雨戸越しにも存外はっきりと聞こえる。

(静かだよなあ)

雨音と軒下の虫の鳴く声を聞く夜など、何年ぶりか。香澄はそっと起きあがった。

台所で水を飲もうとして目についた、シンク脇に積んだ大きめの鉢に思わず笑ってしまう。

グラタンのなかに緑の物体を見つけるたび、フォークで避けようとする神堂を宥《なだ》めすかし、きちんと食べ終えたご褒美《ほうび》にと、カボチャのプリンを作ってやったのだった。

プリンカップなどないため、和食器の小鉢で作ったプリンは市販のそれよりもかなり大きかった。興味津々で見ていた神堂が待ちきれない様子だったので、冷まさないままその大きな蒸し菓子を出してやる。大きな黒い目が喜色に輝くのはなんともかわいらしかった。

（まるっきり、ああいうとこ子どもだもんなあ）

思いだし笑いで喉奥を鳴らし、そろそろ裸足には冷たく感じる廊下を渡ると、神堂の部屋の灯りが漏れていた。

「あれ。もしかして、まだ仕事かな」

そういえばここ数日、香澄が質問攻めにしたり服を着替えさせたり、なんだかんだと時間をとらせてしまった気がする。自己主張の少ない神堂だけに、はっきりと断れなかったのかもしれない。

反省しつつ、なるべく音を立てないように部屋に向かう。けれど、古い造りの家ではかなわず、廊下の木目がぎしりと鳴り、またさっき灯りを消したばかりの台所から、カツン――と、なにかがぶつかる小さな音がした。

「……ひっ」

その瞬間、香澄は思わずびくっとして、そのあと「落ちつけ」と自分に言い聞かせる。

しんと静まった家のなかでは、シンクに落ちる水の音さえもずいぶんと響く。

できるだけそっとしたが、水切り籠《かご》に洗ったコップを伏せたとき、やや不安定な格好になったのは気づいていた。それがおそらく、時間をおいて滑ったのだろうとは推察できるが、深夜に突然、人気のないほうから聞こえる音というのは理屈でなく、怖い。

「あー、びびるわ……ん？」

胸を撫で下ろしたとき、がたんと神堂の部屋からなにか物音が聞こえた気がして、香澄は振り返った。ついで、神堂の部屋から細い声が聞こえた気がして、眉をひそめる。

「なんだ？」

そのまま耳を澄ませていると、啜り泣くような声さえも聞こえてきて、家の造りが造りなだけに、ぞっとしないものを感じた。こうした平屋造りに住んでみるとよくわかるが、夜半、灯りをつけないでいると、廊下の突き当たりや納戸の前など、窓のない空間は、昼でもかなり暗く、夜になると闇が濃いのだ。現代建築のように、採光を考えない造りだからだろう。

（う、やべえ。怖いかも）

神堂の著作には、こうした古めかしい日本家屋がよく登場する。いま思えばこの家がモデルだったのだろうという描写も多い。それだけに、よけいにイマジネーションがかきたてられ、思わず香澄の背中がぶるりと震えた。

壁からぬるりと半透明の血塗《ちぬ》れた女が出てきたシーンや、板張り廊下の木目がゆらゆらと蠢《うごめ》き、それが次第にひとの顔になる描写など、昼間に読んでもぞくりとしたそれらが、脳内でビジョン化する。とくにそういうものを信じるたちではないけれど、肌寒さとイメージの不気味さの相乗効果で、ぞわあっと背中が総毛だった。

その間にも、神堂の部屋から聞こえる啜り泣きは、止まらない。

なにかあったのだろうか。静まりかえった廊下にも不気味さを覚えつつ、香澄は気にかかってしかたない声の出所へと近づく。

「あの、先生……？　なにかありましたか？」

「……っ！」

ふすま越しに声をかけると、今度はばたばたと、なにかの崩れる音がした。派手な物音に、よもや神堂がまた貧血でも起こして倒れたのか——と、瞬時にあせった香澄は、返事も待たずにふすまを開いた。

「先生、どうかしましたか⁉　先生、先生⁉」

するると、床のうえには昼間香澄が片づけたはずの資料本が乱雑に散らばっている。なにが起きたのだ、と一瞬冷や汗が出た。あせって見まわすと雨戸のはまった窓は開いた様子もないけれど、敷きのべた布団のうえにも机にも神堂の姿はない。

「う、ううっ……」

「ひっ」

あげく、誰もいないはずの背後からくぐもった泣き声のようなものが聞こえてきて、香澄は自分こそが悲鳴をあげそうになった。しかし、それが未知の存在があげるものにしてはいささか情けないようなかすれたものであることから、おそるおそる振り向いてみる。

「……せ、先生？」

するとそこには、香澄の死角となる入り口わきの壁にぴたりと貼りつき、布団を頭から被《かぶ》って震えている神堂の姿があった。

「先生、……なにしてんすか」

神堂の姿を見つけたことと、泣き声の主がその当人であったことに同時に安堵して、へなへなと力が抜けた。

「あーもう、びっくりさせないでくださいよ……あせったじゃないっすか」

がりがりと金色の頭を掻いた香澄の顔を見て、神堂の表情はまたくしゃんと歪んだ。どうやら本当に泣いていたようで、目元も鼻の頭も赤い。

「ひ、ひょうど、く……」

香澄は子どものように膝を抱える神堂の前にしゃがみこみ、目をあわせた。『小学生、小学生』と内心で何度も唱えつつ、なるべく静かに問いかける。

「どうしました。怖い夢でも見ましたか？」

「う、うえっ……」

二十七歳成人男子にこの質問もどうかと思うが、声をかけたとたん「ひいいっく」としゃくりあげられ、脱力する。神堂相手にはもう、いい年をしてという常識は通じまいと思う。

「それともなにか、具合でも悪いですか？」

答えに窮したように神堂は唇を嚙んだ。そうして、泣いて真っ赤になった洟を啜り、うつむいたまま黙りこんでしまう。

「……お茶、淹《い》れましょうか。落ちつきますよ？」

一向に答えない彼に、これは言葉を待っても無理かと判断した香澄がそう告げると、こっくりとうなずく。夜半であることも鑑《かんが》みて、ミルクの量を多めにした紅茶を淹れて部屋に戻ると、相変わらず神堂は部屋の隅っこでうずくまっていた。

「どうぞ」

「あ、ありが、と」

カップを差しだすと、神堂は口のなかでもごもごと礼を言い、ゆっくりとミルクティーを啜った。香澄は部屋に戻るタイミングを失し、雇い主の向かいにあぐらをかいて座ると、ひくひくと喉を鳴らす神堂が落ちつくのを待った。

十分近くもかけてそのカップの中身を飲み干し、少し顔色のよくなった神堂がようやく呟いたのは、こんな言葉だ。

「兵藤くんは、驚かないの」

「いやまあ、驚いてないわけじゃないですけど」

ひどくいまさらの質問に、香澄は苦笑するほかない。神堂に関しては初手から驚きの連続で、正直いえば『ヘンなヒトだな』と思うことは思う。ただ香澄の性格上、それで彼自身を見下したり、腰が引けたりということがないだけのことだ。

ついでに言うと、たとえ怖い夢を見て泣いたのだとしても、神堂のこのルックスであれば、泣いてもきれいだしまあいいか、という気分になるから、美人はお得だ。

そう、これが驚いたことに、顔を歪めて泣いていても神堂はきれいだった。赤くなった鼻の頭もかわいらしく、ふだんは黙っていれば玲瓏《れいろう》な印象さえある顔立ちなのに、泣いたり動揺したりすると、神堂はとたんに幼くかわいらしく見えるのだ。

(俺がやったら、それこそホラーだけどね)

人間は見た目が大事だな、とぼんやり香澄は考えた。

「さっき、なんで泣いてたんですか。夢でも見たんですか？」

「夢じゃ、ないんだけど」

さきほどと同じ問いを重ねて口にすると、やはり神堂はかぶりを振った。そうして、ようやく聞き取れるか否かの声で呟く。

「ときどきなんだけど。急に、怖いって感覚がわーって襲って来ちゃって、夜中とか」

「なんでもないときでも？」

「うん。なんでそうなるのかわかんない。べつに霊感があるとかないとか、そういうのはわからないけど」

ぽつぽつと話しだした神堂の言うことは、感受性が鋭い少年時代にはよくありがちな恐怖のようにも香澄には思えた。

「天井の木目が笑っているように思えたり、雨の音が誰かの足音に聞こえてきたり……そうするとそのうち、それがどんどんすごくなってきて、どれがほんとかわからなくなる」

気のせいといくら言い聞かせても、止まらない。神経がどんどん過敏になって、ほんの小さな物音にもひどく怯え、そのうちに内心で育てた恐怖が妄想《もうそう》じみたものになって、意識を呑みこむほどになる。

ふつうは長じるに連れて、気にすることもなくなるような、ささやかで原初的な恐怖。それらが克服できないままにこの年まで来てしまったらしい。

「じゃあ、夜中にいつも電気ついてたのって？」

「明るいところじゃないと、怖いから。でも、兵藤くんが消したほうがいいっていうから、そうしてたんだけど……」

香澄が来てからは、消灯するようにしていたのだと神堂は洟を啜った。

それではずいぶん、怖い思いをしていたのだろう。どうりで毎朝、ずいぶんと眠そうにしていたわけだと香澄は合点がいく。

「ぼく、変だよね。わかってるけど、直らなくて」

ため息をついて呟いた神堂の声があまりに哀しげで、香澄は困ったように目を逸らした。

そうだとも、違うと言うのもはばかられ、天井を仰ぐしかない。

「子どものときからずっとそうで。でも親とかも、いつまでもそんなので怖がってるのはおかしいって、夜中に悲鳴あげたりすると、うるさいって怒られたし。……修学旅行とか行ってもそんなふうだから、周りにも気持ち悪がられるし」

「いや、べつにそんな、気持ち悪いとかはないです、けど」

感受性が強すぎるのも大変なことだろうと同情しつつ、フォローをいれようとした香澄はしかし、次に続いた神堂の台詞《せりふ》にいたく自責の念が湧《わ》く。

「だからなるべく、兵藤くん来てからは我慢してたんだけど、結局、ばれちゃったし。ごめんね、変で」

「先生……」

ときおりふっとこぼれる神堂の言葉で、もっとも香澄の心を揺るがすのは、こうした発言だ。この作家先生は、自分が金を出して雇っている相手にも、やや見当違いながらもひどく気を遣うことがある。

(調子狂うんだよなあ)

むろんいまどき、雇用契約とはいえ大昔のように人権までも握りつぶされるようなことはないが、基本的には香澄の仕事さきは金銭的にかなり潤っている家庭が多い。

まあそうでなければ常時家政婦を雇うことなどできるわけもないのだが、そうした人種の常として、ひとになにかをしてもらうことに慣れきっている場合がほとんどだった。

彼らは育ちのよさと礼儀として、言葉のうえでの謝辞は告げても、泰然と自分の下着まで他人に洗わせる神経の太さがある。

そもそも、神堂の着替えに関しても、あんなにおどおどと頼まれたりしなければ、まあそんなものだろうと香澄も受け止めたかもしれない。

「べつに、俺に気を遣ったりしなくて、いいんですけど」

「でも、ただでさえ迷惑かけてるのに」

「だから、それが仕事ですから」

言いつのる神堂に、どうやら彼は自分が他人と接触することで、ストレスが生じるのは他人のほうだと考えていることを知らされた。

「変に我慢とか、しなくていいですから。べつに俺、迷惑とかしてないから」

「でも……結局、夜中に起こしちゃいました」

「いや、たまたま起きてただけですから、ほんとに」

香澄のフォローも届かず、しょんぼりと肩を落とした神堂は、自分は変だと言う。けれど、言い換えれば、常人よりも神経が繊細で、感受性と想像力が豊かなのだろう。

(なんか、可哀想になってくるなあ)

そんなばかな、とこの怯えを切って捨てるのは簡単だ。やはり変わっていると、神堂を枠の外に追い出すのも。だが香澄はそういうことをしたくない。変だろうとなんだろうと、いま神堂はとても怖くて、それを香澄に知られて恥ずかしく、哀しいのは事実だろうからだ。

たしかにちょっとばかり、ひととは違っているかもしれないけれど、それも個性のひとつと思う。むしろ、作家としてはそれくらい尖《とが》った感性を持っているほうがいいのかもしれない、と香澄はひとりうなずき、ふと思った。

「でも、そんなんでよく……」

ホラー作家などできるものだと言いかけ、香澄は思いだした。そういえばあの大量の書架に、ホラーの類の文献がいっさいなかった。もしかしてそれも、怖がりだからなのか？

言葉のさきを察したらしい神堂が、不思議顔の香澄に向けて補足するように言う。

「怖くて、頭おかしくなりそうで……でも、誰も聞いてくれないから、ノートに書いてたんだ、ずっと。あと、昔からひとりでお話作るのも好きだったから」

「もしかしてそのノートが、小説の原型ですか」

書き出す言葉は雄弁で達者なくせに、口にのぼらせるとたんに拙《つたな》くなる神堂の弁をしんぼう強く聞きながら、神秘のホラー作家の第一歩が、行き場所のないフラストレーションのはけ口であったという切実さに、香澄はもの悲しさを感じた。

ヒット作になった『蝦女の囁き』は、実際には中学生の折り、いやがらせに衣服のなかに入れられたザリガニの気持ち悪さを忘れきれずに綴ったものであったらしい。

「デビューは、それをきちんとして投稿、とか？」

この内向的な性格で、そんなふうに外に向けて働きかけることはできるものなのか。香澄のもっともな疑問に、神堂はふるふるとかぶりを振って「違う」と言った。

「たかちゃんが、十代のころずっと、家庭教師やってくれてたんだけど。それで、間違ってノート見られて……これおもしろい、すごいぞって言ってくれた」

当時すでに出版社への就職を決めていた仲井は、内向的すぎる幼なじみの相談係であったらしい。そして書き綴った言葉の豊かさに驚き、是非これを小説の形に仕上げろと言ってきたらしい。

むろん、誰かに見せるつもりで書いたわけでもないノートは、そのままで商業作品として耐えうるものではなかった。そのあと何度もの推敲《すいこう》を重ねて、小説の形が整ったけれども、基本的には神堂の綴る話はすべて、自分の内的な恐怖から生まれていたようだ。

「ずっと、変だとか気持ち悪いとか言われてたから、ぼく、すごくびっくりして」

「そうだったんですか」

「うん。このことで誉められたのはじめてだったから」

いままで誰にも話せなかった分もというように、神堂は懸命に自分を語った。きらきらと輝かせる目のきれいさに、香澄は思わず笑みこぼす。

「先生は、嬉《うれ》しかったんですね？」

「う、うん。そう、そうなんだ。だからいろいろ書くたびに、全部たかちゃんに見せてた。……そしたら、なんか気づいたら、デビューしちゃって……」

しかし、理解されたことの嬉しさを語ったのも束の間、神堂はまた顔を曇らせる。そうしてふっつりと黙りこんだ彼が口にしなかった言葉を、香澄は察した。

（しんどかったんだろうなあ）

剝き身の感性を薄い肌一枚で覆っているような彼に、マスにさらされる事態というのはけっしていいことばかりではなかっただろう。

認めてほしかったのはおそらく、幼なじみのやさしい兄貴ぶんに対してだけ。万人に向けてのエンターテインメント作家になるつもりなど、この青年はなかったのだろう。

「もしかしてペンネームとかも、仲井さんが考えたんですか？」

心に引っかかるものなら、べつに無理に話すこともない。そう考えて少しだけ話の方向を変えてやると、ほっとしたように神堂はうなずいた。

「うん、ほら、ぼくすごくふつうの名前だから、派手で全然違うのにしようって。でももと、本当はのりくんが……あ、たかちゃんの弟なんだけど、漫画家になりたいって言ってた小学生のときに、作ったやつらしいんだけど。いまじゃ全然忘れてるからいいだろうって」

たまに、のりくんは冗談で、著作権料払えなんて言うけど。

かすかに笑みさえ浮かべて、彼の狭い世界のテリトリーにいる住人たちを語るとき、神堂はいままで見たこともないほどにやわらかい表情を浮かべていた。

（子どもみたいな顔、するんだな）

たぶんいま、世間の神堂ファンが知りたがっていることを、自分は教えられているのだと思えば少し、優越感が湧いた。また、ここ数日どうしても打ち解けきれなかった彼が、顔を綻ばせ、自分からあれこれと話してくれることにも、単純な嬉しさを覚えていた。

同時に、彼が仲井に向けるあの絶対の信頼と甘えた表情の意味を理解できた気がした。

神堂の世界には、誰もいなかったのだ。怖いことを怖いと訴える相手も、それをきちんと受けとめる相手も。だからこそ、自分の『言葉』を最初に認めてくれた仲井は、絶対なのだ。

そして同時に、このひとはいつまで『たかちゃん』なのか、と微妙な気持ちになる。

（もう大人で、ちゃんといろんなひとに認められてるのに）

それを仲井はちゃんと、神堂に教えてやれないのだろうか。自信をつけ、ひとりで立っていけるようにしてやらないのなら、どうしてひとり、こんな広い家に放っておけるのだろう。

（俺なら……）

こんな顔はさせないのに、とふと考え、そのことに香澄は静かにあわてた。同時に、ちくりとした胸の痛みを覚えていたけれど、はふっと息をついた神堂の声に、なにか複雑なものを覚えていた意識は持っていかれる。

「なんかぼく、いっぱい、喋っちゃった……」

「え？」

なぜか照れたように呟いて、ふっと語りを止めた神堂は、さらりとした髪を揺らして問いかけてくる。大きく澄んだ目に見つめられると、だいぶ見慣れたとはいえどきりとした。

「兵藤くんは、どうして、このお仕事に就いたん、ですか？」

「え？　どうしてですか、急に」

突然のそれに最初は驚き、問いかけた。すると神堂は「んー」とまた細い首をかしげ、考えこんだあとに言う。

「えっと。こんなにいっぱい、たかちゃん以外と喋ったこと、なくて。兵藤くんはとても、話がしやすかったので、話を聞いてみたい、です」

神堂が答えを待つように、香澄をじいっと見つめてくる。

（あれ。俺のこと、興味持ったんだ）

慣れないネコになつかれたかのような、不思議に照れのまじった誇らしさを感じる。香澄はいつものように気をつけることも忘れて笑みを浮かべ、つるりと言葉を発していた。

「俺、親がいないんですよ。事故で、いっぺんに死んじゃいまして」

「え……」

「そんで身よりもなかったから、十代から施設にいたんで、早く就職したかったんです」

ふだんならば重たくて、めったに他人に語らない生い立ちを、こんなに簡単に口にしたのははじめてだった。

香澄は幼いころに事故で家族を亡くして、そのあとは施設を転々とした。中学までは義務教育としてどうにか通ったけれども、早く手に職をつけたかった。

「でもなにせ中卒でしょ、このご時世じゃ、就職するにもむずかしくって。でもまあ、なにか資格を取るかどうするか――とか悩んだ時期、とりあえずやってた清掃のアルバイトで、スカウトされたんすよ」

「家政夫さんに？」

「いえ、そこではハウスクリーニングに。身体でかかったし、力仕事もできるしって」

香澄の仕事ぶりに目をつけた業者は、特別手当を入れるからという条件で、香澄をとあるお屋敷のハウスクリーニングサービスに行かせた。

そこに定期で通ううちに、庭の手入れや修繕などの雑用まで任されるようになり、あげくもともと料理は得意というのがわかるや、その家に入っていた家政婦さんに『ちょいとどうかね』とスカウトされた、それが川本家政婦サービスだった、というわけだ。

――あんた向いてるわ。ちょっと研修受けたらうちに来なさいよ。

数年前の保育士、看護士の名称変更の例をあげるまでもなく、男女での仕事の差別をなくそうという運動の一環に、一時期男性サービスを多めに雇い入れた時期があり、そこに香澄もうまいこと引っかかったのだ。

いちばんの魅力だったのが、住みこみOKということ。しかしいざ本気で就職するとなったら、数ヶ月にわたる研修はあるわ、セクハラ、差別問題、知識教養に関してまでテストがあり、ひどく大変だったのだ。

ちなみに香澄に関しては、この格好を許される程度にはオールクリアの成績を残した。なにしろ死活問題なので、ほかの『やってみようかな』程度の男性連中や、パート気分の奥様とは気合いが違ったのである。

「大変じゃ、ないの？」

「んー、俺わりとどこいっても馴染むんで。楽しいっすよ、いろいろ」

家族にはなれないけれど、自分の知らない家庭というもののなかに、ちょっとおまけのように混ぜてもらえたようで、それは嬉しいものばかりでなくても、香澄にとっては楽しいものだった。

荒れた時期も、なくはなかったけれど、自分にも、そして誰にとってもいい結果を生まないと気づいてからは、飄々といまある生活を受け入れている。

「でも、自分のおうちじゃないのに。住んでるところとか、お仕事の間は、どうするの？」

「あはは、俺、家がないんですよ」

「なかったら、暮らせないじゃない」

きょとんとした神堂の、ごくあたりまえといった言葉に香澄は苦笑した。

なぜ住みこみ専門かというと、香澄には言葉のとおり、家がないからだ。それも家族が亡くなっているので実家がない、という意味ではなく、いま現在、住居として契約している場所そのものがない。

「小さいころ施設を転々としてたせいなのかなあ。住むとこ、なんとなく自分で決めるのがいやで。長期の住みこみ仕事ばっかり選んでるんですよ」

住民票ほかは、川本家政婦サービスの事務所で登録している。

「お休みのときは、どうするの。ぼくのとこでは、帰らなくていいって、言ったけど」

「ん？　よそんとこの場合は、たいてい外に出て、友だちんとこ転がりこんでますね」

幸いだなと思うのは、香澄には友人が多いことだ。それは学生時代のものだったり、かつてのアルバイトさきや、趣味のサーフィンで知りあった連中など、顔ぶれはばらばらだけれど、誰もが気さくでいいやつらばかりだと思う。

残念ながら家族を早くに亡くしたが、ひとの情というものはちゃんと知ったし、生きていくうえで大切なことを、いろんなひとに教えられてきた。

「だから、誰かの手助けをしたいと思うのかもしれないなあと……そんな感じですかね」

ちょっとクサイかな、と照れながら言うと、またじっと神堂が、不思議な印象のあるまなざしで、香澄を見つめていた。

まっすぐすぎて、少したじろぐ。ふだん、あまりひとの顔を見ることさえしない彼は、一度視線をあわせると凝視といっていい強さで見つめてくるのだ。

「……すごいね、えらいんだね」

「え？」

「そんなに若いうちから、ちゃんとしてた。すごい」

視線に呑みこまれそうになっていた香澄に届いたのは、あどけないような響きの言葉。それから、ゆっくりと微笑んだ、やわらかなうつくしい顔立ちへの感嘆がこみあげる。

「い、いや、すごいとか……若いうちから、って言うなら先生のほうがすごいっすよ」

どぎまぎする自分にあせって、とんでもないとかぶりを振る。しかし神堂は「ううん」とかぶりを振って、こうも言った。

「兵藤くんはとても、自分のことを、きちんとわかってるんだね。そういうの、すごい。ぼくは……たかちゃんがいないと、なにもできなかったもの」

寂しそうに呟いて、目を落とす。あのきれいな、吸引力のある視線から逃れられたことに、ほっとしたのか残念なのかよくわからない気分を香澄は味わった。

けれどそれよりも、ベストセラー作家で、世間にはそれこそ『すごい』才能の持ち主だと言われている神堂が、どこまでも自信がなさそうな様子なのが哀れなように思えた。

目の前のしおれた顔をなんとかしてやりたくて、香澄は彼の気分が上向くような言葉を探した。

「……仲井さんは、名付け親ですもんね」

「え？」

仲井の名前が出たとたん、神堂の顔がぱっとあがる。現金な、とおかしくなるけれど、なぜだか胸の奥にはちりちりとした焦げつきを覚えた。

「だってほら。ペンネームつけて、作家にしてくれて。そういうひとがいるのも、すごいことだと思いますよ」

「あ、う、うん。そうかな、そうだよね？」

だがそれをおくびにも出さず、香澄は明るい声を出すようにつとめた。いま大事なのは、神堂にさっきのような、無邪気な顔をしてもらうことなのだ。それにはきっと、仲井の話をするのがいちばん有用なのだろう。

「たかちゃんね、昔からほんとにすごくてね。なんでも知ってて、器用で」

仲井のことを話す口調は熱を帯び、これは神経過敏の反応でなく、うっすらと頬が紅潮している。微笑ましいとさえ感じ、いままでになく近しくなった距離に、香澄は安堵していた。

けれども、その穏やかな会話のなかに、ときおりちくちくとした棘《とげ》のようなものを感じる。

「それでね、たかちゃんがね、昔……」

痛みは、彼がこちらに向けた言葉そのものに付随するものではなく、思い出語りに終始しているというのに、どうしても香澄の神経を小さく痛ませた。

（なんだろうな、これ）

繰り返し繰り返し聞かされる、仲井の名前。神堂のなかにある彼の存在の大きさを見せつけられたような気分がするからだと気づくまでに、さほどの時間はかからなかったけれど。

(だから、なんなのよ、俺?)

訥々《とつとつ》とした神堂の言葉に、穏やかに相づちを打つ。静かで凪《な》いだ時間、なのにどうしてこんなに落ちつかない気分になるのかわからない。

結局は嬉しそうな神堂の言葉を止めることもできなくて、香澄は空が白むまで、その話につきあったのだった。

＊　＊　＊

鎌倉駅前から小町通り商店街に入ってしばらく歩くと、いくつかのインポートショップが存在する。若者向けの衣類や輸入雑貨が値頃感のある価格で売られているのだが、香澄はぶらぶらとそれらを覗いて歩いた。

(あ、これ先生に似合いそう)

結局あれ以来、神堂は日常の時間すべてを洋服ですごすようになった。一週間は続いた長雨があがると、ずいぶんと肌寒い気候になったため、秋冬物の補充に来たというわけだ。

カジュアル系の店に入りこみ、ふだん用のボタンダウン、ダンガリーなどを数枚、それからジップアップのフリースをジーンズとチノにあわせて着まわしができるように買いこんだ。

ふだん自分が着るのより数段おとなしめの服を詰めこんだ紙袋を抱え、香澄はさらに小町通りの奥へ進む。

東京や横浜に比べると、鎌倉はぐっとおとなしいファッションの若者が多い。しかし年配のひとびとは、むしろ洒脱な格好のひとが目立つ。

古式ゆかしい町並みに、ハンチングをかぶり、洒落たスーツでステッキを手に散歩するご老人と、ギャルファッションの観光客が同時に存在している。輸入ブランド品の並ぶ隣の店では骨董品が扱われ、クレープを売る店の目の前には手こねの飴《あめ》を切るおじいさんがいる。

(やっぱ、なんか不思議な街だなあ)

ひととおりの買い物をすませて帰途につくと、通り沿いでは観光用人力車の呼びこみが激しかった。

この街をはじめて訪れた折りにはずいぶんと風情のあるものだと思ったけれども、近ごろ顔見知りになった魚屋の主人は、苦笑混じりにこう言った。

――もとからの営業じゃないんですよ。ここ数年で増えた、観光産業なんです。

そもそも昔から営業していた人力車の組合などとうにつぶれてしまって、いま町中で見かける連中は、浅草あたりから流れてきた業者がほとんどであるという。タクシーならばワンメーターの距離を数千円という価格、それはもちろん案内を含めたサービス料金込みなのだろうが、なかには客の望まない場所へ連れまわすような輩《やから》もいるので要注意、だそうだ。

いかにも伝統工芸めいた土産物屋も、名物ぶった菓子屋も、そのほとんどが観光名所にかこつけた新参の店であるという。本当に古くから営業していた店たちは、それらの台頭に負けて店を畳んでいったらしい。

——この店も、あたしで終わりになるんでしょうねえ。

明治のころから店をかまえて三代目、木目に墨で屋号を入れた看板を掲げた魚屋の親爺《おやじ》さんは、息子はサラリーマンになってしまったと寂しげに笑った。

どんな街でも、暮らしてみなければその裏側までは見えない。

見場だけは強面の香澄が、家政婦サービスに所属していることも、ベストセラー作家の神堂が本当は極度のひと見知りで怖がりであることも、触れあえる距離にいなければわからない。

いや、実際にそうして近づいたところで、さらなる謎が増えることもある。

「俺も、なにやってんだかなあ」

本当はこの日、香澄は休暇日の割りあてになっていた。

派遣もとの規定で、所属職員は週二のペースで休みを取ることになっており、自宅のあるものはそれを連休にして、住みこみさきからいったん暇をもらう場合も多い。

香澄が重宝される要因のひとつには、神堂に告げたとおり『自宅を持たない』ということがある。身寄りがなく帰省の都合がないため、休暇日には一応自由にさせてもらうけれども、基本的に契約中には雇用さきの家を完全に空けることはなかった。それでもたまには遠出をしたり、相手さきの都合で泊まりがけの一泊旅行をして、波乗りに興じることもあった。

ことにいまは、香澄の愛する海は目と鼻のさき。湘南の浜辺まで行こうと思えば徒歩でも行ける。いままで香澄がよく通っていたのは千葉の方面だったから、湘南の穏やかな波とたわむれるのも、楽しみにしていた。話が決まってからは、気合いを入れてウエットスーツからボードまで、新調したほどだ。

大振りなため、いままでは友人宅に預けていたロングボードを、鷹揚《おうよう》な神堂は家に置くことを許してくれた。また徒歩では駅から遠いこともあって、庭先の遊んでいたスペースに愛車のゼファーも置かせてもらっている。

さすがに検挙されたくないので、ゼファーにボードキャリアを積むわけにはいかないが、おかげで海に行くのも楽になった。いままでの休日にはたいていボードを持って江ノ島行き、というのが香澄の定番になっていた。

(今日だって本当は、サーフショップに行くつもりだったんだけどなあ)

なのに結局、朝から江ノ島をうろついてもその気になれず、すごすごと戻ってきた。

気乗りしないならいっそ帰宅して、庭の手入れでもしようかとも思ったが、それもそれでどうにも気が乗らない。

「邪魔したら、悪いしなあ」

呟いた声が存外に重く響いて、俺はいったいなんなんだ、と香澄は吐息する。

あの家には今朝早くから、ひさしぶりに仲井が訪れてきていた。差し迫った仕事の話ではないらしく、様子うかがいといったところらしい。

香澄とは初日以来の顔あわせで、会釈するなり仲井は、こう言った。

――いろいろ面倒かけて、悪いね。裕のこと、よろしく頼むよ。

うまくやってるようでよかったと言われた瞬間に、なぜかその発言が気に障った。

いまさら本当に、気にすることでもないだろう。神堂が手がかかることは事実だし、仲井はそんな彼の保護者のようなものなのだ。香澄を手配したのも彼だし、よろしくと言われるのも道理だとは思うのだが。

（なんで俺、むかっとしたんだろ）

言われて当然のことを告げられたままで。そう思いながらどうにも釈然としないのは、はにかんだような神堂の表情を見てしまったせいかもしれない。

――裕も、兵藤くんに迷惑かけんなよ？　まったくおまえ、なにもできないから。

――ひどいよたかちゃん、そんな言いかた、ないよ。

自分には、あたりまえだけれどもあんな、拗《す》ねたような表情は見せてくれない。すごしてきた年数の長さと密度を目《ま》のあたりにして、微妙に腹のあたりが重くなったのを知った。

（べつに、迷惑なんか、かけられてない。仕事なんだから、あたりまえのことしか）

思わずそう口走りそうになった香澄は、休みをいいことに早々にその場から逃げた。

おかまいできませんで、と告げると、勝手にやってるからかまわないと仲井に返された。あげく、オフなら自分でやると仲井が茶まで手ずから淹れた、それもなんだか不愉快だった。自分のテリトリーを侵害されたような、そんな気がしたのだ。

あの家については、つきあいの長い仲井のほうがよほど詳しい。あちらは友人でこちらは使用人、それももっともなことであるはずなのに――。

「……俺、やばくないか？」

たったひと月かそこらに満たないつきあいで、神堂に対して覚えた保護欲は、少しばかり尋常でないような気がした。

家庭のなかに入りこむ仕事柄、どうあっても密になる人間関係は、トラブルの種となることも多い。いちいち情を移すような真似をしては、このさきがやりにくくなると知っている。だからこそ、打ち解けつつもどこかしらラインを守った関わりを心がけてきていたはずなのに、初手からペースを崩された神堂相手に、香澄の経験則はまったく通用しないようだ。

雨音にさえ怯えた彼を知ってしまった夜以来、神堂が寝つくまで話し相手になるのが定番になった。あれも、いま思えばあまりいいことではない。

ときおり、次回作のネタになってしまいそうな『怖い考え』が口をついて止まらなくなった神堂につきあわされ、香澄自身がひとりで寝るのが怖くなってしまうというオチさえつくもので、最近ではもっぱら、布団ごと彼の仕事部屋に移動して床につく有様だ。

これはもはや、仕事の域を超えていると思う。入れこみすぎだと自分でも思っていて、しかしあの不安げな表情を見てしまえば、香澄はどこまでも甘くなっていくのだ。

どんなに夜更かしをしようと、香澄自身は毎朝決まった時間に起きるが、神堂が眠そうな折りには日によって、昼まで寝かせておいてあげようと思ってしまう。

気持ちよさそうに眠っている顔を見てしまうと、とてもではないがはじめのころのように、強引に起こしてしまうのが忍びなく、生活改善どころの話ではない。

少しでも気が楽になるように、埒もない話につきあったり、自分のための時間をわざわざ使って、誰かのために服を見立てたり。

そうして、少しでも自分のしたことがあの、表情に乏しいきれいな顔立ちを綻ばせることができたときには、なんだか気恥ずかしいような感情がわきあがってくる。

(俺がグダグダになって、どうすんだよ)

それは完全に、仕事に対する達成感とは意味あいを違えるもので、香澄はすっかり混乱してしまっていた。

「やっぱ海行こっかなあ」

ここから由比ヶ浜までは、香澄の足であれば二十分も経たずにたどり着くだろう。

しかし、気づけば両手には神堂の秋冬物の衣服が抱えられていて、この大荷物で海というのもいかがなものかと香澄は吐息した。

しかたなく、近くの喫茶店で適当に時間を潰そうかと駅前まで引き返したときだった。

「あれ、兵藤くん？」

声をかけられ振り向くと、数時間前に挨拶したばかりのすっきりとした二枚目が、やわらかい笑みを浮かべて手を振っていた。

「仲井さん、もうお帰りですか？　お疲れさまです」

「うん、もう話はすんだから」

じゃあお気をつけて——と言いかけた香澄を制するように、敏腕編集者は口を開く。

「ちょっとさあ、いまいいかな」

「は？　俺ですか？」

「うん。一応、状況聞いておきたいから。忙しくないならだけど」

どう？　と指で示されたのは駅前にある有名和風喫茶レストラン。なぜ自分をと思ったものの、断る理由も見つけられず、香澄はうなずいた。

一風変わった創作料理で知られる店は、有閑マダムとおぼしき女性陣でごった返しており、男ふたりで席を陣取るのはいささか浮いていた。だが、そこそこ賑《にぎ》やかな店内は、話をするにはちょうどいいようだ。

「昼は食べた？　遠慮しないでいいよ、経費で落とすから」

「いや、俺はごちそうになる理由がないです」

「まあまあ、ここは年上の顔立てて」

如才ない仲井を断りきれず、お勧めメニューらしい変わりオムレツを香澄は注文した。仲井のほうはハヤシライスで、あまり愛想のないウエイトレスが去ったあと、よく知らないもの同士にありがちな奇妙な沈黙が訪れる。

「煙草いいかな」

「あ、どうぞ」

平然としている仲井の前で、香澄はどうにもペースが摑みづらい相手だと感じた。

だがそれもしかたないのだろう。そもそも、香澄が直接関わる人種は、いまこの店の席を占めているようなおばさま連中が多く、あとは学生時代かサーファー仲間の友人ばかりだ。

考えてみると、やり手のサラリーマンと言われるタイプとは、仕事を除けばほとんど接触したことがない。

（案外偏ってんだな、俺）

へだてなく誰とでもつきあえるという自負は、少しばかり思いこみもあったようだ。自覚したとたんに少し緊張も覚え、煙草を吸わない香澄は水を飲んで間を保たせる。

今日はプライベートと言っていたとおり、カジュアルなファッションに身を包んだ仲井は、私服のセンスもいいらしい。スーツを着れば二割増し男前に見えるとは言うけれども、砕けた服装でも彼の魅力はなんら損なわれることはない。

浮かべている笑みもごく穏やかに甘く、こんな表情を浮かべれば、誰であれ気を許してしまうだろうと感じられる。

(でも、なんだろう)

すっきりと端整で、そつのない性格。ひとあたりはよく穏やかで、しかしほんの少し食えない。こんな人物をどこかで見たことがあるような既視感にとまどう香澄へ、仲井はにっこりと微笑んで頭をさげた。

「まず、礼を言います。裕、かなり顔色もよくなったみたいだし、いろいろ偏食も直してくれたらしいね」

「あ、いえ。そこは、初日に言ったとおりなんで、礼を言われることじゃないです」

言いながら香澄は、仲井の発言にいささか苦いものを覚えてしまう自分を、ごまかしている気がした。

「できればもう少し外に出たほうがいいと思いますけど。なんかあれ、もとからですか？夜型の生活みたいなんですよね。朝つらそうなんで、どうも起こせないのが予定外で……」

つい甘やかしてしまっていることが、いいのか悪いのか。香澄が呟くと、軽く煙草を吸いつけた仲井は、切れ長の目をちらりと動かした。

「……ふうん？　なるほど、細かく見てくれてるみたいだ」

　おもしろそうに笑った仲井は、呟いたきりまた深く煙を吸う。その含みのある笑いになんとはなしにむっとして、しかし顔に出すほど香澄は幼くはなかった。

「先生の仕事がそんなにつまってないようでしたら、連れだしてもいいかとは思うんですが」

「ああ、そのへんは聞いてない？　はじめに言ったとおり、ここ半年は急ぎの締め切りはないよ。なんならきみにスケジュール表とか管理してもらってもいいなあ、うん」

「ちょ、それはどうなんですか」

　そこまでは自分の仕事の範囲を超えているのではないかと、さすがに香澄が目を瞠る。だが、まじめな話なんだと仲井は続けた。

「俺、じつは今度昇進決まりそうなんだよね。だから、いままでみたいに裕ひとりにかまっちゃいられないっぽいんだわ。副編集長って要するに管理職になるから、実際の編集作業とかも相当削られると思うし」

　あまりにあっさりとした仲井の弁に、香澄は思わず反発したくなる。これも神堂に肩入れしすぎるあまりだと自覚はしていても、感情のほうが止められなかった。

「ひとりにかまってられないって。そんな言いかた、なくないですか」

　ややきつい語調になる自分が止められず、香澄は眉をひそめて憮然《ぶぜん》と言い放つ。

「だって先生は、仲井さんに言われて作家になったんでしょう？　それなら、忙しかろうとなんだろうと、ちゃんと面倒見るべきじゃないですか」

「あれ。あいつそんなことも話したんだ」

香澄の言葉に、仲井は驚いたようだった。それが彼の余裕を――なにに対しての、とはわからないまでも――見せつけられるようで、香澄はおもしろくない。

「じゃあ、家のこととか聞いた？」

「いえ。あんまり、詳しくは……」

逆に問われて口ごもると、そこにハヤシライスが運ばれてくる。ややあって、香澄の注文した変わりオムレツも届いたが、双方ともに手をつけようとはしなかった。

カトラリーを取りあげる気にもならないまま、中途半端に途切れていた会話の隙間をつなぐように、仲井が煙草を揉《も》み消して言った。

「……変わってるだろ、あいつ」

ぽつりと呟かれたそれは、かつて神堂が自己申告したときと同じように、うなずけばいいのか否定していいのか、香澄には判断がつきかねた。だから、ずっと気になっていたことを問いかけてみる。

「プライベートな問題だったらすみません。家のことっておっしゃいましたけど、なんか問題でもあったんですか」

あの性格が形成されるにあたり、家庭内でなんの問題もなかったとは思えない。香澄が問えば、仲井は逡巡《しゅんじゅん》するかのように目を伏せ、しばしの沈黙のあとに言った。

「いいや、むしろその逆だね。まったくもって、とてもまっとうなお家でね」

「……その『まっとう』って、どういう意味ですか」

それはずいぶんと皮肉な響きで、仲井のそんな声をはじめて耳にする香澄は少し驚く。

「いやそれは、言葉どおりなんだけど。ちょっとおいておいて」

少し、話を横に逸らすけれどと前置きして、仲井は言う。

「あのね。基本的には裕は、賢いんだよ、本当に。ただ、なんていうのか、回路のつながりかたがちょっとだけ、ふつうじゃないんだ」

わかるかな、と目顔で問われ、なんとなくと香澄がうなずけば、仲井は目元だけで笑う。

「発言がけっこう、主語がすっ飛んだりするのもね。数学で言えば公式を使うまでもなく答えがわかっちゃってるような、そんな感じで。でもこっちが、なぜそう考えるのって訊《き》けば、ちゃんと説明もできるんだ」

「ああ……それは、はい」

理解できると香澄はうなずいたけれどそれには、少しの寛容さと時間と、受け止める人間の余裕がなければ少しだけむずかしいだろう。それも知っていると、仲井は苦笑した。

「でもって、裕のご両親は、その時間も余裕も、なかったのさ。そこに持ってきて、あの怖がりだろ？」

「ああ……でも、あんなの子どもだったら、ふつうじゃないですか」

「子どもだったら、ね。でもさ。大人になったいまであれなんだよ、兵藤くん」

　話を聞きながら、腹の奥になんだか重くいやな塊が重量を増していくのを香澄は感じた。

そしてそれは、仲井が長年抱えてきた重みなのではなかろうかと、このときになってぼんやり気づく。目の前の男はただ飄々としているばかりであったけれど。

「小さいころなんかは本当に、疳《かん》の虫ってんじゃすまないくらい、ひどかったらしい。実際俺も弟から、学校でいじめられてるのがいるって聞いたときには、そりゃしょうがねえって思ったくらいさ」

「しょうがねえって、どんな」

「授業中だろうとなんだろうと、感情が高ぶれば泣きだしてしまう。ひとの感情に鋭敏すぎて、まともに会話もできない。小さいころは、吃音《きつおん》も少しあったようだしね。裕ももどかしかったんじゃないかな、うまく伝えられなくて」

　それでも、それが奇妙な行動なのだと周囲に言い聞かされれば理解できる賢さが、さらに災いした。自分を羞じ、ひとと違うことを抑えようとするあまりに、神堂は口もきけなくなったらしい。

「あげくには一年間、ひとことも喋らなかったことがあったらしいよ」

「誰とも、ですか」

「そう。先生とも親とも筆談状態。いまほどそういうことに世間の理解のある時代じゃなかったし、検査してもこれといって身体的に異状もないから、かえってむずかしくてね」

近年であれば個々の教育に目を行き届かせようという動きもある。けれどほんの二十年前には、まだそういう児童への理解は少なかったのだと仲井は苦い声で言った。

「こないだも言ったけど、そんなんだから学校あんまし行けなくってさ。近所づきあいのよしみで、俺が家庭教師することになったりした。で、いざ勉強みてやると、かなり頭はいいのよ。IQも相当高かったから、むしろその弊害だったのかもしれないと、いまは思う」

能力的に一部に特化したがゆえに、ほかがむずかしくなる子どもの話は香澄も聞いたことがある。そういう才能をうまく伸ばす教育もいまでこそメジャーだが、当時は考えもつかないことだっただろう。

「当時、俺はもう高校生で、裕はまだ小学生だった。でも会話のテンポはともかく、内容的にはほとんど問題ないし、むしろ子どもにはむずかしいだろうってことも通じたりすんだよね。だってさ、冗談でやらせてみたのに小学校低学年で、関数の問題解いちゃったんだぜ?」

「……そりゃまたすごいですね」

遊びで教えてみたら、つらっと解いたと笑う仲井の顔は、まるっきり保護者のそれだった。

そもそも小学生の児童に自分の課題をやらせてみる高校生というのも相当変わり者だとは思ったが、香澄は苦笑にとどめて口には出さない。

「でもなんか、変だと気づいた。着替えとかそういうことに関して、すごく遅い。数学の公式はあっさり理解するくせに、パジャマを着る順番がわからないんだ」

はじめは仲井も、神堂のなにもできなさが過保護さから来るものかと思っていたようだ。だが、それが通常のレベルではないと気づくのに、さほどの時間はかからなかった。

苦いものを覚えつつ、香澄は問いかける。

「あの、パジャマの順番って、どういうことですか」

「ズボンは右からはいたらいいのか、左なのか。ボタンはうえから止めればいいのか、したからなのか。それが『わからない』んだよ。どっちでもいいって言うと、混乱するんだ」

「混乱って、どうして」

「そりゃ、教えてもらえなかったからだよ。言ったろ、理屈が通っちゃったんだ、小さい裕には。だから、どっちだっていいって放り投げずに、自分で判断がつくまで『右からだよ』って言ってやればよかった、それだけなんだ」

なぜそんな奇妙なところに引っかかるのかと、振り捨てるのではなく。とりあえずの方法を教えてやる、それだけでよかったはずだと仲井は静かに言った。

「あいまいなもの、答えがいくつもあるものに、裕はひどく迷う。正しいことが、よくわからないから。そして正しいことをしたいと思っているけど、自分じゃ選べない。そのバランスの悪さのせいで、まわりの大人はあいつのことを見失う」

実家でずいぶん甘やかされてきたのかと思えば、あの生活無能者ぶりも、尋常でないひと見知りも納得はいくだろう。実際にはその逆で、がちがちにお堅い両親が彼を理解できず、ほったらかしのあげくにこうなった、というのが事実らしかった。

「親御さんがうまく、会話を誘導さえすればいいんだと思って、そうも言ったんだけど。ガキの言うことなんか、一蹴《いっしゅう》されたね。子どもの教育について、子どもに言われる筋合いはない、だってさ」

神堂の両親は、ともに教育機関に携わる仕事をしていたらしいと聞かされ、香澄は思わず目が据わってしまった。

「先生やってたのに、自分の子どもはほったらかしなんすか」

「先生やっててっから、ステレオタイプにしかものを見れないってこともあんじゃん？　それにまあ……自分の子どもくらいは手がかからない子であってくれって、思ったみたいよ」

どうやら仲井自身も、神堂の両親に思うところはあるらしく、皮肉に笑った。

「評判のいい、熱心な先生たちでは、あったんだ。それもしかたない。みんな万能じゃないし、親なんて生き物は……そう強くないんだろう。けれどそれはいま、俺が大人だからそう思うことであって、小さい裕にはやっぱり、親は、神様だったんだよ」

現実主義者としか言いようのない仲井の口から出る、あどけない意味での『神様』という言葉がなんだか胸に痛い。だから香澄もぽつりと、幼い神堂を思ってこう呟く。

「あのひとは……神様に、見捨てられたって、思ったりしたんですかね」

「それがね。裕は誰も恨まないのよ。ぼくはだめな子だって、しょんぼりするだけ」

目に見えるようだと香澄が目を伏せると、仲井はふっと微笑んだ。

「だから、俺はなんとなくね。あれが可哀想でね。怒れちゃえばよかったのにって。癇癪《かんしゃく》を、ひとにぶつけられればもっと、楽になったのになあとね、思うから」

言いながら、仲井は冷めてしまったハヤシライスをようやく掬《すく》う。香澄もオムレツに手をつけたものの、冷めてしまったソースがしつこすぎて、少しもうまいとは思えなかった。

そうして、神堂の好む料理は、この手の子どもじみたものが多いことにふと気づいて、もの悲しいような気分になった。

(作ってもらったこと、なかったのかよ)

彼が発した、『ふつうのごはん』という言葉の響きに、いまさら涙が出そうになる。じわっと来そうな目もとを隠して、もくもくと目の前の皿を片づけていると、仲井がまたぽつりと言った。

「小説に関しては、高校にあがる前くらいから、ちょこまかなんだか日記みたいのつけてんなあと思ってたんだけど。うっかり勉強のノートと間違えて、俺が見ちゃって」

「それは聞きました」

伏し目のまま、香澄がうなずく。仲井はなるほどと笑みを浮かべた。

「それで才能あるって思ったんだよね。で、文章推敲させて、試しに編集長のとこ持ってったら、どこで見つけたんだこれってな話になって、とんとんと話がいきました」

いきなり決まった初単行本は、折りよく映画原作を探していた監督の目に止まった。メディアミックス効果による爆発的なヒットに、当時高校生だった彼もとまどったが、その両親もまた同様だったようだ。

「それで認めてくれるってことは、なかったんですか」

「いやいや、それがね。文筆業なんか水物商売なのに、そんなんで逃避してどうすんだって、大目玉」

当時まだ、引きこもりという単語も使われていない時代、家にこもってわけのわからない文章ばかり書いているひとり息子にさじを投げていた両親は、それが作家と呼ばれるものだと知ってからも理解を示すことはなかったらしい。

「厳しいご両親だったんですね」

呟いて、せつないことだと香澄は思った。

同じようなことを、おそらく仲井も思っているのだろう。飄々とした表情のなかに、苦さが拭《ぬぐ》いきれていない。

「……結局それがきっかけで、大もめにもめて、裕がまいっちゃってね。見ていられなくて、俺が強引に家、出させちゃったのよ。幸い、腐るほど印税入ったからさ。んでそのとき、ひとり暮らしで希望する場所はあるかって訊いたら、鎌倉だって言ったんだけど」

まさか自分の軽口のせいとは思わなかったと言う仲井は、少し疲れたような笑みを見せた。

「いまとなれば、それがよかったんだか悪かったんだかと思う。でもあのころ、あのまま裕をほっといたら、あいつもっと壊れたと思うから。……ふつうに、ふつうのことができなくて、つらいのはあいつだったからさあ」

遠い目のまま呟いた仲井に、香澄は自分でも驚くほど強い声を発していた。

「それは、それでよかったと思います」

「……そお？」

「はい。少なくとも、先生は、仲井さんがいてよかったと思ってると、思います」

悔しいくらいにと、その言葉はさすがに呑みこんだ。

神堂にとってはたぶん、仲井の存在がそのすべてを担っているのだろうと感じると、やはり正体の摑めない敗北感を香澄は覚え、自分に苛立った。

(俺は、なんなんだ)

そうして、べっとりと舌に粘り着くようなオムレツをかきこみながら、すっきりしない感情に必死に目を背けようとする自分は、ずいぶんと滑稽《こっけい》な気もした。

しばし無言で食事を続けていたふたりだが、顔もあげず、なんの前ふりもないままに仲井がぽつりと問いかけてきた。

「なあ、あいつの本、読んだことある？」

「ありますよ。何冊か。全部じゃないけど、けっこう好きです」

こちらも黙々と卵をやっつけながら答えると、またいささかの間をおいて、仲井はまったく違う話題を口にした。

「あのさ。俺今度、結婚すんのよ」

「ああ、それは、おめでとうございます」

なんでそんな話を振るのかと訝しみつつ香澄が顔をあげると、なんともつかない表情でこちらを眺めている仲井がいた。ふだんの、感情が読みきれないようなあの笑みもない、不思議な顔のまま彼はこうも言った。

「今日、報告してきた。裕にも」

香澄はそこで、この喫茶店に入った瞬間覚えた既視感の理由に気づく。

端整で穏やかで、涼しげに笑いながら甘い声を発する。やさしくはあるけれどもどこか踏みこませない、少しだけずるい――そんな印象のある男を、どこで見たのか。

「仲井さん、それは」

香澄が言いさしてやめたのは、苦笑する彼がなにもかも気づいていると察したからだ。

神堂の著作に出てくる主人公の、異形に恋い慕われる少し皮肉屋でずるい男。

映像化された作品では、流行の二枚目俳優が抜擢《ばってき》されて、たしか原作ファンの間の映画評ではイメージが違うと少し辛口に叩かれていたように思う。

批評的にエンターテインメントを観る習慣のない香澄には、うるさ型はいるものだと思った程度のことだった。映画は映画として観ればいいだろうと感じてもいた。

だがいまとなっては、そのマニアックなファンたちの読解力に舌を巻くような思いがする。

たしかにあの俳優では、あの男を演じるには、甘すぎた。

(このひとなのか)

神堂に出会う以前には、ヒロインをつれなく袖《そで》にするあの男は、作者自身の過去の悔恨を投影したものかと感じたこともあった。だが、本人を知ればどこにもその片鱗《へんりん》が見受けられず、単純に作家とは想像力だけであそこまでなまなましい人間を描けるものだと感じていた。

けれど、いまならばわかる。あれは仲井そのものだった。そうして、自分の姿を羞じながらどうしても、未練がましくその男にまつわるような異形たちは、――あれは。

「……俺さ、裕のことかわいいんだよね。本当に。あいつ、かわいいでしょ?」

いつの間にか食事を終えていた仲井は、新しい煙草に火をつけながら、脈絡のない言葉ばかりを投げてくる。香澄の抱えた混乱と憤りさえ、彼は見透かしているかのようだ。

「でもさ。やっぱどっかで、いかんだろこれは、ってのもいっぱいあってさ」

「なんでですか」

胸苦しさに、香澄のほうはもう半分も片づけられなかった皿を放置して、知らず睨むように目の前の男を見つめていた。

「モラルとか、道徳観念とか、性別、とか。そういうのですか」

「いや。そんな単純な話じゃないよ」

昼間の喫茶店では言葉を選ぶほかなく、それがもどかしく思える。けれども、いま告げられる精いっぱいの非難を声に出すと、仲井はすべてわかっているというように薄く笑った。

「そういうフィジカルな嗜好《しこう》の問題だったらまだ、楽だったかなと思うんだよ」

性別などはさしたる問題ではないと、けろりと言い放たれてむしろ面くらう。

「どっかで俺のなかで、あいつって可哀想な子どものまんまなんだよ。そうやってかまってきちまったから、ああなっちゃったかなって責任もすっげ感じてんの」

同情をそのまま、恋愛という意味の情にスライドできれば、むしろ話は簡単だったのかもしれない。笑う仲井の目は、どうしようもなく乾いていた。

「女の子だったらね。責任から愛情ってのもありかなと、考えられなくはないんだよ。けどこれ以上、深みにはまって、俺がスポイルしちまっていいのかって、迷う」

丸抱えにして甘やかすばかりのそれが、本当に愛情なのかどうか。

「どんどん輪っかが閉じるみたいに完結して、裕はそれでいいのか。それで俺はついてけるのか。そうやっていつか後悔することにならないか……考えたらきりがない。そうすっとさ。情けねえのよ俺も。ちっとも腹なんか据わってないわけ」

ひとひとりを引き受ける重さ、その責任の所在を決めかねているというように、仲井は遠い目をした。

「ついでに言えば、やっぱあいつになんかするって考えるとこう、ちっとももよおさないし」

「仲井さん」

「まあひとことで言や、勃《た》たねえし、抱けねえなって、そんだけなのよ。なんか、小さい子に悪いことするみたいな、そういう感じでね。子って、もうあいつ二十七なのも知ってるんだけどね」

茶化すような口調だけれど、彼がけっしてふざけてごまかしての言葉を発しているのではないのは理解できた。それだけに、香澄はなんともいえないやるせなさを感じてしまう。

「ぐちゃぐちゃ言ってんなあ、俺も……なにをきみに言い訳しとるんかね？」

理由は明確ではない。けれど身体ごと、恋情を持って愛してやれない、それだけは事実としてあると、きっぱり言われてしまえばもう、なにを言う権利もない香澄は押し黙る。

だが長い沈黙のあと、どうしてもこれだけはと、香澄は口を開いた。

「なんで俺に、そんなこと言うんですか」

ざらついた声で問えたのはそんな言葉だけで、それもずいぶんと恨みがましいものになった気がした。そして、そんな響きになってしまうことこそが、香澄自身のなかにある、ぐらぐらと揺れる感情を表しているようなものだと思えた。

「たぶん、裕は……自分のことは本当に、わかっちゃないだろうから。きみなら、わかるかなと思って」

無責任だ。そうなじりたいのをぐっとこらえ、香澄はなおも冷ややかに告げる。

「俺とか、そんなこと言われても、ただの家政夫なんですけど」

仲井はその言葉に、「そうだね」と言っただけだった。色のない、抑揚の少ないそれにも、伏し目にして薄く微笑んだ表情にも、仲井の思惑は読みとれなかった。

ただ、次のひとことが心からのものであると知れるから、香澄は言葉がなくなるのだ。

「あいつ、元気になったみたいなんだ、きみが来てから、本当に」

真摯《しんし》な言葉がどこか、香澄がまだ知りたくない奥底の感情まで見透かすようで、ぎくりとする。だから香澄は、目をあわせられない。

「だから、裕をよろしく」

含みを感じさせない、あえて作ったような声に対して、香澄が答えられるのはこんなひとことだけだったろう。

「……仕事ですから」

夕刻、香澄《かずみ》が仲井《なかい》との話を終えて戻ると、家のなかは真っ暗だった。あれほど、暗がりが怖いと言っていた神堂《しんどう》なのにと驚いて、焦《あせ》った。

「先生？　いない……わけねえか。寝てるのか？」

もしかしてまた、昼にそこいらで寝こけたまま電気をつけ忘れた——そういうこともままあった——のかと、望み薄い予想を胸に部屋に入ると、居間のソファのうえで、ぽつんと座りこんでいる彼がいた。

灯《あか》りをつけたことにも気づかない様子に眉《まゆ》をひそめ、できるだけそっと、驚かさないように声をかけた。

「先生、ただいま」

「っあ、お、おかえり」

びくりと背中を震わせた神堂は、なにも見えていないようなうつろな目を幾度かまばたきさせて、ようやく香澄に焦点をあわせたようだった。

「どうしたんですか、真っ暗で」

「あ、え……？」

いままで、一度としてこんな暗い部屋にいられた試しがなかったくせに、香澄に指摘されるまで本当に気づいてさえいなかったようだ。

「ほ、ほんとだ。どうしたのかな、ぼく」

「どうしたのかなって……」

おかしいね、と首をかしげている様子に、香澄のほうが苦しくなる。ごまかそうとして発した言葉などでなく、本当に自分の状態にさえ気づいてもいなかったのだと知れるからだ。

「ずっと、ここにいたんですか？」

仲井さんが帰ったあと、という言葉は告げられないままにそっと問えば、神堂はこくりとうなずいた。

「たかちゃん、今度、結婚するんだって」

「へ、え」

ぼんやりした声に、香澄はひやりとしたものが胃の奥に流れこむような気がした。

「おめでたいよね。でも、もうそんな年齢なんだなあって思ったよ」

ぼくはこんななのにね、と苦笑するような声に含みはない。香澄は目を伏せながら、仲井の言葉を思いだした。

――たぶん、裕は……自分のことは本当に、わかっちゃないだろうから。

仲井に対してあきらかに依存していることはさすがに理解しているだろう。けれど、それがどういう類《たぐい》の感情から派生するものなのか、おそらく神堂はなにも自覚がないだろうと彼は言ったのだ。

神堂の小説によって、香澄に、そして仲井にも読みとれてしまった彼の感情。

けれどあれは、秘した想いを創作で昇華するとか、ひっそりとした消極的なサインを送るつもりで綴《つづ》られている言葉たちではない。そもそも、誰かに見せるつもりで書きはじめたものではなかったのだから、あたりまえだ。

かたちとしてはホラーのカテゴリに入るものではあっても、それをエンターテインメントに仕上げたのは仲井の功績であり、神堂はただ内面を、それと意識さえせず吐露していただけなのだろう。

作為的に編まれたものではないからこそ、彼の文章は胸を打つ。

外気に触れないままの、やわらかにすぎる感性を持つ神堂の胸のなかいっぱいに、溢《あふ》れそうになった行き場のない感情。

恐怖であったり、苦しみであったりとさまざまな色をしていて、あまりに純度が高いそれを吐きだしてしまわなければ、彼は壊れてしまいそうだったのだ。

（あたりまえだよなあ）

誰にも届くはずのなかったその言葉たちを見つけた仲井は、神堂自身を救う存在だったのだろう。

そんな相手に、なにより強い感情を持つことは、ごく自然な情動だと香澄には思える。なのに、当人ばかりがそのことに気づかずにいるのも、これもとても神堂らしいとも思えた。

——どっかで俺のなかで、あいつって可哀想な子どものまんまなんだよ。

そして、その感情に気づいていながら、示唆してやることもできず、当人に自覚がないからこそ拒むこともできなかった仲井も、あれで存外苦しかったのだろうと思う。

慈しみあって、それでもままならないから、恋はやっかいだ。そうして、それはすでに、香澄自身の存在も巻きこんで、複雑に絡みあっている。

「……兵藤《ひょうどう》くん？」

不思議そうな声をかけられ、指先に感じたさらりときれいな髪の感触に気づいた。

「あ。すみません」

我に返って謝ったのは、いつかパプリカを食べ終えた日のように、自分が神堂の小さな頭を撫《な》でていたことに気づいたからだった。

手が伸びたのは無意識のことだったが、いまさらあわてて離すのもかえって訝《いぶか》られると、わざと軽くその頭を叩《たた》いてみせる。

小さな子どもにしてみせるのと、同じ仕種《しぐさ》を装って。

「えっと……これからごはん、作りますね。今日は魚にしました。ヒラメのね、いいのあったから、ムニエルにするのとふつうに焼くのと、どっちがいいです？」

「ホワイトソースのあるほうがいいです」

偏食らしく、気にいると同じ味の料理ばかりリクエストする傾向のある神堂のため、食材を変えたり味つけを変えたりと、香澄はあれこれ気をつけている。

じつのところ昨日はクリームシチューだったため、塩焼きで和風もいいかとは思っていたのだが、今日は好きなものを食べさせてやろうと思った。

「じゃあ、そうしましょう。それからあと、マドレーヌ作りますか？」

卵とバターのたっぷりと使われた焼き菓子が好きで、こってりはっきりとした味が好みで、放っておけば炭水化物ばかりになってしまうような味覚をどうにかしようと思っていたけれど、香澄はそんなことはなんだか、どうでもよくなってしまった。

「あ、あの、それより」

「あったかいプリン？」

「はい、それがいいです」

ちろりと上目にリクエストをする神堂の顔立ちは、表情の幼さも相まってやはり間近に見てもいいところハイティーンにしか思えない。このところ食生活の改善で、顔色もよくなり肌の荒れも治まったせいか、近ごろはよけいに若く見える。

「いいですよ。でももう三日連続になっちゃうから、ちょっと変わったのにしましょう」

見た目そのままに、どこかしら育ちきれなかった彼の情緒は、目の前で破れていく初恋にさえも気づかず、けれどたしかに傷ついている。

少しでも、彼の気にいるものを食べてくれて、それで気持ちが浮上するのなら、たぶんいまの自分はどんなことでもするだろうと香澄は思った。

＊　＊　＊

ぱしんと音を立てて広げた洗濯物が風にたなびく。秋晴れの空が高く、先日手入れを終えた広い庭先はじつに気持ちのいいものだ。

干した布団を縁側に並べて、残るはシーツを干すばかりとなった香澄は、大きく息をつく。

朝から動きまわっていたせいで滲《にじ》んだ汗が、額のバンダナを湿らせて冷たい。ばさりとそれをほどいて日にあてると金色に光る髪を犬のように振った。

そうして、ふっくらと膨らんだ布団たちを家のなかにしまうべく、これもさきほど香澄がきれいにしたばかりの庭石を、長い脚でひとつ飛ばしに踏んでいく。

しかし、畳もうと思った敷き布団のうえには、ひなたぼっこをする猫よろしく、細い身体《からだ》が埋まっている。

「先生、そこ邪魔」

「ん？」

ころりと丸くなっている様子はじつに満足そうだ。たしかに、干したての布団で寝るのはたいそう気持ちよかろうけれども、このままにしてやるわけにはいかない。

「寝るならあっちで布団敷きますから、どいてください」

「んー……」

これからこの縁側の廊下と、その先の部屋を掃除するつもりの香澄には作業の邪魔でしかなく、ぐずぐずと重ねた布団に潜りこむ神堂にため息をついた。

「せんせーい。あんまりぐずぐずしてると、今日はおやつなしですよ」

「……おやつ」

いまどき小学生でも効きはしないだろう脅しを口にすると、神堂はもそもそとようやく起きあがる。

「そう。今日はパウンドケーキ。バターたっぷりの焼きたてほかほか。好きでしょう、なんなら、ココア味にしてあげるから」

「ココアがいい」

肩にかかるほどのまっすぐでさらさらな髪は乱れて、神堂の小作りな顔をほとんど覆っていた。この長い髪も、ひと見知りのあまり床屋にいかないためのものだ。くせのないきれいな髪だから見苦しいことはないし、実際彼の容姿に似合ってはいるけれども、たまに自分で適当にハサミを入れているだけというから驚いてしまう。

「いいかげん、髪切ったらどうですか。目に悪いですよ」

「面倒だよ」

「そんな頭のほうが面倒じゃないんですか」

少しでもあたたかいところを探そうというのか、ずるずるとまた日のあたった木目に寝そべろうとするので「掃除前！」と声をあげて壁に追いやる。

「ほら、寝るなら部屋に布団敷くから！」

「はい……いや、寝ないから、いい」

手早くふた組の布団を畳んで抱え、香澄は室内に足を向けた。そうすると神堂は、とぼとぼとうしろをついてくる。気づかないふりで押入に布団をしまう間、ふかふかのそれに顔を埋めて香澄は重い吐息をごまかした。

（お母さんのあとついてくる子どもみたいだ）

先日からずっと、神堂はこの調子だ。香澄の行くさきざきについてまわって、姿が見えないと妙に心許《こころもと》ない表情で膝《ひざ》を抱えてぼうっとしている。情緒不安定な様子で、ふだんめったに見ないようなテレビのバラエティ番組を笑いもしないままずっと無表情に眺めていたり、電話を眺めては何度もため息をついたり。

原因はもう、考えるまでもないだろう。

神堂がこんなに惚《ほう》けているのは、仲井の結婚話を聞かされたあの日からだ。

（なんだかもう、なあ）

ただでさえ薄い肩から、近ごろさらに肉が落ちてしまった気がして、香澄はどうしようもなく胸が痛い。

(俺でいいなら、お母さんにでもなんでも、なってあげるよ)

似合わないことに、そんなことを言って抱きしめてやりたくなっているから、困る。

幼少のころの、わずかな時間しか香澄には家族の記憶はない。それでも、やはり亡くした両親を思って涙した時期はあった。それはむしろ、いまそこにないからこその美化もあったかもしれないが、少なくとも一緒にすごした時間には、穏やかに甘い親子の蜜月《みつげつ》があったように覚えている。

たぶんそんな記憶が、ひとにはよりどころとして必要なのだと思う。根づいて切り離せない、基盤のような——大事にされた、やさしい記憶が。

だからこそ香澄は、あちこちの家庭を渡り歩くこの仕事に就こうと思った。

むろんそれは平穏な家庭ばかりではなかったし、施設にいるころには神堂よりもっとひどい状態の、ネグレクトされた子どもたちもたくさん見た。

だが、どこかにやさしいなにかがあるような気がすると、期待することだけはやめられなかった。そうして楽天的にいられたのも、小さいころの記憶のおかげと香澄は思っている。

親が事故で亡くなったのは、ふたりきりで旅行に行くと出かけたせいだった。夫婦仲のいい両親は、ある程度育ってからはほったらかされてばかりと文句を言う香澄に、こう言ったことがある。

――いつかあんたは、大人になってこの家を出て行くの。大事な誰かと、自分の家を作るのよ。でもお父さんもお母さんも、あんたがいなくなっても一緒に生きてかなきゃなんない。だったら、ちゃんと仲良くしてなきゃだめじゃない？

そうして仲良くふたりで、天国まで旅行してしまったわけだ。むろん哀しかったしせつなかったが、いずれ独り立ちするのだと教えこまれていたせいか、少しひとより早く、時期がきたなと納得もした。

けれど、巣立つべき家を最初から見失っていた神堂は、どうやって大人になるのだろう。仲井ひとりをたのみにして、神堂はここまで来た。けれどいったい、ここからはどうする。

つくねんと立ちすくむ神堂の姿に、思い入れしすぎてしまった自分を認め、香澄はほろ苦く笑うしかない。

(仕事だろうがよ。俺はただの家政夫さん)

息苦しさを堪《こら》えたまま、仲井に向けて告げた言葉を胸の裡《うち》で繰り返す。

してやれることといえば、神堂に快適な生活を提供し、すごしやすい環境を作るだけ。

そうする以外、自分にできることはなにもないというむなしさも噛《か》みしめながら――けれど、少しでもなにか香澄が与えてやれるものはないのかと悩むことだけは、やめられなかった。

それから、神堂は夜が怖くて眠れないということもぱったりと言わなくなった。

しかしきゃしゃな雇い主は、べつの意味であまりよく眠れてはいないようだった。

朝、香澄が部屋を覗《のぞ》きこむと小さく身を固めるように丸くなっていて、苦しげな寝顔を見ることが多い。日中にはやはり、香澄のあとをちょこまかとついて歩いて、しかし話しかけてくるでもない。

以前のような、形のないものへの恐怖というよりも、ひとりにされてしまうことに漠然と怯《おび》えているような様子は、本当に親離れしないヒナのように見えた。

そんな彼になにかしてやれることはないのだろうかと、香澄の懊悩《おうのう》もまた深まっていた。

「先生、朝ですよ」

そうっと、丸まって眠る彼に声をかける。あまりよくない夢でも見ていたのか、小さく唸《うな》ったあとにぱちりと目を開けて、香澄の顔をまじまじと見つめた。

「あ……おはよぉございます」

かすれた声を出す神堂は、寝ぼけたまま、ほっとしたように破顔した。それが香澄を見るなりのリアクションなのだから、どうにもこそばゆい。

「えと、今日俺、休みの日なんですけど」

「あ、うん、知ってます」

もぞもぞと上半身だけ起きあがるものの、膝から下をまだ布団のなかに突っこんだままの神堂は、ぼんやりとうなずいた。

「昨日、おべんと作ってたから。また、海？」

「ええ、そうなんすけど」

いい波に乗れば時間を忘れる香澄は、日が暮れるまで帰ってこなくなる。そして神堂は放っておけばカップ麺《めん》しか食べないもので、三食ぶんの作り置きをしておくことになった。デリバリーの類は、親にほったらかされた子ども時代、ほとんどの食生活を店屋物で賄《まかな》っていたと聞いて以来、がんとして香澄は食べさせていない。

弁当という形にしたのは、苦肉の策だった。というのも香澄にすれば考えられないような、とんでもない事件があったからだ。

作り置きの食事は、ラップしてふつうに皿に盛っておいたのだが、はじめての休暇日、神堂は並べられたそれらの食事たちにいっさい手をつけなかった。

——なんで食べなかったんですか⁉

あわてて問えば、食べること自体がへたな彼はどれが昼用で夜用なのかわからず、考えこんでいるうちに香澄が帰ってくる時間になったという。

これが仲井の言う、パジャマを着る順番がわからないというやつか、と香澄は頭を抱えた。

そうした経験を踏まえてから、カラフルなランチボックスに盛りつけた弁当を用意してみると、子どものような小説家はそれがいたくお気に召したようだ。

定番のタコさんウインナーなど、かわいいと言ってずいぶんと喜ぶもので、俄然《がぜん》やる気になったというのもある。

近ごろでは香澄の凝り性に遊び心もくわわって、サッカーボール形のおにぎりやいちいち星や花の形に飾り切りにした野菜の煮物など、幼稚園児のお弁当の見本もかくやという有様になっている。

しかし休みの日にそれらを作っていると、恐縮した神堂がかたくなに断ろうとする。

――だめだよ、お休みなんだから、お仕事しなくていいよ。

香澄としては休みであろうがなかろうが、神堂に食事をさせるのは至上命題なのであるが、微妙に頑固な雇い主は聞いてくれない。

そこで前の晩に準備はすべてすませるようにしていたわけだが、この日の弁当はもう少し大人向け、しかも量がふたりぶんになっていることまでは、彼は気づかなかったようだ。

こっそりと笑いを噛《か》み殺しながら、香澄はまだ寝ぼけている神堂の前に、その大きめの包みを差しだしてみせる。

「先生、今日はこれ、一緒に弁当食べない？」

「え？」

「行こうよ、海。今日、風も気持ちいいから」

そして、今度こそぱっちりと目を覚ました雇い主に向けて、いささかひとの悪い表情でもって、誘いをかけた。


「無理ーっ、絶対無理だから！」

「ほらぁ、駄々こねないの。もう用意できちゃってんだって」

この日は波乗りをするつもりもないから、香澄も軽装だ。鞄《かばん》につめてあるのもふたりぶんの食料だけで、それを肩にかけたまま、往生際悪く玄関の柱にしがみつく神堂の腕を引っ張っている。

「たまには海風にあたるのもいいんですってば。日にあたっとかないと、年食ってから骨粗《こつそ》鬆症《しょうしょう》になっちゃいますよ」

「なら庭でもいいじゃないかあっ」

「散歩にもなりゃしないでしょ、どうせ庭に出たってひなたぼっこしてるだけなんだし」

この十年、数えるほどしか敷地内から出たことがない神堂は、なかば涙目で首をぶんぶんと振っている。

「なあんでそんなにいやなんですか。散歩行くだけでしょ」

「だってっ」

ねえ、としゃがみこんだ神堂の前に、同じ高さに目線を落として香澄は子どもに言い聞かせるように言った。

「昼間だし、今日は平日でひとも車も少ないし、なんにも怖いことないよ？」

ひと目を気にしすぎて外出もままならない神堂を、いままでは無理に連れだすことはないだろうと思っていた。

まるっきり引きこもりの状態で、身体にも心にもよくないだろうとは思いつつ、それでも彼を知れば知るほどに、そんな『ふつう』の常識に彼を無理に押しこめるのは、かえって残酷な気がしていたからだ。

それでも、いつまでもそんな温室のなかですごしていけるわけもないのだ。

いままで神堂の生活を守っていた押尾は年齢による引退を決めたし、仲井にしても振り切れない幼なじみの手を、どうにか離そうとしはじめている。

代理としていま存在する自分が、彼らのようにこの神堂を、甘やかしながら守っていくことができるかどうか。香澄はこの数日ずっと考えていた。

（やっぱ、無理だよな）

そもそもが、香澄の存在はその生活の破綻《はたん》の第一歩だったのだ。

押尾のようなプロとしての黙認と許容も、仲井の保護者のような寛容さも、若い香澄は持ちあわせていない。それはずいぶんと早い段階でわかっていて、だからこそ自分なりのやりかたでと、あの敏腕編集者にも公言したというのに、結局は彼らのやりかたを踏襲することしかできなかった。

そうすることが、いちばん神堂にはいいような気が、していた。

けれど仲井と交わした重たいものを含む会話と、そこで知ってしまった神堂の過去と事実、そしてここ数日の彼の様子を見ていて、それではなんにもなりはしないのだと思った。

「ね、先生。俺、一緒にいるから」

本当はここまで関わるべきではないと、契約が終わるまで型どおりの仕事をこなしていればいいんだと、胸の裡で声がする。

こんなやりかたは仕事の域をとうに超えている。わかってもいるけれど、部屋のなかでぼんやりと縮こまるばかりの神堂を、これ以上放っておけなかった。

気分転換をさせるにも、外に連れだすくらいしか思いつかない自分の発想の貧困さに苦笑しつつ、少し強引に手を握ると、拒みきれずにとまどう神堂に胸が苦しくなってしまう。

「怖かったら、俺、守ってあげるから。だから一緒に行こう？」

できるかどうかわからないけれど、気持ちだけは、誰にも負けない。神堂をすべてのものから守ってやりたい。そう伝えるように握った手のさきに力をこめると、神堂がおずおずと言った。

「ほんとに、ひと、いないかな」

「うん、今日はちょっと寒いから。やだったら、すぐに帰ろう」

笑いかけようとして、ふと以前、「怖い」と言われたことを思いだす。あわてて顔を強ばらせると、不思議そうな神堂がどうかしたのかというように覗きこんできた。

「兵藤くん？　どうしたの」

「なんでもないです。……よし、行きましょう！」

「って、えええ!?」

不自然な態度に気づかれる前にと、少し浮かせた腰を強引に抱きこむようにしたまま、香澄は大股《おおまた》に玄関から出てしまう。手のひらに感じた薄すぎる身体の感触に胸が騒ぎ、しかしそれはあまりのきゃしゃさに驚いたのだと無理に結論づけた。

（子どもの引率、子どもの遠足）

口のなかでぶつぶつ唱えつつ、門扉をくぐる。いいかげん観念したのか、強《こわ》ばった表情を青ざめさせた神堂は、香澄が被《かぶ》せた帽子のつばをぎゅっと押し下げ、震える脚を踏み出す。

どうにか覚悟を決めたようだ、と香澄が胸を撫で下ろしたのもつかの間、犬の散歩に出てきたのだろう、近所の年配の主婦が声をかけてきた。

「あら、香澄ちゃん。おはようございます」

「ども、おはようございまーす」

「お出かけ？　いってらっしゃい」

ゴミステーションの前でよく鉢あわせる彼女とも、香澄は顔なじみだ。なんということもなく挨拶《あいさつ》を交わしていると、神堂が香澄の広い背中に隠れるように身を縮めた。

（げ、やべ）

あからさまな態度にどうしたものかと一瞬あせったが、タイミングよくご婦人の連れた犬が『ばうっ』と激しく吠《ほ》えてくれたもので、彼女はそのせいだと解釈したようだった。

「あら、あらあら。こちらのかた、びっくりさせたかしら？　ごめんなさいね、この子声は大きいけど、噛んだりしないわよ」

「あ、ははは、すみません。このひと、犬だめなんで」

「いいのよ、こう大きいと怖がるひとは多いから」

ひやひやしながらごまかすと、ひとのいいご婦人は苦笑だけで許してくれる。レトリバーの成犬は伸びをすれば二メートルはありそうな体格のよさなので、慣れてもいるのだろう。

また、神堂の怯えを察した犬が、ばうばうと吠えることをやめないのも、ある意味助かった。

「ごめんなさいね、驚かして……こら慎之介《しんのすけ》！　だめでしょう吠えたら！」

「いえいえ、あはは。それじゃ急ぎますんで」

そそくさと挨拶して、香澄が背中にへばりつく神堂を引きずるように行けば、背後ではまたべつの主婦の声が聞こえてきた。

「おはようございます、奥さん……あらあー、香澄ちゃんデートなのねえ、いいわねえ」

「で……!? いやあの、そういうんじゃないんですけどねっ」

「いいわよ、いいわよ、いってらっしゃいな」

顔なじみのひとりがからかうように声を投げてきて、一瞬ぎくりとなる。どうやら近所の主婦連一同は、香澄の背中に貼りついたきゃしゃで髪の長い神堂を、彼女かなにかと勘違いしたようだった。

(ま、まあ、女の子だと思われてるほうが、この場合はいいか?)

神堂が越してきてこのかた、彼女らはこの大きな家に住まう主の姿を見たこともないのは知っている。かつて押尾の口から『小説家の先生』が住んでいるという程度のことは聞き及んでいたようだが、そのひととなりまではあのベテラン家政婦は語らなかったらしいのだ。

文豪も多く輩出したこの地域では、小説家が住んでいるなどといってもめずらしいことでもなく、詮索《せんさく》してくる手合いもない。ただ、こうまで外出しないからには、『作家先生は初老の気むずかしい男性なのだろう』と、ステレオタイプなイメージを持たれているのみだ。

(だってまさかこんな、ねえ)

くだんの作家先生が、犬に——実際にはひとにだが——怯えても違和感のないような、少女めいた人物とは想像もすまいと思えば、じんわりと香澄はおかしくなる。

しかし、無理やり連れだされた当人は笑うどころの話ではないようだ。

「せんせーい、歩きにくい」

「うそつき。やっぱりひとがいるじゃないか……」

フリースジャケットが伸びてしまいそうなくらいにしがみつかれ、恨めしげに呟《つぶや》く神堂に、香澄は「まだふたりくらいでしょう」としれっと返した。

「それになんか、怖いことありました？　犬は吠えたけど、噛んだりしてないでしょう」

なにも怖くないだろうと突っこめば、帽子に隠れた小さな顔が赤くなる。そしていまさら、香澄にしがみついていた自分に気づいたのか、はっとその細い指を離した。

それがなんだか残念な気がして、香澄はまたこみあげてくる苦みの混じった甘い感情を、深呼吸で押しこめた。

「今日なんか全然ひといないほうだって。日曜とかになるとこのへん、もっとうじゃうじゃいるんだから」

「……そうなの？　このへん、ただの山だよ？」

「鎌倉観光は、健脚さんが多いんですよ」

香澄の足では駅までの徒歩数十分も苦ではないが、バス通りにたどり着くころにはすっかり息のあがっている神堂のことを考え、駅まではバスを使うことになった。

平日の通勤ラッシュ時刻はとうにすぎたが、昼には少し早いという半端な時間。

バスの利用者も数えるほどで、最後部の座席に陣取った神堂は緊張はしていたものの、さほどのパニックにはならなかったようだ。

（いけるかも？）

車窓を流れる町並みを、物めずらしそうに眺めている神堂の様子に、これならばと香澄も胸を撫でおろした。

しかし、スムーズだったのもここまでだ。駅前になるとさすがにそこは閑古鳥とはいかない。鎌倉は駅前にスーパーやなにかが集中していて、生活用品や食料を買う近隣の主婦らでにぎわっている。また、日本の小中学生はこんなに年中旅行をしているのかと思うほどに、修学旅行生の姿は絶えないし、平日とはいえ小町通り近辺には観光客も溢《あふ》れている。

「だいじょうぶ？」

「ひとが……いっぱい……」

バスを降りるなりぱきんと音が立ちそうなほどに固まった神堂に、さすがに香澄も無理がすぎたかと思う。そっと声をかけ、無理なようなら帰ろうかと言いかけると、しかしぎゅっと帽子をかぶり直した神堂は、かぶりを振った。

「行ってみる」

「無理しなくてもいいですよ？」

家からここまででも、彼にとっては大冒険だったのだろう。そう思っての言葉だったのだが、強情に神堂は緊張に真っ赤になった顔を強ばらせ、香澄を仰いだ。

「怖く、ないんだよね？　兵藤くん、守ってくれるって、言ったもんね？」

懸命になにかを堪えて、言い聞かせた香澄を信じるからというように、まっすぐに見つめられて困惑する。まともに視線を受け止めてしまうと、その目のなかに吸いこまれてしまいそうな錯覚さえあって、香澄はそっと目を逸《そ》らした。

「じゃ、江ノ電乗ろ。あっちだから」

じくじくと、湿った熱がこみあげて、どんな顔をすればいいのかもわからなくなる。早く冷たい海風に吹かれて、この熱を冷ましてしまいたいと香澄は思った。


車体も駅の造りもレトロな江ノ島電鉄は、鎌倉を出て和田塚までの間、住宅街の隙間《すきま》を縫うようにして進んでいく。家の勝手口と車両の間が一メートルもないのではないかというすれすれ具合は、なかなかにスリリングなものがあった。

長谷をすぎたあたりから、車窓にはひろびろとした青さが見えはじめる。遠くにきらめく海面は晩秋のやわらかな光に満ちて、静かにうつくしい。

アウトドアにはいっさいの興味もないだろう神堂も、眼前のさわやかな海に吸いよせられたのか、車窓に顔がつくほど近づけている。

「わあ……」

狭苦しい町中や、緑深い山間《やまあい》のトンネルを抜けていきなり広がる光景は、軽い感動と爽快感を覚えさせるのだろう。思わず、と言った小さな声が神堂の小振りな唇《くちびる》からこぼれる。

（楽しそう。よかった）

ちょっと凝った料理が並んだだけでも感嘆するほどの天然記念物なみに感受性の強い神堂だ。この光景になにも思わないわけがないかと、香澄は微笑《ほほえ》ましく思う。

子どものような素直な感動ぶりに思わずくすりと笑ってしまう。それに気づいたのか、神堂ははっと姿勢を戻してしまった。

瞬時に頬《ほお》が染まりかけるもので、失敗したと思いつつ香澄は口を開く。

「この眺めさあ、俺も、大好きなんですよ」

「そ、う？」

「うん。はじめて江ノ電乗ったときって、なんかやっぱ嬉《うれ》しかった。じつは、昔は映画とかで湘南湘南って言ってんのがうざくて、なーにが、とか思ってたんだけどね」

ひねていた時期もある香澄だったが、サーフィンをはじめてからはそういう険《けん》がなくなった。映像も情報も、結局は生の臨場感に勝るものはない。斜にかまえて気取ったところで、いまそこにあるうつくしいものを否定しても、自分が貧しくなるばかりだ。

「だってやっぱ、きれいなもんはきれいっしょ？」

「……うん、きれい」

ボックス席に向かいあわせに座り、香澄もその視線を海岸へと向ける。波光が描くラインのうえには、幾艘《いくそう》かのヨットがゆらゆらと揺れている。それに無心な目を向ける神堂の横顔もまた、陽《ひ》を受けて淡く産毛《うぶげ》を輝かせていて、香澄はもっぱらそこに見惚《みと》れていた。

七里ヶ浜に着くと、少ないながらも乗りあわせていた観光客らはこぞって電車を降りていった。しかし、一向に動く様子のない香澄に、神堂は不思議そうな顔を向ける。

「俺らが降りるのは、次だから」

「え、でも。次って、『浜』って名前のつく駅じゃ、ないよ？」

由比ヶ浜はとうにすぎ、次の停車駅は鎌倉高校前。駅名から、そんなところで降りてどうするのかと神堂は思ったのだろう。

「ま、いいから。ああほら、もう着いた」

不思議顔の神堂をうながして席を立ち、ごく小さな駅に降り立つ。しんと静まったホームでは、制服姿の少女が数人、ぽつりぽつりと点在して電車を待っていた。

「あ、あれ。まだ授業中じゃないの……？」

こっそりと言う神堂に、まじめなことだと苦笑いが浮かんだ。

「具合でも悪いんじゃないですか？　さ、行きますよ」

「え、あ、うん」

言外にかまうなと告げて歩きだし、身体だけは健康そうな、けれどつまらなそうな表情で携帯メールをいじっている少女を尻目に、香澄は神堂をつれて改札を抜ける。

「時間さえ見極めれば、このへんってひと全然いないんすよ」

まばらに、散歩している人間や一休みらしいサーファーはいるものの、一駅離れただけでその人口密度は恐ろしくさがる。

とおりすぎてしまった七里ヶ浜付近は、平日だというのにサーファーの車やバイクでごった返し、海辺近くのファーストフードの駐車場も満杯で——だから香澄は避けたのだ。

駅名からもわかるようにこの近辺は通学路となっており、花火や騒音に関しての厳しい注意が連ねられた看板が立っている。マンションも密集しているから、近隣の住人がやかましいのだろう。

「先生、足下注意ね」

砂浜に降りる階段にざらついた砂がたまっていて、最後の一段などは塩害のせいなのか、無惨に崩れてしまっていた。ただでさえ動作が危なっかしい神堂へ足を取られないようにと注意したが、結局、不器用な小説家は転びかけ、香澄が手を貸すことになる。

「あ、あわわ……」

「ほら、注意って言ったでしょ。なにをやってんですか」

また笑いそうになって、あわてて顔を引き締める。おっかなびっくり砂浜に足をおろした神堂が不思議そうに見あげてきた。

「あの、どうかした？」

「はい？」

「なんでいつも、突然、顔ぎゅってするのかなって」

前々から、笑いそうになるたびに顔をしかめる香澄に、訝しいものを感じていたのだろう。

問われて少し驚くのは、香澄の所作や表情などに頓着《とんちゃく》がないだろうと思っていたからだ。

じっと答えを待つ神堂に困って、香澄は頭を掻《か》いた。この目の前では適当なごまかしも浮かびそうになかったので、正直に白状する。

「いや、ほら。はじめの日、だったかな。先生、言ったじゃないすか」

「なに？」

「俺、笑うと怖いって。だから、気をつけてたんですけど」

だが、考えてみればそのたびにしかめ面をするほうがよほど妙だったかもしれない。香澄が反省していると、神堂はあっと小さな声をあげた。

「あ、あの、あれは……そういう意味じゃなくて。ち、違うよ」

「ああ、いいんですよ。お世辞にも俺、やさしげな顔とかってんじゃないし」

とたんにおたおたとする神堂に、気にするなと告げる際にはさすがに笑ってやるしかない。

「しょうがないっすよねえ、顔は変えられないし。まあ、悪いけど我慢してください」

だからべつにフォローはいらないと香澄が言いかけた、そのときだった。

「か、顔が怖いなんて、そういう意味じゃなかったから！」

めずらしく声を大きくして言いつのる神堂に、ふと、仲井の言葉がよみがえる。

——発言がけっこう、主語がすっ飛んだりするのもね。数学で言えば公式を使うまでもなく答えがわかっちゃってるような、そんな感じで。

ゆっくりと、言葉を待てばちゃんと伝えようとするのに。たしか彼はそう言っていた。

「えーと、……じゃあ、なんで怖いって言ったんですか？」

反射的にこぼれてしまったらしいそれを、あの日の神堂は失言だと決めつけて逃げてしまったから、問うことはできなかった。またそれを追及していいのかどうかさえ、彼に慣れない香澄自身も決めかねていた。

けれど、これはきちんと聞いてあげるべきなのかもしれない。

「あのっ、それは、あの……」

キーボードを叩けばあんなにも饒舌《じょうぜつ》な神堂は、どこから自分の言葉を探していいのかわからないように途方に暮れていて、何度もその細い指を握っては、ほどいている。

「ゆっくりでいいよ、先生。歩きながら話そ」

正面からじっと待っていなくても、いつか聞かせてくれればいい。そう思ってうながすと、視線が逸れたことにほっとしたのか、神堂がうなずくのが視界の端に映った。

さくさくと踏みしめた砂は波に洗われて、すぐにその足跡を消してしまう。波打ち際のぎりぎり、湿った砂の軋《きし》む感触が香澄は好きだ。

静かに揺り返す波の音というのは、ノイズで濁った耳を洗い流してくれる気がする。近くをとおりすぎる電車と車の音さえ、波音に紛れてひどく遠い。

「……えと、べつに兵藤くんの顔、が怖いんじゃなくて」

あてもない散策の合間、うしろからついてくる神堂の声がぽつんと届く。

「逆に、すごく、やさしい顔だなあって、あのときは思ったんだけど」

全体のきゃしゃな骨格に見合って、首筋も細いせいか、彼の声は甘く高い音をしていた。区切られ、音を跳ね返す、家という空間のなかにあった神堂の声は、いつもためらいがちに小さく、くぐもっていた。

だから、こんなきれいな声をしていたのだと、香澄は気づくことはできなかった。

「でも、あの。……あの日、会ったばっかりなのに、変なとこいっぱい知られちゃって、どうしていいのかわかんなくなっちゃって」

声に出して返事はしないまま、軽くうなずいてみせたのは、そのやわらかい声を聞いていたかったからと、照れくさかったせいだ。

「頭撫でられて、なんか、子どもみたいにされてるんだなあって、でも……あんなの、誰もぼくにしなかったから」

「あ、すみません。失礼でしたよね」

さすがに謝罪を述べると、ふんわりと笑っているのがわかるような声で紡がれた、かわいい言葉に胸が痺《しび》れた。

「ううん。なんかねえ、頭撫でられるのって気持ちいいんだね」

含みなく告げられるから、聞いているほうが恥ずかしくなる。冷たい潮風に吹かれても一向にさがることのない体温に、香澄は途方に暮れた。

けれど、次の言葉にひやりとしたものをみぞおちに感じて、香澄の広い背中は一瞬強ばる。

「顔は、全然似てないけど、たかちゃんみたいだったから、兵藤くん」

「……俺、が？　仲井さんに？」

そうして、振り返った香澄の表情に不快を読みとったのか、神堂はまた口をつぐんでしまう。失敗を悟った香澄は、内心で堪え性のない自分に舌打ちをした。その小さな音にもまたびくっとして、神堂はおろおろと謝ってくる。

「ご、ごめ……えっと、あの」

「いや、光栄ですけどね。あんな男前に似てるって言われるのも」

ごまかすように片頰で笑うと前を向き、香澄は少しだけ早足になる。それにあわてたのか、小走りになって追いかけてきた神堂が、うわずった声を発した。

「あの、あの、兵藤くんもかっこいいよ、すごく！」

「……は？　あ、はあ、それはどうも……」

そっけない返しをしつつも、稚拙《ちせつ》な誉め言葉で舞いあがりそうな自分が恥ずかしい。背後の人物に、まるっきり振りまわされていると思い、香澄は頬のあたりにひりつきを覚えた。

「あの、ほんとに、ほんとだから。兵藤くん、すごく、とっても、かっこいいから。なんか緊張してた、ずっと。だから、笑ったりされると、どうしていいか、わかんなくて」

好意を持たれることにまったく慣れていないから、そのさきを望みそうな相手に触れられて、舞いあがりそうだった。

懸命に身振りを交えて言われると、こそばゆいような気分になる。神堂だからだ。嘘のつけない、駆け引きもできない、子どものような不器用な彼だから、届けられる言葉のひとつひとつがやわらかすぎて、香澄はどうしていいかわからない。

「兵藤くんは、きれいなものいっぱい知ってるから、そういうきれいな目してるんだなって、思ったんだ」

「きれいって、……いや、そんなんじゃないですよ」

「きれいだったよ？　目がきらきらしてたよ。だからぼく、どう見えたのかなって、気になったんだ」

閉じきった世界のなかで、くすんだ色彩ばかりに囲まれて安寧を貪《むさぼ》っていた神堂には、香澄の存在は強烈に眩《まぶ》しいものであったと、拙《つたな》い、けれど懸命な言葉が伝えてくる。

「兵藤くんに、変だって思われるのやだな、怖いなって。だから、それ言おうと思ったんだけど、なんか……最後だけ言ったから、へんなふうになっちゃって」

「……や、わかったっす。もう、いいですからっ」

反応の乏しい彼相手には、かける情が素通りしているようなむなしさを感じたことがなくもなかった。けれどそれは、ただ相手に伝える方法を知らなかっただけのことで、神堂のなかではたくさんの嬉しいサプライズが降り積もっていたらしい。

そうして疲れかけていた自分には、あまりに素直すぎる賞賛にも耳が熱くなって、香澄は光を受けて金に光る髪を乱暴に掻いた。

「もう、勘弁してください、先生」

「勘弁って、なにが？」

「なんでもないです、なんでも。ただ、怖くないならそれでいいです」

恥ずかしさのあまり、ぶっきらぼうな口調になるしかなかった。

顔から火が出るとはこのことだ。世間の常識からずれている相手に正面きって誉められるという、めったにない貴重な体験をしつつ、香澄はむず痒《がゆ》いような感覚を嚙みしめた。

（海に叫んで走っちゃいそう）

自分がそれらをけっして疎んじていないことも、むしろ喜んでさえいることもわかっている。それだけに恥ずかしくてたまらなかったのだ。

「えーと。そのへんでメシにしましょっか」

もうこの話は切りあげるに限ると、香澄は話題を無理に変える。空咳《からせき》をしてどうにか赤面を追い払うと、振り返ったさきではやはり、顔を赤くしている神堂がいた。

（あれ。なんか緊張してる？）

こちらの赤面は照れのせいではないだろう。さきほど自分が発した言葉が本当に伝わったのかと、不安なのだ。もうわかったとか、勘弁してくれとか、あんなおざなりな返事ではきっと、神堂は納得しないのだろう。

揺れている視線に気づいて、香澄は少し困り、少し照れた。神堂が一生懸命に、香澄の機嫌と気分を知ろうとしているのが、まっすぐな視線で知れたからだ。

（そんな顔、しなくていいのに）

だから、ゆっくりと香澄は笑ってみせる。少しの照れくささと、慈しむような感情がまじったその笑みは、ずいぶんと甘ったるい種類であることにも気づいていて、しかし改める気にもなれなかった。

「……あっち、座れそうな草っぱらあるから。ね？」

「うん」

うなずいた神堂が、ふいの海風に乱れた髪と帽子を押さえる。うつむいていたけれど、神堂がほっとしたように唇を綻《ほころ》ばせるのがわかったから、香澄はそれでかまわなかった。

「んじゃ、いこ」

思わず手を差しだしてしまったのは、どこか浮かれた気分もあったのかもしれない。とまどったように一瞬香澄を見あげた神堂は、それでもそっと自分よりひと回り大きな手のひらを握り返してきた。

さくさくと砂を踏んで歩きながら、神堂がぽつりと呟く。

「あの、子どものときもね。手って……つないだこと、ないんだ」

幼いころにもらえなかったささやかな記憶を探すような言葉に、香澄はなおさら指を強く握りしめる。

「ふうん？　仲井さんとかは？」

「たかちゃん？　ないよ。もう、会ったときには子どもじゃなかったし」

仲井の話では、出会いはまだ小学校の低学年だと聞いていた。充分にまだ幼くあっただろう年齢のことを『子どもじゃない』と称する神堂は、おそらく彼の親にそうして言い聞かせられてきたのだろうと察しがつく。

また仲井のあのスマートなスタイルからいって、神堂という子どもに対し、スキンシップでコミュニケートするよりも、個人としての対等な関係を築こうとしていたのだろう。

口調こそとんでもなく甘いけれど、香澄の見た仲井のやりかたは、直接に手を出し、肩代わりするのではなく、神堂の自立をうながすほうに向かっていたように思う。

けれど、それは神堂の欲したものであったかどうかと考えると、胸が痛い。

（まあそりゃ、関係性とか関わりかたなんか、それぞれだけどさ）

手を握りしめて、頭を撫でて。そんなささやかな触れあいさえもないまま、おとなしく聞き分けばかりよかった少年の神堂を想像すると、香澄はたまらない気持ちになった。

仲井の名が口にのぼるたびに、ほんの一瞬つないだ指が強ばるのを知ると、そのやるせなさはよけいに強くなっていく。

「あのね、変じゃないのかな」

「なにが？」

「これ……」

わかっていてはぐらかすと、神堂はつないだ手をぷらんと揺らした。

大人なのにいいのかな。まだ赤みの取れない頬のまま神堂が問いかけてきて、いいんじゃない、と香澄はなにげなさを装って答える。

「べつに誰にも迷惑かけてないっしょ。立て看にも、手つなぎ禁止って書いてないし」

「そういう話なのかな」

そんな話だよ、と笑えばもう、彼はなにも言わなかった。

ほっそりとした、誰も触れなかったという手のひらをぎゅっと握って、湿った砂のうえをひたすらに香澄は歩いた。背後では、たぶんまた赤くなっているだろう神堂が、少し足早についてくる。

小さい、細い手のひらは肉も薄い。自分の手のなかに握りこんだら、壊れてしまうのではないかと思っていたのに、実際にそうしてみると、あたたかい弾力が伝わってくる。

もっとずっと、冷たく硬い感じがするような気がしていた。そうして、こんなささやかな手のひらの感触を、すでに自分が想像していたことにいまさらに気づいた。

（俺、もうずっと、この手に触りたかったんだな）

なんだか哀しいような気分になって、香澄は知らず唇を歪《ゆが》める。胸の奥に小さく冷たい棘《とげ》のようなものが刺さって、その傷跡からふんわりと熱い血が溢れるようなこの感覚。

それはけっして哀しみからではないと、いくつかの経験からすでに、香澄は知っている。

「兵藤くん、あの……足、早いよ」

「ああ、すみません」

少し息を切らした神堂の、疲れたという訴えにも振り向けないまま、香澄はせつなさを噛みしめた。

情緒の不安定な、子どものような年上の、それでも大人の同性を、好きなのだと思った。

だからこそ、彼の自覚なく破れた恋心にも、こんなにも共感してしまうのだと知った。

不毛で、どこにも行き場のない想いだろう。そう思ってずっと、気づかないように——気づかないふりで、ずっとすごしていたけれど。

（だめだめじゃん、もう）

仲井がこの手を離したというのなら、なぜ自分がそれを取ってはいけないのかとさえ思う。指すら誰も知らないというきゃしゃな身体を、しっかりと抱き留めてやりたいと感じた。それでも、どうすればいいというのか。きっと長いこと、無意識に一途に仲井だけを見つめてきた彼に、無理やりつけこむようにしてこちらを向かせることなど可能なのだろうか。

（無理だ、っつうの）

手を握るだけで精いっぱいな、そんな片恋など本当に、香澄にはお笑いぐさだ。

言葉にすれば、欲しくなる。ごくあたりまえの男としての情動を、この神堂が受け入れられるものなのだろうか。

不可思議な感性を持つ彼のことは、結局わかったようでなにもわからない。へたなことをして傷つけて、怯えられるほうがよほどあり得る。

逸《はや》るような気持ちを抑えるために内心繰り返した言葉は、案外に香澄を落ちこませた。

「風、出てきたね」

「ですね。なんか寒いし、曇ってきたから、食ったら帰りましょうか」

つないでいた指をほどくと、肌がひんやり冷たく感じた。

皮膚から染みいったその冷たさが、形づけられてしまった感情の熱を冷ませというようで、香澄の浮かべた笑みは少しだけ、いびつに歪んで乾いていた。

＊　＊　＊

冬の到来を知らせるかのように冷たい雨が降り続いている。雲がみっしりと覆った空は鈍《にび》色に重く、ときおりには激しい閃光《せんこう》が走るほどだった。

山の多いこの近辺では唐突に天気が崩れることも多く、一度降りはじめると雨脚は激しい。駅前近くの材木座あたりとは、降雨量どころか天気すら違うこともある。

「うええっ、濡《ぬ》れた」

正午をすぎたあたりで、香澄は一瞬あがった隙にと夕食の買いだしに出かけた。だが、家までもってくれとの祈りもむなしく、頭から濡れ鼠《ねずみ》になっての帰宅だった。

「ただいま戻りましたー！」

とりあえず玄関で声をあげ、家のなかに走りこむ。氷雨《ひさめ》に打たれた身体に寒気を覚えつつ、買ってきた食材を手早く冷蔵庫にしまっていた香澄は、肩へとかけられたタオルに驚いた。

「……あ？」

なんだ、と振り返るとそこに立っていたのは眉をひそめた神堂だった。

「風邪ひくよ？　お風呂入ったほうがいいよ、早く」

「あ、ありがとうございます」

まさかこの彼に気遣われる日が来るとはと、なかば感動に近いものを覚えつつびしょ濡れの髪をタオルで拭《ぬぐ》う。

「心配しなくても平気です。あ、しまった、床濡れたかな」

「そんなのいいから。兵藤くん、顔、青いよ」

「いや、俺は……先生こそ寒くないっすか？」

心配してしかめ面をしている神堂は、この日ひさしぶりに着物を纏《まと》っていた。

「この格好は慣れてるから、いいから、もう、早くそれ脱いで」

比較的あたたかな秋晴れの続いたあとだけに油断していたが、ここ数日はめっきり洗濯物が乾かないのだ。この家には乾燥機などはなく、おまけに着まわせる洋服を補充していなかったため、結果、数少ない神堂の洋服が底をついてしまった。

そのことに気づいたのも昨晩遅くになってからで、香澄の煩悶《はんもん》たるやひどかった。

（どうすんだよ着替え……着物ってまた着つけすんのか！）

なんの感情も持たないころにもずいぶんとくらくらさせられた神堂の肢体は、自覚してしまった欲望を持て余す男の前にさらすには凶暴にすぎる。

「お風呂さきに入って。食事とか、あとでいいから」

「んじゃ、すみません、あがったらすぐやりますから」

微妙に視線を逸らしてしまったのは、昨晩と今朝、細くあたたかい身体にこの着物を着つけてやった時間の、悩ましくも苦しい記憶がよみがえりそうになったからだ。

まずいことに、近ごろ香澄の教育の賜物《たまもの》か、神堂の表情は初期に比べてだいぶ豊かになり、やわらいだものが増えてきたのだ。

——ごめんね……こんなことまで、兵藤くんに頼んじゃって。

平然としていてくれればまだしも、ひさしぶりにひとの手を介して着替えをすることにも、ずいぶんと恥ずかしそうに顔を赤らめたりするものだから、香澄は終始、怒ったような顔をしてみせる以外になかった。

「……手間ばっかりかけて、ごめんね？」

どうやら香澄のしかめ面に、神堂はずいぶん気を遣っているらしい。ことあるごとに『怒ってはいないのか』と問うように、香澄の挙動をあの黒目がちな目でじっと見つめてくる。

「いえいえ。仕事ですから……」

なつかれたのは、正直嬉しい。怯えられるより、むろんいい。けれど、邪気のない相手にひっそり片思いをしている身にすれば、生殺しもいいところだ。

(俺は思春期の少年か)

見つめられたり、微笑まれたり、そんなささいなことでくらくらしている自分はどうなんだ。過去のそれなりに華やかだった経験を思い返し、自分を嗤《わら》おうにもうまくない。

思えば恋愛沙汰《ざた》に関し、香澄自身、神堂のことをどうこう言えた義理ではないのだ。

施設あがりというハンデに突っ張ってみせるしかなかったころ、懐深い年上の女たちに上手に遊んでもらって、身体からさきに大人になったような恋愛しかしていなかった。

香澄にとってセックスは、本当に簡単に手に入るもので、だからすぐに飽きてしまった。

こんなふうに、手の触れそうな距離にある誰かに純情を抱えて、せつなく身を焦がしたような経験がそもそもないから、どうしていいのかわからない。

（ってか、クライアントだってのに）

原則として、雇い主と抜き差しならない仲になってしまうことは御法度《ごはっと》だ。自分の人生を考えてこの道を選んだわけだから、いまさら職も失いたくはない。

（ああもう。いままでさんざん誘われても、平気で流せたのにさあ……）

むしろ神堂の言動だけなら、色気などとはほど遠い。小学生レベルなのは相変わらずで、なのにくらくらする自分が百パーセント悪いのだ。

不思議なことに、同性であるからというこだわりはさほどこの感情のさまたげにはならなかった。相手がそんなことよりもあまりに規格外なイキモノだから、あまりなまなましい実感がないというのもあるだろう。

誰よりもやさしくしてやりたいのに、目も見られない自分の臆病《おくびょう》さなど知りたくなかった。

ましてその相手はと言えば、その手の色事どころかひととの関わりさえもほとんど持たないままの純粋培養だ。

むろんこの現代で、なにもかもまっさらの状態でいられるわけもなかろう。書架の中身を見るに、大人向けのものも読んではいると思うから、知識があるのはたしかだが。

神堂の小説のなかには、それなりの場面もあった。甲殻類に似た化け物の粘った腹のなかに、男の滾《たぎ》るそれを吸いこんでいくシーンは、具体的に想像するとグロテスクではあったけれども、不思議に耽美《たんび》的な色気と艶《つや》が感じられた。

（ああいうベッドシーンとか、どんな顔して書いてんだかなあ）

不可思議な恐ろしい小説を書いた本人とまるでイメージがつながってくれない。だから香澄もつい、想像がすぎてしまう。

濡れた異形《いぎょう》の粘膜に取りこまれる男の欲望、そんな場面を描く神堂は、あの清潔な顔でなにを思い、どうやって言葉を綴るのか——。

「うおあ、やべっ！」

そこまで考えた時点で、もやもやとしたものが腹のあたりにこみあげた。あわてて浴室に飛びこんだ香澄はあたたまるどころか、冷水を頭から浴びるはめになったのだった。

「——えくしっ！」

雨に打たれたうえに追い打ちの冷や水で、神堂の危惧《きぐ》したとおり、香澄はその夜くしゃみを連発するはめになった。

「だいじょうぶ？」

「っあー……すんません」

夕飯の鶏鍋をつつきながら、だから言ったのにと言いたげな神堂の視線が、やましいだけに香澄には痛い。

「悪いけど今日、早めに休みます。片づけとか、明日やりますから」

しかしこのぶんでは、部屋をべつにして休む言い訳もついてありがたいと思っていたのも正直なところだ。ここ数日雨が続くせいで、神堂は夜半には落ちつかない様子だった。見かねた香澄も隣に床を取るのが習慣づいてしまっている。

おまけにあの海に行って以来、就眠時の『お願い』がひとつ増えてしまった。

――あのね、手、握ってもらってて、いいかなあ。

上目づかいで恥ずかしそうに、何日も悩んだあげくのように告げられて、いやだと言える香澄ではなかった。

（先生はいいみたいだけど、俺は地獄なんだよな……）

香澄がいると安心しきって眠る神堂に、嬉しいやら、むなしいやらだ。寝顔にも寝息にも惑わされるあまり日に日に深くなる煩悶に、いいかげん香澄の寝不足もピークに来ていた。

「感染《うつ》すとまずいんで、今日は自分の部屋で寝ますね」

「うん、あの、ゆっくり休んで」

「じゃ、お言葉に甘えて」

この日はさすがに、理由のない怯えよりも香澄への気遣いが勝ったのだろう、特に異を唱えるでもなくあっさりと神堂はうなずく。それはそれで複雑な気がするから勝手なものだと香澄は自嘲《じちょう》した。

「……きてんなあ、俺」

たかだか雨に打たれたくらいで風邪を引くほどやわではないから、体力も精神力もかなり落ちていたのだろう。軽く寒気はするものの、たぶん一晩ゆっくり眠れば大事はないと思う程度だ。だというのに沈鬱《ちんうつ》なため息がこぼれてしまうのは、結局気持ちの問題でしかない。

（しっかりしろよ。そんな場合じゃねえだろ）

体調を崩すことはプロとして失格だ。香澄が倒れればこの家のなかは誰も切り盛りできないし、まして、神堂の場合は代打の誰かにまかすということもできない事情もある。

それ以上に、どんなにつらくてももう――あの子どものような小説家の世話を、自分以外の誰にも焼かせたくないのだ。

（重傷……）

苦く笑みながら布団に入ると、思う以上に疲れていた身体はすとんと眠りに落ちていく。

逃避のような眠りだが、それはたしかに、香澄にひとときの安らぎを与えてくれたのだ。

深い、泥のような眠りを破る、爆弾でも落ちたのかというような強烈な音に、香澄はびくりと目を覚ました。

深夜、地面を割るようなすさまじい轟音《ごうおん》。うっかりして雨戸を閉め忘れた自室の窓から外を見ると、空が白むほどの閃光が走っている。

「うわっちゃ、雷か」

雷音とのタイムラグに、さほど近くはないようだと安堵《あんど》したが、それにしてもすさまじい。台風でも来るのかもしれないとぼんやり寝起きの頭で思ったあと、はっとなった香澄は跳ね起きた。

「やっべぇ。……先生⁉」

自分でさえも本能的な恐怖を覚えるこんな嵐に、あの神堂がふつうでいられるはずもない。あわてて部屋を飛び出すと、またびしゃんという音を立てて空が光った。

「げっ」

思わず呻《うめ》いたのは、次の瞬間煌々《こうこう》と明るかった廊下の電気がいっせいに落ちたからだ。

どうやら落雷でどこかの電線が切れでもしたのだろう、ただでさえ薄暗い近所の灯りはまったくといっていいほどに見あたらず、完全な暗闇が訪れた。

不気味な轟音は相変わらず続いている。手探りに進む廊下の途中、神堂の部屋のふすまに手が触れた。

「先生、だいじょうぶですか!? って、うわっ」

ふすまを開け放つと同時に声をあげると、どん、となにかが胸にぶつかった。

「せんせ?」

「——……っ」

また放電した雲が一瞬だけ天窓から部屋を映しだして、それが震えあがっている神堂だと知る。もう声さえも出ないようで、ぎゅっと香澄の胸元にしがみついてくる小さな身体を、宥《なだ》めるように抱きしめた。

「だいじょぶ、だいじょうぶだから。遠いから」

「ひ……っ、ひっ」

「先生、俺いるから。ね、落ちついて」

引きつったような呼吸を繰り返す薄い背中を叩いて、その感触に、今日は自分で着替えたのかとぼんやり思う。

(我慢させちゃったんだ)

香澄が休んだあともずっと、こうして震えていたのだろうか。臆病なくせに、それでも体調の悪い自分を気遣って、雨音にもひとりでじっと、堪えたのだろうか。

「ごめんね、寝てたから。遅くなって、ごめん」

さらりと揺れる髪を指に絡めて、何度も小さな頭を撫でる。そのまま引き寄せ、ぎゅっと胸のなかに囲いこめば、長いそれからは甘い香りがした。鼻先を埋めてそっと、気づかれないように唇を寄せると、神堂のきれいな額が鎖骨にあたる。

「……っちは？」

かすれきった声は、堪えたあげくのような長い吐息とともに吐きだされて、ほんの少し彼が落ちついたらしいことを伝えてきた。

「はい？　なんですか、……っ？」

聞き取れなかったそれに顔を傾けると、ふいに顔をあげたのだろう、神堂の頬の感触が唇にあたる。視界がきかないぶん、さらりとなめらかな感触はひどくなまなましく、香澄は心臓が痛くなるのを感じた。

「すっ、す、いません！　わざとじゃないですっ」

「……え？」

びくりと跳ねあがったのは今度は香澄のほうで、不思議そうに案じる声にますますいたたまれなくなる。暗くてよかった。頬がひりひりとするほどに感じるということは、たぶんいま自分の顔はどうしようもないほど赤らんでいるだろう。

「あの、風邪は？」

「も、もう、風邪も、だいじょうぶっす。それより、懐中電灯取ってきましょうか」

挙動不審さを指摘されたらもうごまかせない。あせる香澄は、なるべくそろそろと腕を伸ばし、神堂との距離を取った。しかし、そのとたん細い手に腕をぎゅっと摑《つか》まれる。

「ごめ……もう少し、ここにいてくれない？」

せっかく思いついた言い訳も、その言葉の前には通用しない。またひとりになるのは耐えられないのだろう。涙声でせがまれて、いやだと言えるはずもない。

「わかりました、寒いから、そっち行きましょう」

退散をあきらめた香澄は、ともかく突っ立ったままではしかたがないと部屋の中央に移動する。また悪いことに、この部屋の暖房器具はエアコンにホットカーペットだ。電気の供給が切れればとたんに底冷えする。ふすまを開け放しておいたせいで部屋のなかもしんと冷たく、腕のなかの神堂が震えるのは寒さもあるようだと香澄は判断した。

「ほら、先生布団入って。冷えてきた」

「兵藤くんは？　風邪引いてるのに」

「俺はへっ……っぷし！」

とにかく寝かしつけてしまえと思い、「平気だ」と答えようとした矢先、また派手なくしゃみが出る。香澄は進退窮まった。

「平気じゃないじゃない。狭いけど、いやじゃなければここ、入って？　あったかいし」

「うっ……」

どうということのない台詞ではあるが、やましい気持ちがある男にはどうにも淫靡《いんび》に響く言葉をもらう。おまけに腕を引いた神堂は、手探りで上掛けを肩にかけようとまでしてくる。

（もう、どうしろっつの）

質のいい羽毛布団は軽くあたたかいが、大柄な香澄と神堂のふたりを包みこむとなればどうにも幅が足りなすぎた。端によけると空間が寒気を呼んでしまうので、膝を抱えるように座ったまま、ぴったりと身体を寄せあってくるまっているしかない。

「え、と。先生はずっと、起きてたんですか」

暗闇のなか、呼吸の音だけ聞こえるのが気まずく、香澄はあたりさわりのない会話を探す。ぴったりと触れた肩からは甘い感じのする神堂の体温が伝わってきて、なにか喋《しゃべ》っていないと正気を保てそうになかった。

「うん。眠れないから仕事しようと思ってたんだけど」

「え……あっ、パソコン！」

机のうえをはっと見ると、停電中なのであたりまえだが、機械はしんと静まり返っている。

香澄のほうが青ざめると、なぜか神堂が冷めて曖昧《あいまい》な声を出した。

「だいじょうぶ。進んでなかったから、そんなに」

「でも、雷ってマシンによくないんじゃないですっけ」

「バックアップは取ってあるし、そんなに簡単に壊れないから」

淡々とする神堂が、香澄には少し不思議だ。経験はないが、書きかけの原稿が飛ぶというのは、けっこう困ることではないのかと香澄は思うのだが。

口にはしなかった疑問を感じ取ったのか、めずらしく自嘲するような響きで神堂は言った。

「……最近あんまり、書けなくて」

「えっ」

「前は、なんだか頭のなかにわーって色んな怖いことが溢れてきて、書かないとそれこそ、おかしくなりそうだったんだけど。……どうしちゃったのかな」

途方に暮れたような神堂の声に、香澄は唇を噛んだ。結局、気休めのようなものしか与えてやれない間に、神堂はどんどん追いつめられてきていると、その言葉に知らされたからだ。

「怖いこと、減った、とか？」

一縷《いちる》の希望をこめて、少しは心穏やかにいるのかと問いかけると、肩口のあたりで首を振るのが、空気の動きでわかる。

「もっと、怖いことも増えた気がする。前より、ずっと落ちつかなくてなんか……ひっ」

神堂の語尾に被さるように、また雷が落ちる。さきほどよりはだいぶ遠のいたそれにも、骨の細い肩をびくりとすくめた神堂は、反射的に肩を抱いた香澄の腕に、ほっと息をついた。

手のひらで包んだ肩から、安心しきったように抜けていく力。そうしてほしいと願ったはずなのに、いざ預けられてみると——不安で、苛立《いらだ》つ。

「なんだろうなあって。ぼく、これしかできないのに、書くこともできなくなったら、本当に、どうすればいいんだろうって」

かすかに震えを残した声で、不安を語る神堂にかける言葉が見つからない。創作というデリケートな作業に関して、香澄はまったく門外漢でしかないし、こんなときに仲井ならばなんと言うのだろうと考えると、情けなくもなる。

ただ、宥めるように薄い肩を二、三度叩くしかできなくて、そんな不器用な慰めに神堂は、それでも少しだけ嬉しげに声をやわらげた。

「ありがとう。……あのね、兵藤くん」

「はい？」

「変なことを、訊《き》いてもいいかな」

「いいですよ。俺で役に立つなら、なんでも」

無心な声にかまわないと告げたのは、いまさらに神堂の台詞に驚くこともないだろうと高をくっていたせいだ。けれど、少しだけためらいがちに発せられたその問いは、香澄の脳にそれこそ雷を落とすようなものだった。

「セックスって、気持ちいい？」

「ええそりゃ、はい……って、はぁ!?」

思わず声が裏返ってしまえば、神堂はいたってまじめな声で、わからないんだと言った。

「兵藤くんが来る前に、書きあがった話もね、そういうシーンがあったんだけど……なんだか、いまになってすごく、変な気がしてきちゃって」

「あ、はあ、はい」

そういう話か、と香澄が気を落ちつかせようとしたのも束の間、自分の考えに沈みこんだような声の神堂は、さらに爆弾を投げつけてくる。

「でもおかしいよね。ぼく、そういうことしたことないのに」

「は……」

そうしてまた、香澄の息は奇妙に引きつることになる。

想像がついてはいたものの、本人の口から聞かされればなんともつかない気分になる事柄というのはいくつかあるだろうが、こと性に絡む問題は、その最たるものだろう。

（ああ、もう。なんで俺がこんなこと聞かなきゃなんねえの!?）

暗闇でひとつ布団にくるまって、体温の感じられる距離で、セックス事情を片思いの相手の口から聞かされる事態——というのを、誰か想像してみてくれ。

香澄はもはや散漫な思考の端で考えつつ、場をつくろう言葉を探した。

「あの、じゃあ、なんでそんなシーン、書くんすか？　なくても、いいんじゃない？」

迷うならやめればいいのでは。告げると、神堂はけろりと言った。

「だって濡れ場あるほうが売れるからって、たかちゃんが言ったから。最初にノートに書いたときのは、そこまで具体的には書いてなかったんだけど、ああいう話じゃない？　エンターテインメント的に、サービスシーンは必要だって」

「……また仲井さん、ですか」

甲殻類と合体したような異形の女のベッドシーンがサービスになるのだろうか。ぼんやりしながら香澄が呟くと、神堂は「んー」と小さく口を尖《とが》らせた。不機嫌だったり拗《す》ねたのではなく、これは神堂が考えこむときのくせらしかった。

「まあべつに、リアルな場面じゃもともとないし。いろんな小説とか映画とかで観たりしてきたから、表現自体はちゃんと書けるんだよ。それに書いてるときって集中してるし、なんでそうなるんだとかとくに考えてないから、いいんだけど」

「けど？」

ふつりと切った言葉のさきをうながすと、神堂はもぞもぞと身じろぎした。そのことでいまさら香澄は気づいたが、子どもだ子どもレベルだと内心繰り返しつつも、彼は動作自体はさほど落ちつきがないわけではない。むしろおっとりと優雅な印象さえあるから、幼いくせに落ちついて、妙に品がいい、という不思議な雰囲気ができあがるのだろう。

（ああ、だから変に色っぽいんだ……）

バランスの悪さが、神堂の色気のゆえんだとやっとわかる。けれどこんな場面でわかったところでどうしようもないというか、よけいな意識を呼ぶだけだ。

香澄のいたって本能的な混乱をよそに、ぽつりぽつりと呟く神堂は肩を落として息をつく。

「――『そして触れた女の腹には』、って書いたんだ」

突然の言葉はおそらく、小説の一文だったのだろう。黙って香澄が待っていると、神堂は小さく肩をすくめてなおも言う。

「前はそこで、形のとおりに書けば、書けたんだ。いつもみたいに想像だけで。なのに……『女の腹には』、なんだろう、って思ったら、全部止まっちゃった。たぶん、そこにまたひとじゃない感触があるとかなんとか、そういうのを書くつもりだった、はずなんだけど」

真っ白なんだ、と細い両手を握ったり開いたりしながら、神堂はもどかしげに言った。

「なんであんなこと書くのかなとか……考えだしたら止まらなくなって、自分から出てきたものなのに、なんだか全然、摑めなくなっちゃったんだ。だってぼくは女のひとのおなかなんて、触ったこともないし、触られたこともない」

なのにいったい、なにを書く気だったんだろう。

「それになんでいまさら、そんなこと考えちゃったんだろ……？」

せつなく、やるせないようなそのため息に、香澄の頭はふっと冷やされた。

「それは――」

それは、仲井さんに失恋したからでしょうと言いかけて、けれど言えずに香澄が口ごもると、こんなときばかり神堂はひとの言葉を聞いていたようだった。

「それは？　なに？　兵藤くんは、なにか……わかる？」

「いや、わかるとかじゃなく」

「お願いだ、教えて。ぼくは自分じゃ、もう本当に、考えすぎてわからないんだ」

すがってくる目が、ふいの閃光に照らされた。

（やばい）

静かな青白い光のなかに一瞬浮かびあがった神堂は、香澄の想像以上の姿をしていた。寝間着の合わせや裾《すそ》がはだけているのにも気づかないようで、身をよじって立てた膝はその腿《もも》までが捲《まく》れあがり、そこまでもなまめかしい。

また近づいてくる雷雲の音も、必死になった神堂の耳には聞こえていないようだった。

小さく何度も走る稲妻は、コマ送りの映像のように香澄の網膜へ神堂の姿を焼きつける。

「兵藤くん？」

頼りない声が聞こえた次の瞬間、激しく轟《とどろ》いたのが空からの雷鳴だったのか、香澄自身のなかに起こった嵐の音だったのか、もうわからなかった。

気づけば、頼りない薄い身体を力まかせに抱き寄せている自分がいて、その腕のなかで硬直する神堂がいるだけだった。

「してみれば、わかるんじゃないですか」

「え……？」

「だから——」

なにが起きたのかわからないようで、香澄の押し殺した声に答える神堂のそれは、どこかあどけなく響く。その無防備さに香澄が覚えたのは憤りにも似たもので、細い身体を押すと、あっけないほどに倒れてしまった。

「経験すれば、そういうこともわかるんじゃない？」

「な……ひょ、兵藤く……っ!?」

手のひらのしたで動く骨の感触がわかるような、きゃしゃな肩を抱いたまま、香澄は乱れた裾から指を這《は》わせる。

（止まらない）

足首からすねにかけてはひんやりと冷たいのに、閉じあわせていたやわらかな腿はしっとりぬくもっている。驚嘆するようななめらかな肌の感触に、もうだめだと香澄は思った。

「なん……なに……ちょ、なんで触って……っ」

「教えましょうか、俺でよかったら」

「なにをっ？」

「だから、セックス」

ゆっくりと手のひらを這わせたその先に、たしかに同じ性を持つ証《あかし》があった。布越しに軽く、包むように触れるとさすがの神堂もあわてたようにもがく。

「お、教えるってだって……ぼ、ぼくは男だし、兵藤くんも男のひとで」

「見たまんまですね」

はじめて交わした会話と似たようなそれに、神堂はどうして変なところばかり常識にこだわるのかとおかしくなった。

「男同士でもセックスできるって、知らないわけじゃないでしょう？」

「あの、でも、あの……っ」

男に押し倒されたというだけで驚いて、決まりきったカテゴリからはみだした事象を受け入れられないでとまどっている。そんな彼が、自身の小説ではスプラッタも、へたをするとポルノまがいのきわどい描写もしてのける事実が、本当に不思議だとさえ思う。

「先生、人間じゃない相手とだって、そういうことするシーン書いたじゃない」

「でもあれは、人間じゃなくって、だからあの、お話の……っ」

「そのお話が、リアルじゃないから、書けなくなったんだろ？」

頭に血がのぼっていて、それなのにひどく冷静な自分を、奇妙な気分で香澄は受け入れた。

そしてどうか、このまま暗闇が続いて、醜く強ばっているだろう自分の顔を、見ないでほしいと願った。

けれど――どこまでも事態は香澄の期待を裏切った。

「あ、で、……電気が、……っ」

一瞬の明滅のあと、次々とあたりの電化製品が稼働しはじめる。そして、覆い被さる男の顔をまざまざと照らしだした人工の灯りは、神堂の表情をとまどいから、驚愕《きょうがく》に変化させた。

「ひょ……ど、くん」

見たこともないだろう香澄の真剣な表情を目《ま》のあたりにして、驚きに目を瞠《みは》ったままの神堂を知ると、口からは勝手に自虐《じぎゃく》的な言葉がこぼれていった。

「俺のこと、仲井さんだと思ってもいいよ」

「……え？」

そうして、なにもかもを暴くような灯りは、香澄の歯止めになるどころか、あと押しをしただけだった。はだけた合わせから覗く乳首が薄赤く尖っていて、触れたい気持ちを堪えきれずに手のひらを忍ばせると、言葉と感触に同時に驚いたように神堂は顔を跳ねあげた。

「な……に？　なんで、たかちゃんの名前が出るの」

「だって、そうなんでしょ？」

ぷつんとごく小さな感触は、指の腹で簡単につぶれてしまいそうだと思った。薄い肉づきの胸なのに、筋肉がないせいかそこはしっとりとやわらかくて、周りの肉ごと軽くつまみあげると、細い脚がもがく。

「やっ、なんで、そんなことするの？」

そのままこねるようにして愛撫《あいぶ》をしかけると、首筋からさあっと赤く肌が染まっていく。

身体は敏感なんだ、とうっすら笑ったのは無意識だ。

「先生、仲井さんが好きなんだよ。自分じゃわかってないみたいだけど」

「な……っ⁉」

与えられる刺激にも、香澄の言葉にも混乱したように首を振る彼に、少しばかり意地悪な気持ちがつのった。こんな場面で指摘するのがどれだけ残酷なことか、わかっていて香澄はそうしたのだ。

案の定、神堂はすうっと青ざめた。いままで香澄が触れてもいやがらず、ただ赤くなるばかりだったくせに、びくりと硬直して顔色をなくして、細い声で、否定するのだ。

「そんな、そんなわけ、ないよ」

その態度に、香澄はかっとなった。無自覚にずっと、彼だけを請うる気持ちを抱えて思い患って、そんなつらそうな横顔ばかり自分に見せつけてきたくせに——と、理不尽にも怒りがわき起こる。

「じゃあなんで、ずっと落ちこんでるんだよ。あのひと結婚するって聞いてからずっと、自分がどんな顔しててんのか知ってんの⁉」

「ひ……っ」

強く握った拳で、神堂の横たわった側の畳を叩けば、その剣幕に彼はすくみあがった。

「あんたの書いた話のなかに出てくる男、みんな――全部、仲井さんしかいないじゃんか！」

思った以上に強くなった語気に驚いたのは、香澄のほうだった。ぶつけるつもりもない苛立ちを剝《む》きだしにして、傷つけてしまうだろうかと思いながらも言葉が止まらない。

「それだけ好きなんだろ、ああいうふうに、哀しいくらい、好きだったんだろうっ！」

「兵藤くん……」

しかし、荒い声にもその責めるような口調にも、神堂はただ驚いたように目を瞠るだけだった。長い沈黙の合間にも止まない雷鳴は、香澄のなかの情動を表すように低く重たい。

神堂の表情は相変わらず無垢《むく》にも思えるようないとけなさで、香澄はひどく苦しいと思う。肺のなかに酸素が足りなくて、震えながらその胸苦しさを堪えていると、ひっそりとした神堂の声が、とどめを刺すように小さく聞こえた。

「あ……じゃあ、そう、なのかな」

「……なにが」

「好きなのかな。ぼく、たかちゃんのこと」

いまの状況も忘れてしまったのか、神堂は目を伏せる。ぼんやりとしながら、自分のなかを探るような風情で、遠い声で呟く神堂に、香澄はたまらなくなった。

(言うなよ……っ)

闇雲な衝動がこみあげる。自分が無理に突きつけてしまったせいで、彼のなかの淡い想いが明確に形になってしまう。

(いやだ、させない)

そんなことになる前に——壊してしまいたい。凶暴な想いがこみあげ、香澄はうつむいていた顎《あご》を長い指で強引に捕らえ、顔をあげさせる。

「あ、えっ？　ん……!?」

なにごとかとまた目を瞠った神堂の、驚きに開いた唇へ衝動のままに自分のそれを重ねた。この甘い唇から紡がれた言葉ごと吸い取って、なかったことにしてしまいたかった。

「な、なにしたの……」

「……先生、俺にしようよ」

奪われたそれに驚く神堂は、もう拒絶も抵抗も忘れたかのように、さらに呆然《ぼうぜん》とした表情になる。その、いっぱいに見開いた目のなかに映っている自分の歪んだ表情が見たくなくて、香澄は細い身体をかき抱き、首筋に顔を埋めた。

「兵藤、くん？」

「俺にしようよ。好きになりなよ。そしたらずっと、怖がってもこうしてあげられるから」

なんでもするから、こっちを向いてくれ。そんなみっともない告白をする自分が信じられなくて、けれど胸の奥深くを満たす神堂の髪の香りが、理性を粉々にしてしまう。

いやがられてもなんでも、離したくなくなってしまう。

「ごめ、待って、わかんない。なんで、兵藤くん……あれ？　だって、たかちゃんを」

自覚させるために教えたのではないのかと、神堂の目が混乱に揺れた。

「ぼくがたかちゃんを好きだって言ったの、きみだよね？　なのになんで、こんなことするの？　なんで、俺にしろって、なに？」

本気で意味がわからない。神堂はぐらかすのではなく純粋に問うから、いっそ哀しくなりながら香澄は低く告げた。

「俺が、先生を好きなんだよ。だから、好きになって」

「……え？」

「ねえ、だめ？　俺のこときらい？」

ずるい言いかただと、わかっていた。きらいかと問われて肯定できる神堂ではない。ひとに傷つけられるのと同じくらい、傷つけることが怖い彼だから、困ったように目を伏せて、口をつぐんでしまうのは当然だった。

だったらつけこむ。丸めこんで言いくるめて、それでいっそ手に入れたい。

「先生、……俺にしなよ」

「ん！」

絶対にきらいと言わない神堂を知ってはいても、やはり否定が怖かった。だから了承も得ないままの二度目の口づけで、今度は口腔《こうこう》までも香澄は蹂躙《じゅうりん》した。

舌を吸い出すと、とろりと甘いそれが震えていた。こすりあわせ、小さな口のなかを自分の舌と唾液《だえき》でいっぱいにして、びくびくする胸の尖りは両方ともこねまわす。

(感じて。頼むから)

そうしながら、もがく脚の動きを利用して強く、性器を握りしめてやる。

「ん、う……っんんぅ……っ!!」

そのまま揉《も》みしだくようにすると、抵抗はいままでの比ではなかった。ふさいだままの唇からも悲鳴じみたものがこぼれるけれど、そのなかに混じる声が困惑と、それから抗《あらが》いきれない愉悦に溶けたような響きを絡ませる。

まして下着越しの濡れた感触を知れば、香澄の指はなおのこと止まらなくなっていく。

「ふあ、あ、やっ! に、握らないで」

「ね、ほら……先生。ぬるぬるしてきたね」

「あう、あう、やだっ、……やだっ」

気持ちいいよね、と囁《ささや》いた唇は、互いの唾液で濡れそぼっていた。長く激しかった口づけに神堂はただ胸をあえがせて、可哀想なほどに苦しげに見えた。

(ごめん)

片隅に残った理性が、こんなひどいことをしてどうするんだと香澄を責める。

見下ろした神堂の表情は混乱と羞恥《しゅうち》と、未知の感覚への怯えが混沌《こんとん》となった複雑なもので、せめてもと言うように香澄の指はどこまでもやさしく神堂の性器をこすり続けた。

「濡れたとこ、触るよ？　いいでしょ？」

「ふぅ、あっ、だめ……や、やめ、て」

「やめない」

言いながら下着を押し下げ、直《じか》に触れたそれは、しっとりと不思議な手触りがした。

こんなことをしていっさいの嫌悪感がないどころか、手のなかで震えながら強ばっていく性器の感触に、ただ闇雲な興奮がこみあげて、香澄は何度も喉《のど》を鳴らした。

「先生、自分で書いてたでしょ？　これは俺の手だけど。女のひとのなかに、先生のこれ、入れたら――こんなふうにされるよ」

「も、やっ、そん、そんな……！」

卑猥《ひわい》に複雑に指先を蠢《うごめ》かせると、泣き声があがる。細い腰が、膝を閉じた状態のまま、びくびくと上下に跳ねる。ぎこちない、それだけに制御できていない揺らぎは、どうしようもなく香澄を煽《あお》った。

「でも先生の声のほうが、きっといいね」

「ああ……っ、はあ、あっ」

息をつめ、堪えきれずにほどいて、ときおり混乱したようにかぶりを振る彼の細い脚は、感じたことのない他人から与えられる愉悦の激しさに、小刻みに震え続けている。

「あ、あ、う……っ、うっ」

びくりと、折れそうな細さの腰が跳ねるたび、神堂は香澄の腕に爪を立てた。指は細い分だけ痛みを覚えさせて、爪が皮膚を破るのがわかった。それでも、自分が無理に教えこもうとしている刺激、それによって怯えて混乱している神堂の心中を思えば、羽根で撫でられた程度にしか感じない。

「先生……どう？　気持ちいいよね？　ここ、もうびっしょりで、すごいよ。聞こえる？」

「は、ふ……っ、あっ、あっあっ……いやあ……」

わざといやらしい音を聞かせるようにこすりあげると、青白い頬に血の色がのぼる。辱めるようなことを言ってしまうのは、無理を強いている自分の罪悪感のせいだ。

(感じてよ。俺とおんなじくらい、興奮してよ)

うっすらと滲んだ汗のせいで長い髪が頬に貼りついていた。それを唇でそっと避けるようにして払ってやると、潤みきってこぼれそうな目がじっとこちらを見つめている。

恨むでも、なじるでもない目に、胸がふさいだ。どうして殴らないのかなと、好きにさせる神堂が不思議でいたけれど、続いた言葉に香澄は今度こそ打ちのめされる。

「ひょ、……どぉく……っ、手、手が」

「なあに？」

「手が、濡れちゃう、汚れるよ。だから、だめ……ん、んんっ！」

切れ切れに告げる彼は、香澄が強いている事実を理解しているのかどうか。

なぜこんな場面で、やめろと告げるのではなく、こちらを気遣うような声を出すのか、香澄にはわからない。

わからないけれど、ただなにか胸がつまるような気分になって、汗の浮いた頬に口づける。

（だめだ。もう、このひとには一生勝てない）

なにかを必死に堪えるその表情に、胸の奥ともうひとつ、息苦しくなるような鼓動を感じる場所が同時に強く痛んだ。獣のように高まっていく情動を堪える香澄の声は、かすれたものになる。

「先生。俺、いいから」

「い、って、なにがっ……だから、もう、離してっ」

びくびくと激しく、膝を曲げて腰をよじった神堂が逃げようとする。シーツのうえでもがくようなその白い足は、爪先だけを薄紅に染めたままぴんと強ばって、もういくらも保たないと訴えていた。

「汚れてもいいから……出して。俺の手、汚して」

「や、あ、……あっ、だめ、や、出ちゃう出ちゃうっ……あ！」

幼げでおぼつかないあえぎに、香澄もひどく興奮した。とろみのある体液に濡れた指で、先端を執拗《しつよう》にいじったのはそのせいで、必死に堪える神堂を屈させたいと思った。

「出してよ、ここに出して、先生、ほらっ……俺の手で、いけって！」

「あん！　や、あん……ん！」

耳を噛んで強くうながすと、混乱しきった声に甘い悲鳴を混ぜて、激しく震えた神堂は香澄の指をしっとりと濡らした。

「……ああ、いっぱい出たね。気持ちよかった？」

「や……だ」

肩で息をする神堂は可哀想なほどにうろたえながら、羞恥のあまり目を濡らして顔を歪めている。いやだと言うのを強いて、泣かせてしまった自責の念よりも、なんだか感動に近いものを覚えている自分にこそ、香澄はおかしくなった。

「ごめんね、泣かないで」

白く粘ついた、自分でもよく見知った精液を手にして、その濁ったぬめりにさえ愛しさを感じた。こんな神堂の姿を、自分以外の誰も知らないことを、なにともつかないまま感謝して、小さくしゃくりあげている身体を強く抱き寄せる。

「っ、あ」

小刻みに震えている腿のあたりに、香澄の高ぶりが触れた。息を飲んだのは同時で、じんと痺れたようなそこに香澄は小さく呻き、神堂はさらに頬を紅潮させた。

　ごりごりとしたそれを押しつける香澄の動作は、いくらなんでも意図するところがわかるだろう。具体的に理解できずとも、欲望を押しつけられていることぐらいは知れるはずだ。けれどやはり、彼は抵抗しない。

「先生、逃げないの……？」

　問いながら、逃がすつもりはないと押さえこんでいる自分に皮肉に笑えば、神堂は上気した顔のままそっと目を閉じた。

「わかん、ない……」

　弱くかぶりを振るそれも、小さくかすれた声も、許諾とも拒絶ともつかず、そのどちらにも取れる。いまさらもう、あとに引けない香澄はだから、身勝手な判断を自分に許した。

　そうして、慣れない身体と準備不足の無理を承知で、香澄は神堂を抱いた。

「いや、もう、そこやっ……う、うう」

「だいじょうぶだよ、さっき出たので濡らしたでしょ？」

　潤滑する体液が自然に出るわけもない場所へは、神堂がさきほどこぼしたものを塗りつけた。それだけでは足りないから、香澄もまた自慰をするようにして自身からそれを噴きあげさせ、密着したまま、これから入れたい場所へと出した。

「やだっ、なんか、熱いっ……」

「いやでも、もっとするよ」

神堂はその行為自体にも感触にも、泣いて驚いて身をよじった。けれど不思議に、嫌悪と拒絶の表情だけは見せないから、香澄はますます止まらなくなる。

指の腹で、傷つけないように探りあてた神堂の内部には、たしかに感じる部分があったようだった。その場所が指にとろりとまつわるようになるころには、もう本当になにも考えられなくなったようで、香澄の背中に爪を立てながら、小さな声をあげ続けていた。

「苦しい？　きつい？」

「うう……」

痛いのかと問うても、神堂はかぶりを振るばかりだった。震える唇は、香澄の舌先に舐《な》めとかされ、ふいの動きに甘い声をあげるほかに、言葉らしい言葉を発することはなかった。

「なんで抵抗しないの？　俺のこと入れちゃうよ？」

「んっ、んっ」

意味もわかっていないのか、ここにするよと指で粘膜をこねまわすと、気持ちよさそうな声まで出した。だからほっそりした脚をひろげて、腰を抱えて、凶暴な熱を押し当てる。

こじ開ける瞬間だけは、さすがに神堂も我に返ったようだった。

「あ、あ、あ……っ、なに……っ、これ、なにっ？」

「俺だよ。ほら、できるでしょ？　ね？　ここ……入るよ」

ほっそりした腰に含ませるには、無理があるとわかっていた。けれど、だからこそできるだけゆっくり、揺すって馴染ませながら奥へと進む。

「や、やだ、なにいれるの……？　兵藤くん、ねえ、なにっ……ああ！」

濡らし足りなかったそこは、少しの軋《きし》みがあった。けれどじっくりと指で慣らしたせいか、痛いとはひとことも言われなかった。それにはほっとしたけれど、そのぶんだけ神堂は未知の感触をなまなましく味わう羽目になったらしい。

「や……な、ん、なんで、はいってくる……っ」

「だから、入れてるんだって」

「ひょぉど、く、はいっちゃ、よぉ、入っちゃうよ……っ」

混乱しきって、ことを強いている男にしがみつき、助けてとあえぐかわいさに脳が煮える。

「くそ……すげえいいよ……なんだよ、これ」

呻いて、ぶるりと香澄は震えた。無理をさせてつないだ身体は、きつく狭く香澄を締めつけて、そのくせに蕩《とろ》けるような快感をくれた。

我を忘れて溺《おぼ》れこみ、ただ貪り食らうように責め立てることをしなかったのは、強情につぐんだままの唇がときおり、思いだしたように香澄の名前を紡いだからだ。

「ひょ……ど、くん……？」

涙にほとんど開かない目を凝らすようにして、自分を犯す相手の名を呼ぶ神堂の意図がわからなかった。だから香澄は苛立ちまぎれに、もうろうとした神堂にこう言い放つ。

「ねえ。あんた犯されてんだよ、わかってる？」

「わか……ん、ない……あん、わかんないよ……っ」

どんなに苛立った香澄が問いかけても、わかんない、わかんない、と言ってしがみつく。

拒まないだけではなく、まるで自分から受け入れてでもいるかのような神堂が、それこそわからなくて、もういっそのことと全部を奪った。

「うう、うー……っ」

「なあ、いやだって言いなよ。俺、ひどいことしたくないよ」

拒んで、罵《ののし》ってくれたらちゃんとやめると言ったのに、神堂はぶんぶんとかぶりを振って、やっぱり香澄の背中を抱いたのだ。

「ど、して……そんな顔、してるの……？」

あげく力もろくに入らない腕で、ゆっくり香澄の背中をさすった神堂は、不思議そうに言った。そんな顔ってどんなだ。茶化してやろうと思ったけれど、口を開いたら泣きそうだったので、懸命に見あげてくる目をふさぐように、唇を幾度も啄《ついば》み、香澄は言った。

「好きだよ、先生」

だから許せなんて言わないけど。きらわれても憎まれてもしかたない、そんなことをした自覚はあるけど。

ゆっくり、突きあげるのではなく奥に含ませたままかき混ぜる。慣れない硬さに激しい動きが無理だったというのもあったし、あたたかいそのなかから一ミリも抜け出したくないと思ったせいでもあった。

それが神堂の身体にどういう影響を与えるのかも、香澄は慮《おもんぱか》ることさえできなかった。

「好きだよ、すっげえ大事だよ。ごめんね、痛いことして。そのかわり、よくするから、気持ちいいことしてやるから」

泣く資格もないから、そんなもので同情を買う気もないけど。せめて苦しめないように、快楽だけはちゃんとあげる。

「ほんとに……好きだよ」

許されるなら大声で泣いてしまいたいくらいに、本気なのだと、快楽に溶けそうな熱のなかで香澄はそれだけを繰り返していた。

＊　＊　＊

庭の掃き掃除をしていた香澄は、ふと空を見あげた。

「はあああ……」

その日何度目かわからない盛大なため息は、白く曇って空へと溶けていく。

嵐のあとの快晴に、空気は澄んで冴《さ》えている。しかしそれをいくら吸いこんでも、香澄の心はあの日から、鈍く重たく淀《よど》んだままだ。

「俺って、もう、もう……」

竹箒《たけぼうき》にすがりついて広い肩をがっくりと落とすと、そのまま地の底までめりこんでしまいそうだと思う。誰かいっそいまここで、この庭先に穴を掘って、自分の存在ごと深く土中に埋めて葬ってくれないかと、そんなことさえも考えた。

「最悪」

あの乱雲が嘘のように晴れあがった翌朝、ぐちゃぐちゃの布団のうえで香澄が目を覚ますと、枕元で正座したまま青い顔をしている神堂と目があった。

一睡もできなかったらしい彼は、香澄がはだけさせた着物をどうにか帯で引っかけたままの姿だった。その乱れ具合と、あちこち加減なく吸いついたらしい口づけのあとがひどい痣《あざ》になっているのを見つけ、正気づいた香澄は殴られたようなショックを受けた。

——あの……先生、俺は……。

もうどれから謝ればいいのかわからないと思って、それでも乾ききった喉から声を絞り出すと、大きな目が、ふっと揺れた。

香澄の顔を見つめてはいるものの、焦点があっていなかったことにその瞬間気づく。神堂の泣き腫《は》らした赤い目に、香澄の舌は凍りついた。

ぎゅっと唇を嚙みしめた神堂の顔が、見る間に赤く染まっていくのを知ると、もうどれほど自分が彼を傷つけたのか、思い知らされた気分だった。

――しばらく、話しかけないで、ください。

それだけを告げるにも、神堂は苦しそうだった。一晩中、あられもない声をあげていたせいだろう、きれいに澄んでいるはずの声は嗄《か》れてしまっていて、香澄はうなだれるしかできなかった。

そしてあれから、もう三日。神堂はひとことも口をきいてくれない。

あれだけのことをしておいて、その程度のお咎《とが》めですんでいる事実のほうがむしろ驚きなのだが、なじられもしない半端な状況は罪悪感と自己嫌悪をいたずらにつのらせる。

いっそクビにしてくれと思うけれども、そんなに自分に都合のいい話があるかとも思う。逃げて楽になるのは香澄ひとりだ。残された神堂はあんなとんでもない記憶を抱えて苦しむしかないのだ。

なにしろ、他人とろくに手もつないだことのないような相手に、一方的な告白とキスと激しいセックスのフルセットを、しかも一晩中押しつけた。

ショックはいかばかりかと思えばもう、香澄は自分がウジ虫にでもなったような気がした。

そしてまた最低なことに、最中の神堂の悩ましさもしっかり覚えてしまっている。

ほとんど言葉らしい言葉を発することもなかった彼も、さすがに身体を開かれる瞬間には混乱のあまりに声をあげ続けていた。

——あ、あ、あ……っ、なに……っ、これ、なにっ？

——俺だよ。ほら、できるでしょ？　ね？　ここ……入るよ。

——や、やだ、なにいれるの……？

「うあああああ……」

居直り強盗よろしく、わけがわからないでいる神堂につけこんで、いけしゃあしゃあと言い放った自分の台詞を思いだすと、なんともつかないような呻きが漏れた。

——ひょぉど、く、はいっちゃ、よぉ。

舌足らずな甘い声が、しっとりと濡れた響きで胸を打った。なんの経験もないぶんただ素直に、身体に感じたことを口走るから、いやらしくてかわいくて、たまらなかった。

おまけに神堂の身体は、最高に気持ちよかったのだ。

(ちくしょう、すげえよかった。あんなん、したことない)

きゅっと吸いついて、とろとろ締めつけてくる。腰の動きはぎこちないくせに、全身がしっとりやわらかくて甘くて、何時間でも何回でもあのなかに入れたままでいたかった。

きれいできれいで、気持ちのいい神堂を味わって、骨まで虜《とりこ》になったと思う。

蛍光灯の光に反射した汗が青白い肌を内側から発光させているようだった。高ぶった官能に、触れた端から薄赤く染まっていく細い身体は、つけっぱなしの灯りのもとでつぶさに見つめてもやはり、同じ性別を持つものだと思えなかった。

外の雨にも負けないくらいにぐちゃぐちゃに濡れた身体を絡ませた記憶は、いままでの経験のなかでも随一の高揚を香澄に覚えさせた。

「ってだから反芻《はんすう》すんな俺……っ！」

強烈にすぎたそれを懸命に忘れようとしても、うまくない。

声をかけるなと言われて以来、最低限顔をあわせないようにすごしているせいで、塗り替える記憶がなにもないから、よけいにあの時間はあざやかに残ってしまうのかもしれない。

じつのところ、あれから部屋にこもりっきりの神堂の顔を、ろくに見てさえいないのだ。

こんな調子ではまた神堂が倒れてしまうのではないかという危惧がもっとも大きくて、食事は部屋の前に整えた膳を置いておくことにした。しばらく経《た》って様子を見ると、一応出した食事は手をつけているから、無事ではいるらしいけれど。

（もうほんと、いっそのこと出て行けっていうならそうするから）

天の岩戸は勘弁してほしいと香澄は呻いた。ふすまの横の壁を叩いてひとこと、食べてくれと告げる以外、香澄もこの数日口を開いていない。

「怒っていいから、声聞かせてくんねえかな……」

おかげで独り言ばかりが増えて、本当に精神衛生上よくないと思う。けれど、それよりなにより、謝らせてもくれない神堂がいったいなにを考えているのかわからないから、途方に暮れてしまうのだ。

そうして、ふと気づけば最初の契約期間である三ヶ月がそろそろ終わりに近づいている。

「先生、それまで待ってくれるつもりなのかな」

ぼうっとしているようで、たまに神堂は妙なところに気をまわすことがある。契約途中で香澄を切れば、そのあとの仕事や成績にも響くからと、あと一週間足らずのその期間をクリアするまで、放っておくつもりなのかもしれない。

「でも、そりゃだめだろ」

そんなことではいけないと香澄は思った。無理強いをした相手がおとなしいからといって、その状態にやすやすと乗っかっているようではもう、ひととして最低だ。

やはりこちらから、辞めさせてもらおう。口をきいてくれなくてもかまわないから、軽蔑《けいべつ》されてもかまわないから、せっかく外に向きはじめた心を閉ざしてしまうようなことだけは、ないようにと香澄は願った。

「勝手な話だけどな……」

なにをいまさらいいひとぶるかと自嘲も漏れるが、本心でもある。

本当ならずっと、やさしくして見守っていてやりたかった。けれども、香澄自身が彼を脅かすものであるなら、それを排除するのがまず、第一なのだと思った。

物思いに沈みつつも身体は勝手に動いていたようで、いつもよりも時間がかかったものの、落ち葉掃除はほとんど終了していた。もう庭木も冬枯れの様相を呈していて、春にはもう少し甘い光景が見られたのかもしれないと思うと、残念でもある。

「転職、考えようかな」

この仕事も辞めたほうがいいのかもしれない。もう少しはうまくやれているつもりだったけれども、クライアントに惚《ほ》れたあげくにこんな不祥事をしでかすようではと、香澄は静かに思いつめた。

そうとなれば、今日にでも暇乞《いとまご》いを告げようと覚悟を決めた香澄はもう、むなしいようなため息をつくことはなかった。

「最後だから……なに、作ろうかな」

せめて、神堂の好物を並べ立てて終わりにしようと考え、玄関わきの掃除用具入れを片づけていると、がたがたとなにか動く気配がした。

「え？」

「あっ」

自室にこもっているだろうと思いこんでいた神堂が、いきなり玄関に顔を出した。不意打ちに驚いて、お互いに硬直してしまう。

なにより、香澄を驚愕させたのは、すっかり出かける用意を整えた神堂のその姿だった。

（すげ、かわいい……）

タンスのなかでつるしたままになっていたはずの、ライトグリーンのシングルスーツを着た神堂は、はっとするほどにあざやかに見えた。長い髪にスーツというのは違和感があるのではないかと思ったが、デザインの洒落たそれは、神堂にとてもよく似合っていた。

「ど、どうしたんですか、先生？　そのかっこは？」

「出かけてくる」

ぼうっと見惚れながら問いかけたそれに、戻る返事はないと思いこんでいた。だから、三日ぶりに聞いた神堂の声にも、その発言にもまた驚かされ、香澄は目を瞠る。

「出かける……って言いました？」

「うん」

「ひとりで!?　本気で!?」

「だいじょうぶ。心配ないから」

いままでにないきっぱりとした口調と、たしかな意志を感じさせる表情に感動に近いものを覚えた。

だが、硬い印象の横顔に走る緊張と赤みに気づき、息を呑んだ香澄は、続いた神堂の言葉に沈痛な面持ちで目を伏せる。

「たかちゃんと会ってくるだけだから」

「あ、……」

そのひとことで、彼がなにを覚悟したのか、香澄は理解できた気がした。

「そ、……そう、ですか」

心臓を鷲《わし》掴みにされたような痛みが走った。けれども、それを口にも、顔にも出す権利もないと、香澄はぎこちなく笑ってみせる。その表情をどう受け止めたのか、神堂はやはり強ばったままにうなずいた。

しばし、ひどく濃厚な沈黙が流れる。困ったようにたたずむ神堂を足止めしているのが自分だと気づいた香澄は、どうにか取り繕うような笑みを浮かべた。

「いってらっしゃい。……あ、待って。寒いからコートを着たほうがいいですよ」

香澄が告げると、外に出て外気の冷たさに気づいたのだろう。こくりとうなずいた神堂は、自分で部屋に戻っていった。

「じゃあ、いってきます」

「……いってらっしゃい」

この家に来て、おそらくはじめての挨拶を交わした。それがひどく、胸に痛かった。

すっきりした仕立てのコートを羽織り、彼は出ていく。

いつも猫背に丸まっていた細い背中が、ぴしりと伸ばされていた。きゃしゃなそのラインを見送りながら、どうしようもない虚無感が足下からこみあげてくるのを覚え、香澄は玄関のあがりかまちにへたりこむ。

「そっかあ……」

仲井に会って、きっと彼は積年の想いを打ち明けるのだろうと想像がついた。たぶんそれは、叶うことはないのだろうけれども——なにかの区切りになるのはたしかだ。

なににも怯えることなく、しっかりとひとりで歩いていった神堂の姿に、自分の与えたショックが彼を大人にしたのだろうかと、そんな手前勝手な理屈も覚えた。

「はは、ショック療法だったかな……？」

最後まで、香澄から目を逸らしたままのあの表情が、神堂の答えと知らされた。もう、目の端に入れることも、彼にとっては不愉快なのだろう。

あたりまえのことだけれども、やはり目のあたりにすれば衝撃は大きく、権利もないのに傷ついて、立ち直れない。

「だーめだこりゃ」

いきなり身体のなかが空っぽになった気がした。だらしなく玄関に倒れこみ、のろのろと腕をあげた香澄は目元を覆う。じんと痺れたそこは、しかしやはり乾いたままで、ここで泣くのはいかにも情けないから、それだけはほっとした。

今日、彼が戻ったら、この家を出ていこう。そして、あの派遣元はもう辞めて、いままでの資格を生かせるなにか、べつの仕事を探そう。

でももう二度と、家政夫さんなんかやらない、そして。

「もう絶対、小説家なんかに惚れねーぞ……」

痺れきって停止した頭がはじき出せる答えはそれだけだと、香澄は重苦しい熱を孕《はら》んだ吐息をこぼす。

失恋のショックに張り倒されたまま、その冷たい板張りのうえから、しばらく香澄は動くことができなかった。

＊　＊　＊

いいかげん落ちこんでいるばかりでもいられず、冷え切った背中の痛みを感じながらの香澄がまず行ったのは、向こう一週間ぶんの食事の作り置きだった。

デミグラスソースで煮こんだハンバーグに、クリームシチューとグラタン。パスタ用のミートソースも、作り置きして保存容器につめこんだ。

ガスレンジが四台使えるシステムキッチンは同時作業に向いている。それらを鍋に煮こみながらオーブンでまとめて作った焼き菓子は、日持ちするように洋酒をきかせてある。

掃除はこのところまめにやってあったので、すぐに終わった。それがちょっと寂しいような気もしたが、感傷に浸っている場合ではなかった。

「あとは、俺の後始末、と」

ひととおり、考えつくだけのことをやってのけると、香澄は自分の荷物をまとめにかかる。そもそも根無し草のような生活をしているせいで、香澄の衣服も極端に少ない。安物を着まわしてワンシーズン持てば、次にはそれらを廃棄して新しく購入するという、効率的なのか不経済なのかわからないやりかたをずっと続けていたからだ。

それでも、ひさしぶりに長期のかまえでいたこの家には案外ものが増えてしまって、近くからもらってきた段ボールにかたっぱしから詰めていくはめになる。

大物のロングボードの始末については、海で知りあったサーファーに話すとほぼ原価で買い取ってくれると言われた。気に入っていた板だが、この家に来てから購入したものだったから、持っていたくなかったのだ。

「……こんなもん、かな」

そうして身の回りの整理がついてしまえば、案外あっけないものだと思う。あとは契約撤回の連絡を派遣もとに入れなければと思ったが、理由を訊かれるとややこしいため、神堂が戻ったら申し訳ないがクビにしてくれと頼むつもりだった。一身上の都合で通るほど甘い組織ではなく、そうでもしなければ『トラブルの原因』を白状させられるのは目に見えている。

雇用主を強姦《ごうかん》したからやめさせてくれとぶっちゃけ、香澄はそれでどんな罪に問われても、かまわない。けれど神堂はきっと思い出したくもないだろうし、そんな痛い記憶を掘り返すような真似は、したくなかった。

できるだけ次の人材がよいものであるように、香澄の側からも働きかけるつもりはあるが、クレームからの解約となれば、その意見もどこまで通るやらと思う。

「と、……そうだ。ノートノート」

そこまでつらつらと考えたところで、忘れかけていた押尾《おしお》のノートを取りだした。これは後継に残していくべきだろうと思いつつ、偏食の欄やそのほか、香澄が来てから改善されたいくつかの事柄を訂正した。

「追記、甘いモノが好き……と」

簡単なレシピもあったほうがいいだろうか。ふと考え、さきほど作り置きした菓子類についても思い出した。

「何日ぶんですよ、って書いてやっとかないと……」

パウンドケーキやマドレーヌを、一日何個食べていいのかもよくわからない神堂に、おやつは日に二個までにしてくださいとメモも添える。

ぱたりとノートを閉じた香澄は、「あれ」と呟く。細かく記述していくうちに、気づけばすっかり日が暮れていた。

(神堂先生は、まだ戻る様子もないな)

思ったよりも遅いかもしれないと気づくと、あまり歓迎できる事態ではないと思った。

できれば、夜になっての話しあいは避けたいのだが——と考えていた香澄は、このところ着信のなかった携帯の呼び出しに気づいた。

「なんだ？」

番号通知を見ると、仲井からだった。相手が相手だけにしばらく通話に出るのを躊躇《ちゅうちょ》したが、もしかすると神堂からことのあらましを聞いた仲井が、激怒の電話を寄越したのかと思った。それなら、あの激することもできない彼の代わりに、叱《しか》られておくべきだろうと香澄は覚悟する。

「……はい、兵藤です」

数コール待たせたあとにようやく通話ボタンを押すと、電波が悪いのか少し途切れた仲井の声がした。しかしそれは、香澄が予想したような怒りの声でも、冷たい叱責《しっせき》でもなかった。

『ああ、お疲れさ……。兵藤く……こえる？　やべ、電波おかし……おおい、もしもーし！聞こえるー？』

「は……？　はい、なんとか聞こえてますけど」

妙に暢気《のんき》でいつもとまったく変わらない、どころかずいぶんと上機嫌な声音のそれに面くらい、香澄は一瞬惚けてしまう。

『あっそう？　よかった。ええっとね、四十分くらい前に、裕そっちに帰ったからねっ』

「……あの、すみません。先生がなんですって？」

『あれ？　やっぱり電波悪いかな。聞こえます？　そっちに裕がー、さっきー、帰ったから！　たぶんあと、三十分くらいってとこだと思うんだ。あっ、ちなみにここ、横浜ね！』

ごうんという音が聞こえたことから察するに、仲井は駅の構内かホームにいるらしい。

声は遠いが、けっこう張りあげているのだろうとわかって、「聞こえます」とあわてて香澄は答えた。

「聞こえますけど、仲井さん、あの」

『あ、聞こえたのね？　ＯＫね？　んじゃよろしくっ』

ただの帰宅連絡だけで切りあげようとする仲井に、香澄はなにかがおかしいと思う。

あまりにもふつうすぎて、この事態がいったいどういうことなのか、逆に混乱した。

「あのっ、仲井さん！　そうじゃなくて、俺はっ……」

そうじゃなくって、俺は。しかしそのさき、なにを言えばいいものか。

まさか先日あなたの幼なじみを無理やりいたしてしまいましたと告げるわけにもいかず、逡巡《しゅんじゅん》していた香澄の耳に、ふっとやわらかい仲井の声が届く。

『ほんっと、感謝してるよ、きみには』

「え？」

『まったく。どうやってあいつを、あんな急に大人にしちゃったわけ？』

「そ……っ」

仲井の声はむしろ、あたたかみに満ちている。しかし、そのひとことは香澄にとっては致命傷で、いきなり食らったボディブローに声も出ない。

『まあ、これからもよろしくねってことで。ああ、今後についての提案も裕に話してあるからさ、そのへんちょっと検討してね、頼みます』

「今後？　な、仲井さん、待ってって、ちょっと、なか……っ」

『あっ電車来たわ、んじゃね！　詳細は後日！』

相変わらず言いたいことだけ言ってぶつりと通話を切ってしまった仲井に、呆然と香澄は立ちつくす。

「……今後の提案って、なんだよ」

今後もなにも、今日を限りの話であるのにと、香澄は完全にフリーズしたまま呟く。

仲井の告げた言葉は、なにひとつ香澄には意味がわからない。ただひとつ知れたのは、あと三十分もすれば神堂が帰宅してくるということ、それだけだった。

なにがどうなってるんだと思いつつ、じりじりとするその時間を待っていると、気ばかりがあせってどうしようもない。なんだか異様に時間がゆっくりすぎると感じて、ふと時計を見て確認すると、仲井が予告した時間より、ゆうに三十分はすぎていた。

「なんかあったのか」

快速なら横浜から鎌倉までは三十分弱、駅からここまでの時間を考えても、タクシーなら十分はかからないはずだ。そつのない仲井は、おそらくそれらも計算ずくで連絡を入れてきただろうから、どうにもおかしい。

「まさか、事故とか……？」

ニュースを見てもそれらしい情報はない、だが念のためJRに連絡を入れてみるべきかと迷っているうちに、いてもたってもいられずに香澄は立ちあがった。

考えこんでいるよりも迎えに行くほうがましだろう、そう思って上着とバイクの鍵を取りあげ、玄関まで走りだしたとき、門扉の開く音がした。

（帰ってきたっ？）

そのままばたばたと玄関へ走りだすと、同時に向こうから、なにか黒っぽい塊が飛びこんでくる。

「うわっ⁉」

ふいのそれにあせると、胸のなかに飛びこむようにしてぶつかってきたのは神堂で、どうやら走ってきたのか、肩で息をしている。

「た……ただい、まっ」

ぜいぜいと胸をあえがせている神堂は、玄関灯の淡い灯りでもわかるほどに顔を真っ赤にしていた。紅潮した頰と、大きな目がしっかりと自分を見据えて輝いている。

きらきらした目に見惚れていた香澄は、しかし次の瞬間はっと我に返る。

「せ、先生、なにそれ⁉　げっ、ひでえ……！」

よく見るとコートの裾は泥だらけで、質のよさそうなスラックスの膝がすり切れている。血が滲んでいる箇所に香澄は真っ青になったが、神堂はけろりとしたものだ。

「あ……これ？　あの、そこの坂がね、まだ濡れてるとこあってね」

「まさか転んだんですか、怪我は⁉　タクシー、ここまでつけなかったの⁉」

緑の多いこのあたりは、生い茂る木々に湿気を蓄え、雨のあと数日は地面が乾かないことも多い。日が落ちると常夜灯もまばらになり、香澄でも少し不気味に思うほどの暗がりで、てっきりタクシーで帰ってくるとばかり思っていた。

「ああもう、こんなすり剝いて。ほか、打ってないですか、痛いとこは⁉」

大あわてで神堂の腕を引いて家にあがらせる。しかし本人はいたって平気そうだ。

「や、膝だけで……あのね、それより、兵藤くん。ぼく、話したいことが」

「話ならあとで聞くから、手当させてください！　ああ、もう両手もこんな」

むしろ、なにか懸命に話したいことがある様子でいるのは気づいていた。しかし明るい部屋で見ればけっこう悲惨な神堂の姿に、香澄は心配がさきに立って聞いてやれない。

「なんでこんな暗いのに、歩いて帰ってきたりするんですか！」

「歩いてじゃないよ。走って」

「同じでしょう、遅いんだからタクシー使えばいいでしょう！」

「あ、だっていっぱい並んでたから。歩いたほうが帰るの早いって言われたから」

怖がりの神堂とも思えない台詞だったが、そのときの香澄は怪我のことばかりが気になって、取りあっている余裕はなかった。

「ろくに歩いたことないのに、あんな暗い道走って来て。変なのに襲われたりしたらどうすんですか、最近じゃ、ひったくりとかいろいろ物騒なんですから！」

小言を垂れながら泥まみれの破れたスーツを脱ぐように告げる。おとなしく香澄の命令に従っていたが、大きく擦りむいた各所に消毒液を吹きかけられた神堂は、悲鳴をあげる。

「いたっ、痛いっ」

「あたりまえでしょう、もう。なんで大人なのに転ぶんですか」

手のひらと膝の手当がすむまでは着替えもままならず、シャツ一枚というずいぶんな格好ではあるのだが、やましいのなんのという感情は、きれいな細い脚と薄い手のひらいっぱいの擦過傷を見れば飛んでいった。

「ああ、そんなに深くなさそうだ。よかった」

濡れていたせいもあって派手に血は滲んでいるものの、消毒を終えてみるとほとんどが小傷ばかりだった。砂や小石が入った様子もないと見た香澄は、ほっとしながら軟膏《なんこう》を塗りつけて包帯を巻いた。

「大怪我みたいだよ、これじゃ」

「しかたないでしょう、絆創膏《ばんそうこう》じゃ間にあわないんだから」

かすり傷とはいえ、こすれるとかなりに痛むはずだ。本当はさらしておいたほうが治りも早いが、冬場に剝き身のままでいるわけにもいかないだろう。

「もう、ほんとに気をつけてくださいよ。先生、歩くのへたなんだから」

「……ごめんなさい」

ひととおりの治療が終わると香澄のほうがぐったりと疲れてしまった。こんなんで、明日からひとりでどうするつもりか。そこまでを言えば嫌味になりそうだと飲みこんでいると、神堂は寒いだろうにシャツ一枚で、そこから動く様子もない。

「どうしたんですか？　早く着替えないと」

「……ねえ。これ、なに？　段ボール」

香澄が顔をあげて問いかけると、神堂のほうが逆に尋ねてくる。そうして、包帯で白い手のひらが不思議そうに指さしたのは、すっかり片づけた香澄の荷物たちだった。

「あ。いやまあ、それは……」

しまった、と顔を歪めても遅い。救急箱のあるのは香澄の部屋だったため、あせってそのまま招き入れてしまったのだ。いきなりこれでは話が切りだしにくくなってしまう。できればそれはあとまわしにしたい。往生際悪く、香澄は冷や汗をかいてしまった。

「あ、……ああ、そうだ。あの、なんか仲井さんからさっき、電話ありました」

「えっ？　な、なんか言ってた？」

「今後についてどうとかって。でも具体的にはなにも……」

香澄が無理に話を逸らすと、神堂の頬がぱっと赤くなった。そのあざやかな変化に、香澄は胸が苦しくなる。

「……ていうか、今日はなんの話だったんですか？」

出がけには問えなかったと、なるべく含みなく聞こえるように言えば、「うん」と真っ赤な顔のまま神堂はうなずいた。香澄は薄々勘づいていたけれど、長いこと言葉を探したあとに、ようやくぽつりと漏れた言葉に、胸がしくりと痛むのを知った。

「この間、兵藤くんが……その、言ったことの、話、してきた」

告げられて、やはりか、と思う。予想の範疇《はんちゅう》だったため、香澄はそれほどショックを受けてはいなかった。

「そ、か。……仲井さんは、なんて？」

気持ちには応えられないとか、ごめんなとか。香澄の想像できる範囲の言葉を思い浮かべ、きっともっと仲井のことだから、そつのない答えを返したのだろうとは思った。それでも、長いことあたためていただろう想いが破れる瞬間の神堂を思えば、少しだけ胸が苦しかった。

自分のことはもういいから、この彼には少しでも安らかであってほしいと、そう願って、

――けれど。

「たかちゃん、あの……よかったなって。がんばれって」

「え？　な、なんで？」

神堂の口にした言葉は、香澄にはにわかに理解できなかった。

論旨も文脈も激しくずれている気がする。『よかったな』も『がんばれ』も、まるっきりそれは他人に対しての励ましにほかならず、なぜ当事者である仲井がそんな無責任な発言をするのか、まるでわからない。

だから、呆然として訊き返したのに、それにこそ神堂がきょとりと首をかしげるから、ますます香澄は混乱してしまう。

「なんでって……なんで？」

「だ、だってあれでしょ？　先生、仲井さんに好きだってゆったんでしょ？　なのになんで、そんな、がんばれとか。変じゃないですか？」

神堂だけでなく、じつは仲井も不思議くんだったのだろうか。もうなにがなんだかわからないままに言いつのると、神堂はめずらしく、不機嫌な顔を見せた。

「……なに、違うよ、兵藤くん、それ」

「違うってだって……え？」

きゅっと形のいい唇を尖らせて、そういう話じゃないと怒ってみせる神堂の表情に、うっかりと香澄は見惚れる。

（美人は、怒ってもかわいいんだなあ）

腐った感慨を覚えていると、言葉を探すように彼は幾度もまばたきをした。

「だから、……あのとき、ああ言ったの兵藤くんなのに、違うの？」

「へ、俺？　俺がなにっ？」

「……やっぱりぼく、間違ってたのかな……？」

肩を落とした神堂は今度こそ哀しげに目を伏せるから、なかばパニックに陥りながら、香澄は問いただした。

「ま、待って先生。あれだよね、この間のってその、先生が好きなひとの話で」

「だからその話してきたんだってばっ。そう言ってるじゃないか」

順序立てて話しましょうと香澄が言えば、これもめずらしく癇癪《かんしゃく》じみた声をあげる。

神堂の顔は真っ赤になっているけれど、これはいつもの赤面症ではなく、なにか違うものによって彼が紅潮しているのだと知れた。

（なんか……なんか違う）

その正体が掴めないまま、すごく胸が苦しくなった。けれど数時間前までの、あのひんやりと寂しいような痛みではない。

期待するな、やばいぞ、と思う。けれどもじんわり目を潤ませた神堂が、まるでなじるように睨《にら》みながら告げた言葉に、香澄は今度こそ声を裏返した。

「好きになれって、俺にしろって言ったのきみなのに……っ」

「――はいぃ!?」

そっちですか!?　と香澄が目を見開けば、完全に神堂は気分を害していた。

「だって、待って。それでなんで仲井さんに話が行くんですか」

「だってぼく、こんなで、たかちゃんしかかまってくれるひと、知らないんだ」

混乱のまま問いかけると、神堂はシャツ一枚の薄い身体から湯気を立てんばかりに真っ赤になって、なかば自棄《やけ》になったように口早に言いつのる。

「あんなこと言われて、されて、わけわかんなくなって、……でも、相談できるのたかちゃんしかいないし。すごく、恥ずかしかったのに！」

「せ、先生？」

「なんか頭ぐちゃぐちゃだったけど、男のひとでも、好きになっていいのかわかんなかったけど」

主語もなにもあったものではない、拙すぎる言葉の羅列。けれど発する本人の潤んだ目、赤い顔で一心に見つめられ、香澄にはそれが意図するところがわかってしまった。

わかってしまったが、信じられない。

「でも、あ、ああいうことしたんだから、きっともう、いいんだって。好きになっていいんだって、思った。……思って、いいんだよね？」

確認するように問われ、硬直していると「……違うの？」と哀しそうな声がする。

「いや、えっと、いいんです。たぶん、いいんですけどっ」

まさかの幸運がこの身に訪れたのだと知ったのは、いまだ『そんなばかな』と抵抗する理性よりも、鼓動を早めては頭に血をのぼらせる、身体のほうだった。

好きになってもいいよね。もう一度、小さな声で告げる神堂にうなずくと、彼は笑った。

嬉しそうな、あどけないくらいの顔に、香澄はもう死ぬ、と思った。

(うそだろ、やばいだろ、かわいすぎだろ……っ)

それが自分のせいだなんて、信じられない。やっぱり死ぬんだ。もはや思考能力の低下しきった香澄は、他人が聞いたらばかそのもののことを、真剣に考えた。

「あの、でも仲井さんは？　いいの？　好きなんじゃないの？」

それでも、落ちつけ落ちつけと繰り返し内心呟きながら、齟齬《そご》のないようにと香澄は慎重になる。

「たかちゃんは、好きだよ。でも……あんなこと、したくなったことはないよ」

下を向いて真っ赤になった神堂に、香澄は眩暈《めまい》がしそうだった。

(もしかして……俺、ちょっと考えすぎてた？)

たしかに無意識に恋心を抱いていたかもしれないが、仲井に対しての神堂のそれは、あくまで初恋の、憧《あこが》れの域を出ていなかったのだろうか。

いや、そもそも神堂にとっての仲井は絶対すぎて、恋愛という意味での情ではなかったのかもしれないと、いまさらながら香澄は思った。

仲井もまた言っていたではないか。裕はかわいい、かわいいけれどまるっきり子どもにしか思えなくて、可哀想で抱けないと。

（それって、結局、このふたりは、同じコトを思ってたってことなのか？）

冷静につきつめれば、仲井も神堂も、家族的な情愛が少しばかり、濃すぎたということなのではないだろうか。いっそそれで血のつながりがあれば、ブラコンのひとことで終わったものを、なまじ他人だからややこしくしてしまった。

そしてまた、べつの見方をするならば、あの小説のキャラクターたちにしても、モデルとなる人物像自体を『それしか知らない』のであったなら、仲井のイメージに類型するものばかりなのも、あたりまえなのではないかとも思える。

そして――理想の家族で、初恋の男性であった彼と離れ、違う人間に目を向けるのも、ひととして成長する過程のうえでは、なんらめずらしいことではないけれど。

「兵藤くんには、最初からどきどきしたよ。たかちゃんには、安心するけど……落ちつかなくて、怖かったよ。でも、怖いけど、逃げたくはなんなかった」

そんなひと、誰もいままで知らなかった。真っ赤な顔で、まじめに告げる神堂に、香澄はなにも言葉がない。

「だから、兵藤くんと一緒にいたら、ぼくも、ちょっとは変われるかもしれないって……たかちゃんにそれ言ったら、よかったなって言われた」

一生懸命、神堂は自分の気持ちを説明する。香澄があまりにも黙りこんだままだから、理解してくれたのかと不安なのだろう。

——兵藤くんに、変だって思われるのやだな、怖いなって。だから、それ言おうと思ったんだけど、なんか……最後だけ言ったから、へんなふうになっちゃって。

手をつないで海辺を歩きながら、懸命に告げたあのときと同じだ。神堂の言葉は嘘がない。

(けど、いや、でも)

それでも腰が引けて、みすみす自分の手に落ちようとする神堂を止めてしまうのは罪悪感のなせるわざか——ただのヘタレた臆病さか。

「でも、しちゃったからって、無理に好きになることないよ？　あの、あれって俺が、強引だったから、その……いや、だったでしょう」

あれのそれのと曖昧極まりない言葉だが、意図は伝わったようだった。それに対して神堂は、また怒ったような顔を見せる。

「違うよ。あの……あれも、やじゃないけど、でも、そういうのだけじゃないし」

「そ、そうです、か？」

「いくらぼくでも、本当にやだったら、あんな……あんなの、しない」

なにを思いだしたのか、真っ赤になって口ごもる神堂に、べつにあの日も拒んでいないだろうと教えられた。たしかに、恥ずかしくていや、とは彼は言った。けれど香澄が押さえつけたりしなくても、突き飛ばしたり、逃げたりもしなかった。

むしろ、抱いて奥までを暴いて、濡れた粘膜を探る間中も、離したくないとしっかりと背中を抱いていたのはこの細い腕だった――。

「ちょっと、嬉しかったし。兵藤くんが触ると、気持ちいいから」

「せんせ……」

手をつないだり、頭を撫でる手のひらの甘さを、もっと知りたかった気持ちもちゃんとあったと拙い言葉で告げられて、香澄は舞いあがる。

もう死んでもいい。煮えたことを考え、しかしそれなら、この三日間のストライキはなんなのだと、単純な疑問が残った。

「でも先生、怒ってたじゃん、口もききたくないって。あれは？」

「怒ってない！　だって……なに言っていいかわかんなかったから！」

まだわからないのか、と神堂はまた目をつりあげた。

ここにきてようやく、香澄はいいかげん、望んでもいない悪あがきも終わりかもしれないと感じる。

（もういいや、理屈は、なんでも。理由なんか、なんだって）

いつも、世界と自分とのへだたりに戸惑い、考えこんでいるばかりの神堂には、身体で理解したことのほうが、より真実であるのだろう。そして恋愛沙汰で必要なのは、理屈よりも身体の反応だ。

胸が痛むのも、眩暈がするような陶酔も。

触れた瞬間になによりも雄弁に、恋心を教えてくれる。

「怒って、ない？　俺のこと好きってほんと？」

「……うん」

そっと、さきほど手当したばかりの手のひらをとると、神堂はこっくりとうなずいた。そして振り払われるどころか、ぎゅっと強く指先を握られた。必死の力は嬉しいけれど、少しだけ香澄も、なじりたいことがある。

「じゃあなんで、それ俺に言ってくれなかったの？　なんでさきに、仲井さんに言うの？」

「だって……わかんないこと、いつも、たかちゃんに訊いてたから」

もう少し触れていいだろうかと肩に手をかけると、うつむいた神堂の頭が甘えるように額をこすりつけてきた。子猫とか子犬とか、そんなかわいいものを思わせる仕種に、香澄の背中がじぃんと熱くなる。

「なにが、わかんなかったんですか」

やきもきして落ちこんで、この世の終わりとまで思いつめた自分の空回りにいっそ笑えてきて、それでも咎めるように抱きしめると、肺の奥がぎゅうっと絞るように痛くなった。

「……兵藤くんに、好きになってって言われて、嬉しいんだけど、いいのかなあって」

「それこそ俺に言えばいいじゃん」

けれど、胸元に抱きしめた神堂はふるふるとかぶりを振って、訊けないと言う。なんで、と問いかけながら、その艶やかな髪のうえに唇を落とすようにすると、細い肩が強ばった。

「たかちゃんにはほかにも訊きたいこと、あったから」

「なに？」

そうして、意を決したように顔をあげた神堂の表情に、甘くぬるい幸福感に浸っていた香澄はどきりとさせられる。

「あの、ぼくが訊いたらね。たかちゃんは、それでふつうだって。でも、笑ったんだけど」

「仲井さんはもう、いいから、なに？」

やはりどうしても、いままで与えられた影響は大きいのだろう。なにをするにしても意見を仰がなければ動けない、そんな習い性はわかるけれども、恋愛沙汰にまでそれをあてはめることもないだろう。

「これからは、なんでもいいから、言って？　俺に」

「……じゃあ、訊いてもいい？」

「うん。仲井さんみたく頭いいわけじゃないけど、一緒に考えるから、俺が」

そう思って、どうしても口調がきつくなるのを止められずに香澄が『俺が』を強調すると、こくんと息を呑んだ神堂は、何度か唇を開閉させる。

(あ、なんかやな予感)

大概、彼がためらったあげくの発言というのは、メガトン級の爆弾が多い。幾多の経験でそれにひっくり返った香澄は、次の言葉に思わず身構えた。

「兵藤くんと――」

「うん？　俺と？」

そんな香澄の心中も知らず、やはりどこかずれた感覚の小説家は、震える声で。

幼なじみの編集者にも、一言一句違わず告げただろうそれに、羞《は》じらいと艶めかしさをたっぷりと混ぜて、上目遣いに言った。

「セックス、したいとき、どうすればいいの？」

当然、香澄はもう、茹《ゆ》であがったまま絶句するしかない。

「したくて苦しいとき、どうすればいい？　触ってほしいって、なんて言えばいいの……？」

その沈黙をどう解釈したのか、神堂はまた懸命に、自分のことを説明しようとする。

だめなのかな、と訴える目に、蠱惑《こわく》を孕んでいることも無自覚なまま。

「あれからもう、全部頭のなか、兵藤くんでいっぱいで……身体のなかも、もうなんかずっとあの、あのときのことばっかり思いだしてて」

あの朝も、肌に残った強烈な刺激に眠れなくて、いままでに知らないままでいたそれが、身体のなかから自分を変えてしまったようで。目があった瞬間どうすればいいのかわからなくて、口をきかないでと言ってしまったけれども。

「ひとりになってももう、全然だめで、顔見たら、なんか、もう……」

語尾はさすがに濁ったけれども、その瞬間神堂の細い腰が落ちつかない様子で揺れたのを、香澄はしっかり見つけてしまった。

「……もう、なに？　教えて」

うわずった、欲望丸出しの声で問いかける。神堂はちらっと香澄を見ると目を伏せて、胸に顔を埋めたまま、小さな声でこう言った。

いれてほしくなった。どうしよう。

「せ、んせ……」

白いほっそりした脚をもじもじとすりあわせ、こみあげてきた妖しい情動をこらえるようなその仕種は、香澄の思考を完全に停止させる。

(やばいって、もうっ)

またここで切れてどうするのかと、必死に抗う香澄の気も知らず、神堂は上気した頬に困惑と、そしてあきらかな誘惑を乗せて、震える唇でその理性を取りこもうとする。

「わかんないんだ、もう、どうしよう……どうすればいい？」

そうして、途方に暮れたような声ですがりつかれて、こっちがどうすればいいんでしょうかと香澄は散漫に思った。

「ずっと、変なことばっかり考えて、もうなんにもできないって言ったら、たかちゃん、そのまま、兵藤くんに言えばいいって」

「な……仲井さんは、なにを、なんて？」

喉がからからに渇いて、まともに息もできない。乾ききった目が痛くなり、それでようやく自分がまばたきも忘れていたのだと気づかされた。

気づけば、懸命に言葉を綴る唇が動くさまを、食い入るように見つめていて、それが清潔な形に不似合いな単語を発する瞬間、赤く濡れた舌が覗くのまで、知ってしまって。

「セックス……してって。いっぱいして、って。それでいいんだって」

そうなの？　と問われて、呻いた香澄は返す言葉などなにもなかった。

話せるわけもなかった。

「これでいい？　してくれる？　ね、兵藤く、……っん——……！」

ぶっつりと思考が切れた香澄の唇は、そのまま細い身体を捕まえて力いっぱい抱きしめたまま床に転がり、息の止まりそうな口づけを贈ることに夢中になってしまったからだ。

「もう、知らない、するよ？　誘ったの、先生だからね。あとで、怒らないで？」

たぶん相当にがっついた顔をしてしまっていると思うが、知ったものかと思う。耐えて堪えてぎりぎりだった理性の鎖を、あっさりと引きちぎったのは神堂のほうなのだ。

「ん、んん、う、ん……っ。怒らない、怒らないから」

してくれるの、嬉しい。

おまけに押し倒したらそんなことまで言うから、もう知るか、と香澄は思った。

干して畳んだまま部屋の隅にあった布団の山を崩し、身体を引き倒したのはどうやら上掛けのうえだったようだが、もうとりあえず、神堂の背中が痛まなければそれでいいと思った。

いずれにしろ、汚れたそれらの始末をするのは香澄なのだ。

「ふあ……っ」

「ねえ。先生は、俺のこと好きなんだから、ほかのヤツに絶対、こんな――」

それでも、あまりにあっさりとこちらを向いたような神堂に、一抹《いちまつ》の不安が残るのはたしかで、腿から這いあがった手のひらで小さな尻をきつく摑んだ。

「んん、あっ……あ」

「こんなとこ、絶対に触らせたりしちゃだめだからね？　いい？」

こればかりはしっかりと躾《しつ》けておかねばと、手のひらに収まってしまいそうなそれを撫でまわしながら言い含めると、うんうんと何度もうなずく。

「兵藤く、……としか、しな……っあん」

気持ちに同じく素直な身体に、すでに答えを返すのもままならない唇が早くと誘うから、もうこれ以上は限界と、香澄はそのなかに舌を溶けこませた。

そうして、神堂が次に口を開いたときに発せられたのは、ストレートすぎて暴力のような言葉の羅列ではなく、涙混じりの哀願と懇願が混ぜあわされた、淫靡な嬌声《きょうせい》だけだった。


しつこいくらいに口づけを繰り返しながらシャツ一枚という据え膳を絵に描いたような神堂をあっけなく裸に剝いて、尖りきった乳首をつまむとはしたないような声が聞こえた。

「ふあ、あっああ……んっ！」

さらさらした長い髪をかきあげ、薄桃色に染まる耳朶《じだ》を嚙んで、複雑な耳の隆起を辿《たど》るように舌を這わすと、最初はくすぐったいと肩をすくめていたのに、次第に神堂の吐息は甘く乱れはじめる。

「いやだったらやめるから、言って。それと……気持ちよかったら、それも言って」

「ん、ん……そ、こ」

口に出して教えてと告げながら、真っ赤に尖った胸のさきを軽く啄《ついば》む。

加減できずに強くつまんだせいで、指の痕《あと》が残るそこに舌を這わせると、神堂はいくらかためらいを残したまま、それでも呟くように言った。

「そこ……きもちい、です」

「気持ちいい？　もっとしていい？」

おずおずと素直に告げるそれにやに下がりそうになりながら、かわいい小さな乳首を強く吸うと、鼻にかかった声が了承を示して高くなる。

「あ……う、ん、うん……っもっとっ」

許された嬉しさから香澄の行為はかなり大胆になって、そのまま過敏な肌をそこかしこ撫でさすっては舐めまわした。

恥ずかしがる神堂は、なにかするにも最初だけは小さく抵抗する。けれどキスで宥め、発熱したような肌で押さえこんだまま ねだると、大抵のことは素直に従った。

「先生、脚開いて。ここ、俺に見せて」

「……どうして？」

「そうしないと、ちゃんとできないから」

それは嘘だった。べつにそんなことをしなくてもセックスは完遂できる。神堂もなかば疑わしいと思っているようで、ぐずぐずと赤い顔のまま身をよじっている。

無知なところにつけこんで、いいように言いくるめることはできた。でもしたくないなと思って、香澄はまじめな顔で言った。

「ごめん、ちょっと嘘。そうじゃなくてもするだけならできる」

「そう、なの？　じゃ、なんで？」

いじめたの？　と涙目になる神堂の頬に唇を押し当て、かわいいかわいいと顔中にキスをしながら香澄は言った。

「俺が、見たくて、かわいがりたくて、舐めてあげたいから」

神堂は無言だったけれど、抱きしめた細い肩がぱあっと熱くなるのがわかった。キスをやめて見下ろすと、赤面症の反応時より真っ赤に茹であがった神堂が、唇を震わせている。

「どうして、そんなこと、したいの」

「先生がかわいいから」

「き、汚いよ。変な格好だよ」

「汚くないってば。それに、変な格好、してほしいんだよ。見せてくれたら興奮する」

「こ、興奮するの？」

ほら、と証拠を握らせると、ばきっと音がしそうなくらいに神堂が硬直した。そのせいで一度だけ、痛いくらいにそれを握られてしまったけれども、神堂の握力程度ではむしろ、ちょっと、イイ感じだった。

「あ、わ、はひゃっ……」

「……そのままこすってくれても、いいけど……」

あわあわ、と意味不明の音を放った唇の持ち主は、香澄のため息まじりの言葉にうろたえ、本気で涙をこぼした。哀しいとか怖いとかじゃなく、どうしていいのかわからないのだろう。

「先生、先生。好き、大好きだ」

「ひょ、ひょおどお、くん……」

「好きすぎて食っちゃいたい。だから、舐めさせて。なんかもう限界なんだ。この間からずっと触りたくてしょうがなかったから、我慢きかねえよ」

お願い、とつけ加えると、神堂はまた泣きそうな顔をした。けれど嫌悪や悲壮感はなく、恥ずかしくて死ぬ、という表情をたたえたまま、脚を開いてくれた。

「こ……？　これで、いい？」

「き、期待以上、です」

ぷるんとした小さい尻と、色の淡い性器が眼前にある。育ち損なったような神堂は、こんなところの色や肌合いも子どもっぽかった。そのくせ、香澄がさっき手であやしたものは、ちゃんと大人の形だけはしているから、なんとも。

（エロいです、先生……！）

鼻血を吹きそうだと思いながら、太腿に舌を這わせる。産毛以外なにも見つからないきれいな脚は、香澄の舌にびくっと震えてピンクに染まった。

「あ……っ、あ、えっ⁉　いやっ、やっ」

あちこちに吸いついたあと、ついに唇で性器を愛撫する。宣言していたものの、さすがに神堂は驚愕の声をあげる。細い脚が大暴れして、でももういまさら、頭に血がのぼって止められなかった。

「や、そん、そんな……だめ、あっ、だめっ」

「んん？　や？」

香澄は同性のそこを舐めた経験などいままで一度もなかったが、驚くくらい嫌悪感はなかった。神堂のそれはすっきりしたきれいな色と形だったし――これはいささか神堂には申し訳ないが、口に入れるにちょうどいいくらいのサイズでもあった。

（ああ、くそ、かわいい）

小振りなそれを口のなかで転がすようにしてやると、細い腰が小刻みに躍るのがたまらなかった。「だめ、だめ」と泣きじゃくりながら、香澄の髪を撫でて引く仕種はあきらかに、ねだっている。

「だめ？　気持ち悪い？」

「わ、るくな……っけど。だって……っこないだ、こないだと、違うよぉ」

ぴんと足の指まで反らせて、強すぎる刺激に耐える神堂は切れ切れの息の下から声を出す。

「どう違うの」

あんまり泣くから口を離し、指の腹でぬるぬるしたそこをいじりながら問う。その間もあちこちに音を立ててキスをしてやると、片手でなかば顔を覆った神堂が、くすんと鼻を鳴らして白状した。

「……こないだより、兵藤くんが、すごい」

「すごいって？」

もごもごと口ごもるのは恥ずかしいからというより、言葉を探しているせいだろう。香澄は薄い下生えに指を絡め、ゆっくり梳《す》いてやりながら言葉を待った。

しかし、神堂が上目遣いで「違ったら恥ずかしいけど」と前置きして言った言葉に香澄はぎょっとする。

「なんか、すごく暴力的な感じ……する」

「えっ⁉　うそ、怖かった？」

思いきり合意なのにどうして。まさかまた気づかないうちに怯えさせたのかと青ざめる香澄が身体を引くと、神堂もまた「違うっ」と慌てたように声をあげた。

「ごめん、違う、そうじゃないっ。離しちゃやだ、離れないで、ぎゅってしてて」

「あ、う、うん……」

泣き声でねだられたから抱擁《ほうよう》できたけれど、そうじゃなかったら香澄はショックで触れもしなかった。どうしたものかと思いつつ神堂を抱きしめなおすと、もう離すなとしがみついてくる。

「……俺、なんか乱暴した？」

「そういう意味じゃないよ。ごめんなさい」

じゃあどういう意味なんだと額をあわせて問いかける。すると、涙目の神堂が震える指で香澄の唇を撫でながら、熱っぽい息をついた。

「ここで、触られると。言葉じゃなくても、好きって言われてる気がして」

「うん」

それはそうだろうと香澄がうなずくと、神堂はきゅっと唇を噛む。

「それがすごく、熱くて、痛いみたいで。この間は勢いがすごかったし、ぼく、なにがなんだかわかんなかったけど……今日、ちゃんと、わかってるから」

言葉を切り、薄い胸に香澄の頭を抱きしめる。小さく尖った胸も、痛いキスをくれと言っているのが理解できて、きゅっと吸うと震えた。けれど香澄を抱く腕は少しも、ゆるまない。

「好き、ってすごい強いから、ぶたれてるみたい。ぼく、こんなに好きだって言ってもらったことも、思われたこともない、から」

「強いの、いや？」

「ううん、嬉しいっ……」

鎖骨を噛み、肌を舐めながら両手で全身をさすってやると、腰を震わせながらそんなことを言う神堂は、ぜんぜん自分の価値をわかっていないと思う。なめらかで甘い舌触りの肌を、誰も触れずにきたことがもったいないけれど嬉しい。

（まあある意味、先生の引きこもりと仲井さんの過保護に感謝だ）

こんなのをひとりで放っておいたら、早晩よからぬ連中に好き放題されたことだろう。想像するだけで胸が悪くなって、香澄はつい、強く吸いついて痕を残す。

「俺にこんなことされて、嬉しいの？」

「あっ……あっ……うん、すごく」

こくこく、と素直にうなずくから、微妙にずれて、そのくせ香澄を喜ばせることばかり言う唇をふさぐ。キスはお気に入りらしく、舌を入れるとすぐにちゅっとかわいく吸ってきた。もどかしいような強さもいいけれど、足りないと力をこめて口蓋《こうがい》を舐めたら、半端にいじった脚の間を香澄の腹にこすりつけてくる。

「で？　今日はちゃんと、なにされてるかわかってる先生は、どうしたいの」

「もっと、痛いのして……いっぱい、して」

「……痛くなんかしないよ。気持ちいいの、するよ」

けなげで卑猥な言葉に、香澄は我ながらどうなのよというくらいに甘い声が出た。けれどその声でうっとりした神堂がくたくたと力を抜くから、人生でもこれほど恥ずかしい台詞は吐いたことがないというくらい、甘い甘い睦言《むつごと》のオンパレードになってしまう。

「ああもう、食っちゃいたい……」

「んー、ンんっ」

「すっげえかわいい。どうすりゃいいんだよ」

口のまわりがべっとりになるほど激しくキスしてから問うと、くたくたに力の抜けた神堂は、もう一度脚を開くのになんの抵抗も示さなかった。それどころか、さっきみたいにして、と言うと、自分で腿の裏を持って、「こう？」と素直にしてみせる。今晩二度目の痴態だと言うのに、香澄はやっぱり意識が遠くなりそうなくらい、くらくらした。

たぶんこれからさき、神堂がこんな淫《みだ》らな格好をするたび、同じくらいくらくらするんだろう。本気で死なないようにしなければと思うほど、胸が高鳴りすぎて苦しかった。

「うん、じっとしてて。暴れると噛むよ」

「ふあっ……」

しゃぶりつくとつるつるの太腿に頬と耳を挟まれたのもいっそ気持ちよかった。先端を執拗に舐めまわし、根元のぷっくりしたところも指でこりこりといじってやると、神堂がびくびくと細い身体を震わせる。

「ん、ああ、そこっ、ん、あああああっ……んっ」

すんすんと洟《はな》を啜《すす》りながら、それでも身体の抑えがきかないようだ。もどかしげに揺れる腰の動きはますます淫靡さを増す。

「だめっ、……そん、そんなしたら、すぐ、出ちゃうっ」

「うん、出してもいいよ」

口腔で震えるそれを舐め溶かしながら、そろりと押しこんだ指先でなかを探る。

「あ、そこ……」

「痛くないよね？」

「ない、けど……っ！」

手当のあと放置していた救急箱のなかにあった軟膏。それこそ粘膜部分の治療にもＯＫのやつだからだいじょうぶだろうと判断し、塗りつけながら指をなじませていく。

「この間はちょっと、濡らし足りなかったから。今日、ちゃんとするからね」

「あ、あ、あ、っ……あん、やっ」

怖くないよと囁いて、ゆっくり指を忍ばせる。神堂はたまらなくなったように息をつめるから、やさしく前を吸ってやる。

必死に耐えて強ばった内股の筋を啄み、膝頭の傷に障らないようそっと唇を這わせる。しばらくはひたすら、異物になじませるようにとゆるやかに指を動かしていたが、ある一点を掻くようにすると、とろりと指にまつわる粘膜がやわらかくなるのがわかった。

「ふあ！」

「ここ、いい？」

指の腹でくすぐりながら、とろみを増した性器を舐める。びくびく、と震えて声をあげ、背中を反らしてもがいた神堂の腕が香澄を求めて伸べられた。

「もうやだ、それ、もうやめて、それいや！」

「あ……やだった？　怖い？」

涙目になっているので、やりすぎたかとひやりとする。だが香澄があわてて抱き寄せてみると驚いたことに、神堂のほうから唇をあわせてくる。

「先生？」

「あん、あんなとこ、舐めたら、だめ」

どうやらそれは、自分の体液に汚れた香澄の唇を清めるためだったようだ。小さな舌で懸命にこちらの唇を舐めてくるから、たまらなくなった。

「なんで、だめ？」

「きたない、し。はずかし、から……っあ、ん」

問いかけつつ、ぎこちない唇をこちらは巧みに吸いあげると、語尾がとろんと溶けていく。

「言ったでしょ？　汚くないよ、かわいいよ。もっと舐めてあげたかったのに」

「や、……っあ、嘘」

同じように、指を含ませた場所もさらにやわらいで、早くこのなかに自分の高ぶりをねじこみたいと、逸る気持ちがつのった。

「ね。ここ、触るのはやじゃないの？」

もともと無理のある行為をしているのはたしかなのだ。落ちつけ落ちつけと内心で繰り返しつつ気遣いの声をかけると、その香澄の自制を吹き飛ばすようなことを神堂は告げる。

「やじゃない。あの、あのね……くっつくの、気持ちい、から」

「うん？」

包帯の巻かれた両手をおずおずと香澄の首にまわし、内壁を探る指に息を乱しながら、神堂は小さな声を出す。

「あ、……あの、つながって、ひとつに、なっちゃ……う、みたいで」

身体のなかで香澄の脈を感じると、こんなに近くにいるという証明のようで、ただ嬉しい。そんなことを言われてはもう、止まるものも止まりはしないだろう。

「先生、だめだよもう……そんなこと言って」

「だ、だめ……、なの？」

ため息で、こみあげてくる激情を逃がしつつの香澄が言うと、神堂は怯えたように肩をすくませる。細い肩をさすり、香澄は熱っぽい声を発した。

「だめって、そういう意味じゃないよ。けどもう、なんか、俺が……たまんない」

こめかみに口づけて、我慢できないからと腰をすりつけると、怯えるどころかうっとりと目元を潤ませて赤くなるから困ったものだ。

「だって、我慢しないでも……っあ、んん、んっ」

いいのに、と呟く瞬間香澄の指がきゅうっと締めつけられ、細い首を反らしてあえぐ神堂に、もう知るものかと香澄は思った。

「っあー……もう。言うかな、そゆことを。じゃあもう、我慢しない」

「だってだって、あ……っ、入れるの？　入れちゃう？」

「そうだよ。入れるから。知らないからね、どうなっても」

「ああ、うん、うんー……ふあぁんっ！」

指でしつこく綻ばせた場所をやさしく穿《うが》つと、入れた瞬間にあがった悲鳴はいやらしすぎて、腰から脳にかけて電気が走ったようになる。奥歯を嚙んで射精感を堪えた香澄は、ぶるっと広い背中を震わせた。

「先生、そんな声出したら俺、すぐいっちゃうよ」

「だ、て……っ、すご、いんだも……っ」

一息に深く飲みこませたそれにびくびくと震え、神堂の細い腿が痛いほどにぎゅっと香澄の身体を挟みこんだ。

「あうん、ん、は……っ」

「あー……くそ、やっぱり、いい……」

感じ入って、目を閉じたまま震えている神堂の身体は、ぴったりと香澄に吸いついて離さない。ざらりと感じる複雑な隆起は潤んで膨らみ、圧迫感は強いのにやわらかい。

「っ、先生、だめだ、ごめ……っ」

「んあ！　あっあっ、あ！」

こらえきれずそのまま腰を揺すって刺激すると、髪を揺らした神堂が切れ切れにあえいだ。はじめてのときにはきつすぎて、奥まで挿入したまま動くしかなかったけれど、今日は準備がよかったからか、二度目だからなのか、神堂の蕩け具合がすごくて、香澄ははずれる夕ガを戻せない。

「くそ、やばい、激しくしていい？　もっと動いていい？」

「あん、いい……兵藤く、はいって、あ、出たりっ、だめっ、あんっんっ！」

出たり入ったりするのが気持ちいい、と言葉足らずに言われるから、じゃあもっとと追いつめると、教えてもいないのに腰を揺らして動きにあわせる。濡れた肌のぶつかる音、粘膜のこすれる卑猥な音が、神堂のあえぎに絡まって、どこまでも淫らな響きになる。

「あう、い……っ、ど、しよ、いいっいい……っ」

力をこめると手のひらが痛むのか、顔の両脇に投げだしたままの細い両腕は弱くもがくばかりだ。感覚の逃げ場が見つけられないせいか、神堂の乱れかたはこの前の夜の比ではない。

「ね……そんなに、きもちい？」

「すご……い、すごい、いっ、こんな……こんなの……」

知らなかった愉悦に溺れきって、骨からやわらかくなってしまったような身体で香澄を誘いこむ神堂は、ふだんの幼さとのギャップが信じられないほどに妖艶《ようえん》だった。

「こんなの、なに？　俺の、どうなの？」

「お……おっきい、の……っ。なかで、びく、びくって、あっあっ！」

うっかりと調子に乗って、へたに気の強い女相手には張り倒されそうな言葉をうながすと、もともと羞恥心がひと一倍あるくせに、拒むということを知らないままの性格が災い――香澄には幸い？――してか、素直すぎるコメントをこぼすからたまらなかった。

「言わせといてなんだけど、半端なくエロいよ、せんせ……」

「んん？　も、わかんない……」

なにを言っているのかも言わされたのかも、意味など知らない。ただもっと、もどかしい身体をどうにかしてと、神堂はついに腰まで使いだした。

「あ、あ、おなかが、も……っ、ここ、いっぱい」

「感じる？　お尻動かしちゃうくらい？」

「んんー……っ、か、ん、かんじるっ、あ、こすれちゃうっ」

言葉ひとつでどろどろに感じてしまう神堂は、色っぽくてかわいくて、まいってしまう。

「ふう……んっ」

唇をふさぐと、鼻を鳴らしながら必死に舌に吸いついてくる、その無心さと淫靡な水音が嚙みあわない。

（たまんねっつーの）

表情も声も仕種も、そして香澄を包んで甘くこねまわすような粘膜も、いちいちすべてが愛おしい。純情で甘くて淫奔《いんぽん》で、抱いたら二度と手放せなくなる。

「こするの、や……？」

「やあ、おかし、くなっちゃ、あっ」

ふるふると震えているかわいくて小さな尻をさすりながら、意地悪に囁けば、いやいやと首を振っているくせに、やめないでとすがるように抱きついてしゃくりあげる。だからもっと追いつめたくて、我ながら最低だと思いながらも香澄はその腰を引いてみせた。

「……じゃ、よす？　抜こうか」

「あ、だめ！　やだ、抜いちゃ、やっ……やー……あ……！」

ふいに退かれて驚き、追うように掲げられた腰を摑んで突き入れた。そのとたん、脊髄《せきずい》まで響くような声を放った神堂が、埒《らち》を空ける。

「う……わっ。吸い取られ……っ」

「あっ……あ、……っ」

すさまじい蠕動《ぜんどう》に引きずられるようにして、香澄の腰も震え、まずいと思う暇もなく、なかに放った。間欠的に注がれるそれにさえ感じるのか、神堂の不規則な痙攣《けいれん》はしばらく続いて、やがてくったりとおとなしくなった。

（やべっ、飛ばしすぎたか）

あまりにぐったりした様子に香澄は青ざめかけたが、一瞬のち、ふうっと大きく息をつい

た相手に、ほっと安堵する。

「……平気？　どっか、痛くない？」

「ん、ない……」

乱れた髪をそっとかきあげて、汗ばんだ頬を拭ってやりながら問いかけると、うっとりと目を閉じていた神堂がまばたきを繰り返す。

「よかった。ごめんね、ちょっときつかった？」

「んーん……どこも、きつくない……」

あたたかく濡れた身体のなかに浸っているのは、香澄にとっては心地いい。けれど、相手は苦しくはないのだろうか。そう思いながらの気遣いは、おずおずと抱きついてきた神堂の細い声に蹴散《けち》らされる。

「ないから、もっと」

「も…っとって、……うわ、せんせっ」

発言にも驚くが、つながったままいったんおとなしくなっていた神堂の内部が、急激にうねるような蠕動をはじめたことに香澄はうわずった声を出す。

「せ、先生、なにしてんの？」

「んっ……ん、あ、なんか……どうしよ」

どうしよう、動いちゃう。声だけは頼りなく、とまどうように響くのに、揺らめく腰の動きは別人のように淫猥だった。

「兵藤くん……ね、ど……しよ？　これ、とまんないよ、とまんない……」

どうすればいいのと涙目になるくせに、もう神堂の声は甘くとろとろと淫蕩《いんとう》に震えていた。

どうやら本人にも手に負えない貪欲な身体はうねうねとその粘膜をたわめて、香澄のそれをこねまわすように蠢いている。

「どうしようって……そりゃ」

やっかいなものだと思いながら、香澄の頬に浮かぶのはだらしないような笑みだから、それこそどうしたものなのだかと思うけれども。

「どうにかしないと、でしょ？　俺が」

「んんあ、ん！　ん……して……どうにかして……っ」

とりあえずは、のっぴきならなくなった身体を鎮めるのがさきと、雇われ家政夫はクライアントの要望に応えるべく、その器用な指をじつに有効に使いはじめた。

そうしながら、ふと視界に入ったのは、せっかく詰めこんだ荷物だ。あれをまたほどく手間と、それから作り置きしてしまった料理たちのことを考え、憂鬱《ゆううつ》になったのはほんの一瞬。

「なに……？」

「ああ、いえ」

手の止まった香澄に不安そうに、そしてもどかしそうに神堂が声を発して、なんでもない、と腰を揺すると、またその目は閉じられていく。

（ま、いっか）

もうここ数日、食事にはことかかない。だったらこのまま、しばらくは怠惰な甘い時間に浸るのも、いっそいいかもしれない。

なにもせずただこの甘い身体を抱いて、揺らして、淫靡に手足を絡めて濡れるだけの生活。

その考えは少し不健康で、そして魅力的で、たぶん神堂も否やを唱えることはないだろう。

ただ、これがそのまま日常になるのもまずいだろうけれど、はじまったばかりの蜜月の誘惑は抗いがたく、香澄は自分の頼りない自制心に、苦笑ともつかない表情を浮かべた。

＊　　＊　　＊

後日、『川本家政婦サービス』では、兵藤香澄の辞表が受理された。

神堂宅においての三ヶ月の初期契約期間を満了したあとだけに、一身上の都合により退職するという彼がそのまま、専属の契約を結んだであろうことは、派遣会社のほうとしても理解していたらしい。

惜しまれはしたが、マネージャー兼ハウスキーパーとして、どうしても香澄が欲しいと言い張った神堂は、いままでの契約金のほかに迷惑料まで色をつけて来たため、会社側としても強くは引き留められなかったらしい。

この事態でもっとも喜んだのは、当人たちよりも白鳳《はくほう》書房、書籍出版部第一編集部の副編集長であったという。

――これで俺も安泰だ！　裕もちゃんと兵藤くんに給料払わないといけないんだから、もうちょっと仕事増やそうか！

さわやかに笑った仲井相手に、最終的にはそこが狙いか、とうんざりしたのは香澄のみ。神堂はごくまじめに「じゃあ、がんばる」とうなずいた。

一時期のスランプはだいじょうぶなのかと、過保護かつ有能な金髪のマネージャーが心配顔を浮かべれば、いまならいろいろ書ける気がすると神堂は言う。

「だって、怖いもの、もっと増えたから」

甘く怯えた表情は、夜のはざまに香澄が作ったそれそのものだ。

もうだめ、やめて、死んじゃうから。泣いて訴えるそれは、茫漠《ぼうばく》とした概念での恐怖よりもなまなましい怖さで、強烈だったと神堂は言う。

「それに、兵藤くんのこと好きになるたび、もっと怖いよ」

きらわないでね、と本気で言う彼にめろめろしつつ、香澄は困り果てながら喜んでいる。

仲井編集は単純に喜んでいたが、目下、神堂風威《ふうい》の締め切りの最大の敵は、この恋なのかもしれない。

なにしろふたりでいるとついつい手をつないでしまうため、キーボードが叩けない。おまけにディスプレイを見るはずの目は、香澄とのキスに夢中でふさがれて、そのまなし崩しに布団のうえへとダイブすることもしばしばだ。

「……先生。俺、仕事の邪魔、してない？」

「だいじょうぶ。調子いいから。でも、疲れすぎないように、するね」

歯止めがきかないのはどちらなのか、神堂はちゃんと知っている。情熱的なようでいて、ちゃんと神堂のことを考える香澄もまた、夢中になって度を超したり、神堂の仕事を邪魔するような真似などしない。

けれどたまには、編集からの電話に出たくないときもあるのは、はじまったばかりの蜜月を、しっかり堪能《たんのう》したいからだ。

そういうとき、家の電話はいくら鳴っても誰も出ない。連絡がつくのは香澄の携帯になるはずなのだが、それにも定番のメッセージが流れるばかりだ。

ただいま電話に出ることができません、ピーッと鳴ったら二十秒以内にメッセージを。

抜け目のない担当は、この事態だけは計算外だと苦笑しつつ、用件を吹きこんでいく。

『仲井です。さきほど、来年のスケジュールに関してのメールを送信しました。確認次第、電話下さい。それから――』

いちゃつくのはほどほどにしろ、という言葉を結局やめたのは、言うだけ無駄だとあきらめたからか、二十秒オーバーになったせいなのか。

いずれにせよ、手をつないでキスに夢中のふたりがそのメッセージを耳にするまで、あと一時間はかかりそうだった。

海まで歩こう

冬の海に入るなんて、まったく気が知れないと思う。

たとえウエットスーツを着こんだら防寒はばっちりだなんて言われても、手足のさきや頭は濡《ぬ》れてしまうわけだし、頭上をかすめる風にしても、波乗りできる海の状態を考えるとけっして穏やかなばかりでもない。

触れただけできんと凍るような水温に、ほんのちょっと指を濡らしただけでも自分などは飛びあがってしまったというのに、あの背の高い青年はもう三十分は海からあがってこない。

白く砕ける波の合間に、あのきらきらと光る髪を探すけれどもうまくない。冬の海独特の濃厚な蒼《あお》さに紛れてしまえば、さほど視力のよくない神堂《しんどう》には、もうどこにいるのかもわからなかった。

「……信じられない」

海風の冷たさにさらされ、がちがちと歯の根のあわない神堂は、鼻のさきが痛むような感触に顔をしかめながら呟《つぶや》いた。

細身の身体《からだ》には、その本来の体積から倍に着ぶくれるような厚い防寒着を纏《まと》っている。だが、それでもこの海岸に延々一時間たたずめば、身体の芯から冷えていく。

根っから文化系で、年間を通して自宅にこもりきり。運動不足どころか、まともに外気に触れる機会も少ない神堂にとっては、この凍《い》てつくような寒さは、忍耐の限界を超えている。

この日は一月二日、海開きには遠いが湘南サーファーにとっては年明け早々の波乗り解禁日ということで、公式ではないが地元のサーフィンクラブでの大会が催されている。

年末進行で七転八倒していた神堂の身の回りの世話と、年の瀬の慌ただしさに取り紛れ、最愛の海に一ヶ月以上挑むことのできなかった『彼』をねぎらうためにも、参加を許したのは神堂自身である。

大晦日《おおみそか》から正月まで、香澄《かずみ》はとても忙しかった。おせちの用意に大掃除、その他もろもろ年末雑事をやっつけて、その間の神堂はひたすら原稿を書いているだけだった。

お正月、三が日はお休みしましょう。だからその直前までは、がんばろう。お互いにそう決めたし、休みもあげた。

「行っていい、とは、言ったけど」

だがまさか、自分まで連れだされると思わなかったのにと恨みがましく唇《くちびる》を嚙《か》んでも、相手は青黒いような海のなかだ。

むろん神堂は行かないとごねた。そもそも、生家から鎌倉に越してきてこのかた、数年以上にわたってろくな外出もしたことがないのだ。サーフィンの大会なんて冗談じゃないと、ひさしぶりに本気で抵抗したりもした。

——ね、一緒に行こうよ。海、ほんっと気持ちいいから。

やわらかい甘い声を出して、なにがあっても守ってあげると囁《ささや》く彼に、引きこもりだった神堂がちょくちょくと連れだされるようになってまだ半年にもならない。

やさしいけれども強引で、にこにこと笑うくせして頑固な相手に勝てないのは、彼の押しの強さのせいばかりでないと、神堂が自覚してからまだ日が浅い。

——どうしてもだめ？　いやかなあ？

光を含めば金色に輝く長めの髪、切れ長で鋭い目が笑みに崩れると、どきりとするくらいに甘くなる。

あんな顔でじいっと『お願い』されてしまって、誰がいったい逆らえるというのだろう。

「最近、絶対、わかってやってるよね」

野性的できつい顔立ちに浮かぶ、邪気のない笑みを思いだすと、いささかの悔しさとともに奇妙な鼓動の乱れを感じて、神堂はそっとため息を落とす。

もうこのまま帰ってしまおうかと思いつつ、それでもじっと堪《こら》えているのは、この日が来ることを、彼がとても楽しみにしていたと知っているからだ。

兵藤《ひょうどう》香澄という、響きだけはかわいらしい名前をした彼は、神堂の生活全般を管理するマネージャー兼ハウスキーパーだ。年齢は今年で二十六と、まだ若いけれども、非常に優秀な家政夫さんである。

そして、その香澄の雇い主であり、海辺にたたずむままにがちがちと奥歯を鳴らしているきゃしゃな青年は、神堂風威《ふうい》というペンネームで世間に知られる、ホラーミステリー作家だ。

本名は鈴木裕《すずきゆたか》という、いたって地味なものであるが、その名前を知っているのは誇張でなく、担当である仲井貴宏《なかいたかひろ》編集と香澄、そして一部の親戚や知人のみだ。

幼いころからひどく神経が鋭敏で、極度のひと見知りに赤面症という神堂は、この年二十八になる成人男子であるにもかかわらず、他人と接触するのが苦手である。

十代のころにはパニック障害の発作を起こした既往歴もあるほどで、自宅に引きこもることが許されるいまの仕事についてからは、口をきいた人間の数は片手に足りるほどしかない。なかでも主だって神堂と言葉を交わすのは、住みこみの家政婦のみで、それも生活に必要最低限なやりとりのほかにはなかった。

昨年の夏の終わりに引退した、長年自分の生活をサポートしてくれた押尾《おしお》しずえという高齢の家政婦は古いタイプの人間であり、非常におとなしやかでまた寡黙でもあった。けっして神堂に対して意見することや、その行動を導いたり、それがたとえ神堂本人のためにならないようなことでも、制限することなどなかった彼女と過ごすのは、神堂にとって大変に楽なことだった。

穏やかで静かで、変化のない毎日を愛する神堂にとっては、閉じた時間を生きることにはなんの不満もなく、だからこそ年齢と老いた身体のままならなさを理由に押尾にその職を辞されたときには、残念な気持ちが多かった。

なにしろ、プロフェッショナルであるがゆえに自己主張せず物静かな――実際、いるかいないかわからないほどに彼女は気配を殺すのがうまかった――彼女にさえ、神堂が慣れるまでに数ヶ月を要したのだ。これがバイタリティ溢《あふ》れるお節介な中年女性などが代理に訪れたなら、彼はおそらく、一年近くは怯《おび》えながら暮らすはめになったかもしれない。

それでも、しかたないこととは思っていた。神堂は自分の生活能力のなさや、ある種の常識が欠落していることは充分に知っているのだ。

原稿執筆が佳境に入ると時間の概念が吹っ飛び、食事さえも忘れ、空腹のあまり倒れることもしばしばの状態では、誰か住みこみで世話をする人間が必要不可欠だった。

それでも、最低限のことさえしてくれればかまわなかった。偏食の気はあるがけっして味にうるさいわけでもなく、最悪の場合、カップ麺《めん》を切らさず買い置きしてくれる人間がいれば、神堂はたぶん生きていける。

正直に言ってしまえば、べつに積極的に生きていたいとも思わない部分が神堂にはあって、しかし幼なじみで現在は担当でもある仲井が「そんなことではいけない」と怒るから、なんとか死なない程度に身体を維持していただけだ。

かといって、死にたいと思うほどのバイタリティもモチベーションもない。

絶望に陥り、嘆きを覚えるのも実際には体力がいるもので、神堂がそうしたものから縁遠くなって久しい。あらゆるパワフルな衝動というものは、神堂にとって想像しただけでひどく疲労するものでしかない。ささやかな物事にも怯えてしまうような繊細な彼にとって、あまりにも持て余す代物だ。

要するに、まだ二十代という若さでありながら、ある意味彼はひどく幼く、同時に枯れきっていた。

幼いころから、神堂は世界のすべてがとても怖かった。なににつけひどく五感が鋭敏だったせいか、ささやかな物音や光、目に映るものすべての情報が流れこんでくるたび、悪戯《いたずら》に混乱することが多かった。

感受性の豊かな少年にはありがちのことだろうけれども、その怖さを理解するひとが誰もいないと知ることは、さらなる孤独と恐怖を生んだ。

もっとも怖かったのはおそらく、泣いてわめく自分を見つめる親の視線であったろう。呆《あき》れたような、軽侮《けいぶ》の混じったあの冷めたまなざしは、いまも心の奥に深く刻まれて、見つめられることがひどく苦手になった。

――みっともない、よしなさい。

堅物であった両親は、人前であろうとなかろうと、感情が高ぶれば大泣きする子どもを持て余し、たしなめるようにため息混じりの言葉をこぼすことが多かった。

学校という名前の空間に押しこめられればなおのこと、皆と同じにできない自分をクラスメイトや先生らは、あの冷め切った視線で一斉に見つめてきた。ときおりには同情混じりのものも感じられたけれども、それさえもただ煩《わずら》わしくてたまらなかった。生きることの煩雑《はんざつ》さが、小柄な身体をみっしりと取り巻いて、呼吸さえも奪われそうになることもしばしばあった。

そうして、彼らに悪意はないことを知ってしまったのも、神堂の内省的な性格を育てる一因だっただろう。ただ、さまざまなことがうまくできない自身のいたらなさが原因であり、直そうと努力しても理性よりも過敏な神経のほうに従順な身体が悲鳴をあげてしまう。

結局、思春期を超えてもそれらの性格は変えることができないまま、じつに消極的な解決方法を神堂は取った。家に閉じこもるようになったのだ。

急激に視力が落ちたのもそのころで、それでも眼鏡をかけようとは思わなかった。裸眼でも生活するのに不足はない程度だったし、世の中の輪郭が曖昧《あいまい》にしか映らないことは、神堂の心をひどく安らがせたのだ。

幼なじみで唯一の理解者であった仲井などは、カウンセリングを受けて心を楽にするのもひとつと両親に勧めたが、古いタイプの彼らは神経科に通院するなど外聞が悪くてできたものではないと一蹴《いっしゅう》した。

また神堂自身がそのころには、他人の手を借りることをひどく羞《は》じていたから、結局その提案はうやむやになってしまった。

誰の手も患わせることもない生活を送りたいと強く感じていた神堂には、他人の力を借りて心をほどき性格を変えることより、そもそもその迷惑な現象の根元である自分をどこかに閉じこめ、接触を断つことのほうがよほどよいような気がしていたのだ。

努力するよりもあきらめることのほうが、疲弊し、傷ついていた神経には容易《たやす》く、楽だった。

他人との接触を最低限にすることのできる仕事を得たことは、単純に嬉しかった。

誰に気兼ねをするでもなく、自分の力で口に糊していくことができるということは、とても気楽なことだった。いつでも誰かの足手まといになっていることがつらくあった神堂にとって、はじめての印税は、『呼吸をしてもよいのだ』と告げられたような気がした。

だから偶然の発見ではあったが、創作とも妄想《もうそう》ともつかないまま綴《つづ》っていたノートを見つけ、世の中への細いパイプラインをつないでくれた仲井には、ひどく感謝している。

虚栄心や野望などはいっさいないけれども、つまはじきにされてしまった不格好な自身のよすがを探す気持ちはどこかにあった。そしてまた、社会的に不適合であると肩を縮めていた神堂が、少しは誰かの生活の潤いになることができるという事実は、暗く深い場所へと落ちそうになった神経を救ったのだ。

多作できるほど器用ではないが、日々の生活を送れる程度の稼ぎがあればかまわない。口べたで、言えないままためこんだものをゆっくりと解体し、構築するような作業にもかすかな喜びはあって、いずれひとり朽ちる日まで、言葉を紡いでいこうと思っていた。

誰とも触れあわず、ひっそりと生きていくことにむろん寂しさもあったが、欠落した人間はそういう生き様が似合いであろうと納得もしていた。

緑に囲まれた屋敷のなかで、そっと息をひそめて、そうしてすぎる日々を眺めるのが、自分の分にあっているのだと感じていた。


それなのにいま、神堂はひろびろと開かれた海岸線を、風に吹かれるままに見つめている。この寒さのなかにあっても江ノ島の海岸線にはかなりのひとが訪れていて、そこここで賑《にぎ》やかな声が波音の合間に聞こえてくる。

本来ならば人影を見ただけでも走って逃げるような性質であるというのに、神堂はさきほどから寒風のせいばかりでなくざわざわとそそけたつ首筋を堪えたままだ。

ドルフィン・スルーでどんどんと沖に行ってしまった姿を探すように目を凝らして、双眼鏡を手にじっと眺める。

冷え切った長い髪が帽子の隙間《すきま》からこぼれ、頬《ほお》を打つ痛みにも耐えてしまうのは、香澄のひとことがあったせいにほかならない。

――見に来てよ、一回でいいから。

かっこいいとこ見せたいからなんて、わざわざ言われてしまっては、いやだなどと言えるわけがないだろう。

「うん、って、そりゃ、言ったかもしれないけどさ」

あげく香澄にねだられた場面を思えばなおのこと、青白く冷え切っていた小さな顔には、ほんのりと血の色がのぼった。

(だって、あんなときに訊《き》かれても)

夜のとばりのなか、長く逞《たくま》しい腕に包みこまれて、はだけた衣服のなかに手を入れられながらの会話には、ただ相づちを打つのが精いっぱいになる。

人肌の熱さも艶《なま》めかしさも、香澄以外に知らない神堂は毎度毎度振りまわされるような気分になって、まともな思考など紡げるわけもない。

おまけに腰を抱かれて、濡れそぼった身体のなかに入りこまれて、いま砂浜に打ち寄せる波に似たリズムで揺すられている最中では、なにがなんだかわからないまままうなずくしかないじゃないかと神堂は唇を噛みしめた。

「兵藤くんは、ずるい」

そうして朝になり、約束したよねとさらに駄目押しで笑いかけられれば、異論の言葉は喉《のど》の奥に引っこんでしまう。

そうではなくとも、神堂は、香澄の言うことならなんでも叶えたいと思っているのだ。

いつでも神堂が心地よくあれるように、すべての雑事を切り回してくれる彼は、年齢こそふたつほど下であってもまるで保護者のような包容力を持っている。

見あげるほどに背が高くて、原色のアロハがあっさり似合ってしまうほどに華やかな容姿をした香澄は驚くほどに器用で、神堂からすればまるで魔法のようにあざやかに、料理も雑事もなにもかもを、さらさらとこなしてしまう。

なつっこい表情や衒《てら》いのない話しかたからも、きっととてもひとに好かれるタイプなのはわかる。本人は少しばかり、強面《こわもて》なのを気にしてもいるようだけれども、そんなものは香澄にとってなんらマイナスになりはしない。

迫力ある派手作りの顔がくしゃっと笑った瞬間、顔立ちのきつさを払拭《ふっしょく》するほど明るく魅力的なその表情に、好感を抱かないものはないだろうと思う。

ひとというものが怖くてたまらない神堂自身でさえ、その笑顔をはじめて見つけたときから、ずっと惹《ひ》きつけられてやまないのだから。

――俺が、先生を好きなんだよ。だから、好きになって。

激しいまでの熱情をぶつけられて、とまどう暇も与えないまま恋情に巻きこまれたあの日から、神堂にとって香澄の言葉は絶対のものになっている。

眩《まばゆ》いような魅惑的な彼に、まるで請うようにして欲しがられたとき、いままでに一度も知らなかったような強烈な歓喜が身体を満たした。

嵐の夜、激流に巻きこむように身体ごと、奪われてしまった心は、それからずっとさざ波のように揺らいだままだ。

こんなふうに落ちつかない気分を味わうことがいやで、だから他人との接触を避けていたのに、香澄の存在によって呼び起こされるそれらは不快だと思えないから困ってしまう。

みすぼらしく小さく身体を丸めていた自分を、はっきりと「欲しい」と言い切ったのは香澄だけだ。あんなにもあざやかな存在が、どうしてこちらに手を伸ばしたのかはいまだに不思議に思うけれども、それをじっくりと見つめるよりもさき、長い腕に抱きこまれていつも、なにも考えられなくなってしまう。

ただただ、眩《まぶ》しいばかりの香澄に目がくらんで、なにも見えなくなる。そうした幸福な混乱のなかに、いまの神堂はたたずんでいる。

「あっ……」

ひときわ大きな波がうねった瞬間、グリーンの色鮮やかなロングボードがちかりと光った。香澄の大事にしているそれに気づけば、逞しくしなやかな身体にぴたりと添った、黒いウエットスーツ姿の彼が上体を起こす。

どう、とやわらかい壁が崩れるような大波に向かえば、ふだんあんなにも大きく見える香澄がまるで人形のように小さくて、はらはらと神堂は指を揉《も》んだ。

しかし、その心配をよそに、濡れた髪を輝かせた香澄はふわりと舞う。

わあっと、海辺にいた誰かの声があがった。

ドロップ・ニーターン――うしろの膝を曲げたままのそれをきれいに決めた彼は、まるで羽根が生えているのではないかと思えた。

予測できない波のうねりを操る香澄は、空を飛ぶ魚のようで、とても不思議にうつくしいと思う。

そのまま静かなライディングで徐々に波打ち際へと近づく香澄は、長い腕をうえに伸ばして親指を立てた。肉眼ではわからない距離だけれど、きっとあの光の溢れるような笑みを浮かべているのだろう。

「……すごい」

どきどきと胸が高鳴って、吐息混じりにそれだけを呟くしかできない神堂は、香澄のある意味しょってる発言が本当だったと思い知らされる。

そうしてまた内心で、ずるい、とも呟いた。

べつに格好つけなどしなくても、神堂には息苦しいまでに香澄の姿はあざやかにすぎて、ただそこにいるだけでもくらくらしてしまうのに。

「か、……っこよかった」

ちょっとこれではしばらく、香澄の顔がまともに見られないと思うほどに、ときめかされてしまった。

顔が強ばるほどに冷えているのに、なぜだか頬が熱くてたまらず、ざわざわする胸の裡《うち》を

持て余した神堂が途方に暮れていれば、少し離れた場所から声がかけられた。

「おおい、香澄んとこのセンセイ、こっち来てあたれば？」

たき火を囲んでいるサーフィン仲間の一人、年齢不詳のトラさんの野太い声に、びくんと神堂は硬直する。

「あんたさっきからつくねんとして、そこじゃ寒いでしょう」

「いえ、あの……」

生来のひと見知りと寒さがミックスされた神堂は、ろくに振り向くこともできない。

いまのいままで忘れていたが、いったん意識してしまった他者の存在は、香澄のロングライディングへの感嘆をも忘れさせ、細い身体を一気に萎縮《いしゅく》させてしまった。

「ほら、甘酒あるから、飲みなさいよ、あったまるよ」

「け……けっこう、です……」

がちがちと声が震え、あまりに素っ気ない物言いになるのも、この寒さのせいと思ってくれたのだろう。まあまあ遠慮しないでと、日焼けした顔にひとのよさそうな笑みを浮かべて、耐熱性の使い捨てカップに白く濁った甘酒を注いで差しだされる。

あだ名のとおり、車寅次郎によく似た面差しの彼は、実年齢はすでに五十を超えていると香澄に教えられていた。

あの下町のヒーローと違うのは、白髪の量が相当に多い長髪をざっとひとくくりに結んで、その丸みのある身体には最新式のウエットスーツを纏っているところだろう。

「身体もろくに動かなくなってるじゃないの。センセイに風邪でも引かせたら、俺が怒られるよ」

「す……すみ、ません」

指摘はまったくそのとおりで、しかたなく指を差しだそうとしても、関節がぎしぎしと強ばるだけだった。

「ちょっとこれ握ってなさい」

「え？　あ、……熱っ」

熱々のカップは、上下に小刻みに揺れる細い手にはまだ危ういと引っこめられ、代わりに手渡されたのは携帯カイロだった。もう大分ぬるくなっていたそれを握りしめれば、手のひらがびりびりと焼けつくように痛い。

それでもしばらくたき火にあたり、両手でカイロをこすりあわせていれば、どうにか指が動くほどには血の気が通ってきたようだ。

「あ、ちょっと顔色よくなってきたじゃん」

トラさんの隣にいた、髪も肌も茶色く焼けた女性に気安く声をかけられ、神堂はまた困ったようにびくりと顎《あご》を引く。その反応に気づいたように、面倒見のいい男は一見ガラの悪い彼女をたしなめた。

「こーらこら。麻衣《まい》はセンセイに声かけんな」

「ええー？　なによそれえ。いいじゃん、あたしだって香澄のセンセイ見たかったんだもん」

「なあ。トラさんだってさっきからずーっと興味津々だったくせに」

しかしそれが逆に、麻衣と呼ばれた女性を煽《あお》ったようで、隣にいた、これもやはり全体に茶色い感じの青年までが神堂を覗《のぞ》きこんでくる。

「ねねねね、小説家なんでしょ？　なに書いてるの？　ペンネームなに？」

「え、あ、あの」

「うっわ、やだー！　お肌超ツルッツルじゃん、もしかして年若いの？　あっ、もしかして学生作家とか？」

ずいずいと距離をつめてくる彼らに目をまわし、神堂は息を呑む。香澄ほどではないがいずれも皆背が高く、女性である麻衣でさえも神堂の頭上から見下ろしてくる。

気さくそうに微笑《ほほえ》んではいるものの、やはり独特の迫力があるサーファーたちに囲まれてしまえば、その圧迫感はやはりすさまじい。

（なんで、なんでこんなことになってんの……っ⁉）

なかばパニックに陥りながら、青ざめじりじりとあとじさっていれば、その肩を引き寄せられて、神堂は悲鳴をあげかけた。

「ちょっとさ。トラさん、このひとちゃんと見てててってゆったでしょう」

「ひょ、兵藤くん」

しかし頭上から落とされたのは聞き慣れた、しかしいささか不機嫌そうな香澄の声で、うろたえているばかりだった神堂はようやくほっと息をつく。

「ただいま。ね、ね、見た？　さっきの」

「あ、うん。すごかったね」

にっこりと少年のような表情で笑う香澄の長い髪が濡れてその色を濃くし、精悍《せいかん》な頬に貼りついている。さきほどの高揚感が襲ってきて、気恥ずかしくてたまらないままに視線を逸《そ》らしてしまった神堂は、しかしひどく気のない声がこぼれた自分に驚いてしまった。

（違うのに）

本当にすごかったねと伝えたいのに、ふだんからあまり抑揚のない声はまったく感情がこもっているように響かなくて、これでは香澄ががっかりするのではないかと思ったのだが。

「でっしょ？　自分でもすっげえ気持ちよかった」

しかし、神堂の物言いには慣れている香澄は、言葉少ななそれにも喜んでくれた。

「ああでも、寒かったよね。ごめんね、待たせて」

それどころか、自分が海からあがったばかりであるというのに冷え切った長い指で神堂の手を引いて、いちばんあたたかいポジションに導く。

「寒いって……だって、兵藤くんのほうが」

「平気平気」

触れられてわかったけれども、濡れたウエットのうえからまずはバスタオルをかぶり、髪を拭《ぬぐ》う香澄の指先は、爆《は》ぜるたき火の前でも小刻みに震えている。

平気なわけがないだろう、と口にしようとすれば、それよりも早く両サイドからツッコミを入れられた。

「っつーか、おまえも一体どんだけ浸《つ》かってんだよ。やベーよ唇の色」

「そだよお。香澄ってホント、波に関しては神経おかしいよね。ねえ、先生だってひとりでぼーっと見てるだけじゃ、退屈したっしょ？」

「え、え……あ、の」

あげく麻衣には相づちを求められて困惑すれば、香澄は大きな手のひらを振ってみせた。

「麻衣もタカシも、近い！　このひとはね、おまえらみたいなのと違うの！　しっ！」

その広い背中に隠れるようにした神堂は、その場の視線があっというまにこの大柄な青年へ向けられたことに安堵《あんど》しつつ、また複雑になる。

「しっ、てなんだよおい。犬か俺は」

「そーよお、取って食おうってんじゃないのに」

「いや麻衣は食うね。ぱくっと行くね」

「ええー？　なによそれ」

げらげらと笑いながら凍えた身体をあたためる香澄は、まだ寒そうに唇を震わせている。

ふだんは健康的なそこも青紫に変色し、日焼けした肌が青く冷え切って、見ているだけでもつらそうだ。

「まあでも今日、いいな、波」

「ああもうばっちり！　寒いけどな」

「初乗り、やっぱサイッコー」

それでも、満足げに微笑む表情に嘘はなくて、話題についていけない神堂はそっと視線を逸らすことしかできなかった。

香澄に気を遣わせてしまうことが、ひどく申し訳なくてたまらない。

彼らにとって、自分の存在がひどく異色であることは言われずともわかっている。

この海に連れだされてからずっと、誰とも口をきこうとしないまま、かたくなに立ちすくんでいた。それでも、周囲にひとがいることを知りつつこの場所を訪れたのは、神堂自身の判断でもある。

（なんで、こうなのかな）

せめて輪のなかに入れなくとも、うまくこの場をやり過ごす程度の社交性があればよかったのにと思うけれど、実際にはまるで子どものように、香澄の影に隠れることしかできない。

そしてまた、ここ十年近く味わうことのなかった疎外感の苦さに、少しだけ胸が苦しくなったが、それは自業自得とあきらめている。

ただ、レイト・テイクオフがどうの、マニューバ・スタイルがどうのと、神堂にはさっぱりわからない言葉で会話する香澄の背中はひどく遠くて、そっと距離を取るように、数歩あとじさる。

少し距離を置いて見つめる彼は熱そうに甘酒を啜《すす》っていた。顔色も徐々によくなってきて、荒い仕種《しぐさ》で周囲の人間と肩を叩《たた》きあい語りあうさまは、本当に楽しそうに見えた。

(うん、ちょうどいい)

こうして情景を眺める位置が、たぶん自分にはほどよいのだ。むしろほっとしながら、楽しげな一団を眺めている神堂は、しかしどうしても胸の奥が苦く重いことを忘れきれない。

この手の孤独には慣れているのに、むしろ気楽でさえあるはずなのに、どうしてだろうか、ちりちりと胸の奥が焦げる。

「やーもーっ、香澄しんっじらんない!」

それが、すらりとスタイルのいい麻衣の声を耳にした瞬間にはよけいにひどくなって、苦く舌を痺《しび》れさせる。

香澄がなにを言ったのかまではぼんやりとしていて聞き取れなかったが、麻衣に対してからかうようなことでも告げたのだろう。

ばかじゃないのと怒鳴った彼女はきれいな眉《まゆ》をつりあげて、香澄の裸の肩を叩いた。

「痛ぇ！　平手すんなよ！」

「あんたが恥ずかしいこと言うからでしょ⁉」

怒鳴りあいつつもお互い笑っていて、だから剣呑《けんのん》なムードではないと知れる。むしろ、男女であっても気兼ねない仲なのだと知れるそれは、微笑ましくも感じられるのに。

「ぎゃー！　なにすんのよ！」

ふざけるな、と麻衣のアップにした髪をぐちゃぐちゃにした香澄を見つけた瞬間には、ぎゅうっと眉間《みけん》に力が入ってしまった。

（あれ？）

急にひどく胃の奥がむかついて、なんだか吐き気がこみあげる。がんがんと頭まで痛くなってきて、風邪をひいたのだろうかと思った。

手のひらを額にあててみるが、熱はまだなさそうだ。

「うーん……？」

見た目どおりひ弱な体力しか持ちあわせていない神堂だが、ここ数年風邪をひいたことはない。ただ、それは年間を通して快適に整えられた室内にあってのことだから、ひさびさの厳しい外気に身体が驚いても無理はない、と他人事《ひとごと》のように思った。

（一月のうちに、仕事進めたいし）

これは早めに家に帰るほうがいいだろう、冷静に考えたつもりでそう判断する神堂は、しかし無意識のままにそこから逃げだす口実を見つけている自分には気づいていなかった。

「……あの」

ごく小声で、談笑する彼らに帰宅の旨を伝えようと思ったが、貼りついたような喉は波音に消されるような程度のものしか発せられない。

少しばかり焦りはじめる自分を落ちつかせるために、神堂はそっと息をついた。

(どうしよう)

この場合、声をかけたほうが失礼にならないのか、邪魔しないように帰ったほうがいいのか、としばし逡巡《しゅんじゅん》していれば、そのためらう姿に気づいてくれたのは、にこにこと若者たちの会話に相づちを打っていたトラさんだった。

いつの間にかまた、たき火から離れた神堂へ歩み寄り、寒いでしょうにと笑みかけてくれる。

「先生、どしたんだい？　具合でも悪いの」

「あ、ええと……はい」

ちょうど自分の親ほども年齢が離れている彼は、その年の功なのか、ひと見知りの神堂を怯えさせない、穏やかな空気を持っている。呼び名こそ「先生」ではあるが、まるで子どもに対するような声の調子にむしろほっとして、どうにか神堂は言葉を綴った。

「あの、すみません、兵藤くんに、さきに帰るって伝えてもらっていいですか」

「え？　なんで。もうあがるから、一緒に帰ればいいじゃない」

おい、と振り返り香澄に声をかけようとする男に、あわてて神堂は手を振り、やめてくださいと告げた。

「いえ、あの……なんか、風邪ひいたみたいで。彼は今日、本来お休みだし、いいんです」

「あららー、やっぱり寒かったんだねえ」

じゃあなおのこと、少し待っていれば俺が車で送るよと親切な申し出があったが、ますます胸苦しさのつのってきた神堂は、どう言えば相手を不快にさせずに断れるだろうと眉を寄せた。

「ええと、でも、皆さんの邪魔したら、悪いから」

「そう？　だいじょうぶ？」

タクシーを拾うからと、まるであえぐように告げる姿に、話すのもつらいと察してくれたのだろう。早く帰ったほうがいいよ、と心配顔であたたかく見送ってくれたトラさんに、失礼しますと頭をさげて、神堂はきびすを返した。

ざくざくと足を進め、ちらりと振り返った瞬間には手を振るトラさんがいた。もう一度ぺこりと頭をさげると、小走りに道路沿いの道へ向かう階段を駆けあがる。

香澄はまだ、気づいた様子はなかった。

ちらりと盗み見た彼は、濡れた身体を拭うためにウエットスーツをなかば脱いだ状態で荒っぽくタオルを扱っていた。

張りつめた筋肉が鋭角的なラインを描く、まっすぐな背中の窪《くぼ》みを伝う潮水が、どこか艶めかしい想像を覚えさせる。

一昨夜も、あのひろびろとした肩にすがって、啜り泣いた。うねる筋肉の手触りや、その肌の熱もまだなまなましい感触を伴う記憶として残り、それなのにひどく、あの背中が遠い気がする。

「はあ……」

海岸を見下ろせる道にあがってほっと息をついた瞬間、肺の奥を冷たい空気が軋《きし》ませる。振り返ったさき、ようやくこちらを向いた香澄がなにか、手を振って言いかけたような気もした。けれども、ばいばいと軽く手を振って、そのまま神堂は歩みを進めた。

ちょうど通りかかったタクシーに乗りこめば、着ぶくれた身体が息苦しい。暖房の効いた車内は芳香剤特有の香りもきつくて、ますます神堂の気分は悪くなっていく。

(でも、急に、どうしちゃったんだろう?)

あまりにも唐突な不快感に、自身でも微妙に納得できないままではあったが、外気温との差に疼《うず》くような指先の痺れが気になって、まともに考えることができない。

「まあ、いいや」

ぽつりと呟き、帰ったらすぐに寝てしまおうとひとり決め、タクシーの後部座席で神堂は目をつぶる。

それでも去ることのない、焦燥感を伴う息苦しさが、生まれてはじめて味わう嫉妬《しっと》のつらさであることを、彼はまったく気づいてさえもいなかったのだ。

＊　＊　＊

家にたどり着き、冷え切った身体をあたためるためになにをする気にもならないまま、手早くパジャマに着替えた神堂は早々に布団に潜りこんだ。

足の指先までがしんしんと冷えていて、なかなか寝つけそうにない。小さく身体を丸めて頭から布団をかぶり、じっとあたたまるのを待っていれば、聞き慣れたゼファーの排気音が聞こえた。

（あ……どうしよう）

香澄が帰ってきたことを知り、心臓が跳ねる。べつに悪いことをしたわけでもないのに、ひどくうしろめたく、やましいような気分になるのはなぜか、神堂にもわからない。

ばたばたと玄関から足音が近づいてきて、焦った声の香澄が部屋に飛びこんできたのはその直後だった。

「先生っ⁉　具合悪くなったって⁉」

「帰って来ちゃったの？」

その剣幕に少しばかりびくりとして顔をあげれば、神堂は驚きに目を丸くした。

「ああ、起きなくていいから。寒気は？　布団冷えてたでしょう、電気毛布入れる？」

熱はないのか、吐き気はするかと問われて、驚いて不快感も飛んでいったと首を振る。

「そんな格好でバイクに？　ボードはどうしたの？」

「麻衣に預けてきた。……って、そんなのどうでもいいよ」

よほどあわてたのだろう、香澄はウエットスーツのうえにウインドブレーカーを羽織っただけの格好をしている。髪もまだ湿っていて、うしろに撫《な》でつけたようになっていた。

「先生具合悪くて帰ったなんて言うから、悠長に着替えてらんないだろ」

「そんな……」

海からここまでは彼の愛車で約十五分の距離で、夏場にはたまにそのまま帰宅するのも見かけたけれど、いくらなんでもこの季節には無茶だろう。

「ごめんね、気にしなくてよかったのに」

きっと友人たちとももう少し、語らいたいこともあったろう。この寒いのに薄着のまま帰途を急がせたのが申し訳なくて、神堂はしょんぼりと肩を落とした。

楽しそうにしているから邪魔をしたくないと、たしかにそう思っての行動だったのに、却《かえ》って迷惑をかけてしまったかもしれない。

「せっかくだったのに、ごめん」

「なに言ってんすか。俺が無理に連れだしちゃったのに」

気にしないで、とうなだれた頭を撫でられ、ふだんならばただ心地よいだけのそれなのに、正体の知れないやるせなさが襲ってくる。

(でも、さっきとは違う……なんで?)

息苦しいのに、なぜかさきほどよりも気分の悪さはやわらいでいるようで、どうしてだろう、とぼんやりと神堂は思った。

なんだか仮病でも使ったような、奇妙な落ちつかなさがこみあげて、どこか罪悪感に似たそれに耐えきれず、神堂はそっと冷たい指から頭を逃がした。

「先生?」

「それより、兵藤くんのほうが寒そうだよ。お風呂、入ってきたら?」

あたたまってきて、と口にするが、香澄はなぜか顔をしかめた。

「……兵藤くん、どうしたの?」

「なんかさ、怒ってない?」

「え? 怒ってなんか、ないよ」

思いもよらないことを言われて、そんなことはないがと首を振ってみせる。しかし、香澄は納得しないようだった。

「だって、眉間に皺《しわ》よってるし。先生、さっきから目ぇ逸らしてるから」

「そんなことは……」

困ったように覗きこんでくる香澄からは、まだ潮の香りが漂った。とたんにまた気分が悪くなって、なぜだろうと神堂は胃のあたりを押さえる。

「いきなりひとのいるとこ連れてったりしたから、やだった？」

実際苦手だと思っていたから、その問いかけには答えられなかった。香澄の気配が哀しげなものになり、なにか言わなければと焦るほどに口は重くなっていく。

「……ごめんね？」

「あ、の……」

ひさしぶりの感覚だった。伝えたいことがうまく形にならない言葉のもどかしさなど、この青年相手には感じたことなどなかったのに。

神堂は急激に開いたような距離感に哀しくなる。

指が忙《せわ》しなく、上掛けを握りしめてはほどく。子どもじみた自分の仕種を眺めながら、だんだん頭が白くなって、じっと言葉を待つ香澄の顔を本当に見られなくなった。

長い沈黙に香澄も思うところがあったのか、かたくなな神堂の前から立ちあがる。

「……ほんとに畳濡れちゃうから、ちょっと、着替えてくるね」

とたんに頼りない気分になって、はっと見あげた彼の表情は不快さを訴えてはいない。

「夕飯、お正月料理ってことで、お雑煮にするよ。それまで寝てる?」

心許《こころもと》ない表情を向ければ、身をかがめた香澄はそっと髪を撫でてくれる。まだ指のさきは冷たいままで、それでもどこかほっとした。

神堂の小さな顔をひと摑《つか》みにできそうな大きな手のひらは、冷え切っていてさえもあたたかい。さきほどのように逃れるのではなく、赤ん坊がするそれのように長い指のさきを握りしめたのは、無意識のことだった。

「ん?」

どうしたの、と驚くでもなく問いかけてきた香澄を、今度はじっと見つめながら、神堂は考える。

「あのね……」

うまくまとまらないままでも、今度は声がはっきりと出た。香澄の明るい虹彩《こうさい》をまっすぐに見ながら、胸の奥につっかえている言葉をどうにか神堂は吐きだす。

「兵藤くん、みんなにこうする?」

「……ごめんなさい、こう、ってなに?」

唐突なそれにきょとんとして、それでも神堂の言葉を流してしまうことをしない彼は、笑いながら逆に問いかけてくる。

「え、と。頭撫でるっていうか」

「え？　いや、そりゃガキとかにはする、けど……あ、いや、ええとね」

べつに先生を子ども扱いしてるわけでは、という言い訳は神堂の耳を素通りしていく。

自分の物思いがなにかこの手のひらの接触に関してのことだと、それだけに気を取られたまま、また反射的に言葉がこぼれた。

「しないでほしい、って言ったら、だめなのかな」

「……は、い？　なにを？」

ぽろりと思うよりさきに告げた言葉と、香澄の目が丸くなる。その瞬間、さきほどからもやもやと濁っている感情の所以《ゆえん》に気づいた神堂は、かあっと羞恥《しゅうち》に耳まで赤くなった。

（あ……わかった）

脳裏に浮かんだのは、麻衣の茶色く色の抜けた長い髪だった。手荒らにそれをはたいたのを見た瞬間から、胸苦しい気分が襲ってきたのはあきらかで、それは要するに。

幼いまでにストレートな独占欲と嫉妬にほかならないと、遅まきながらようやく、神堂は悟ったのだ。

「せ、先生どうしたの？」

「ご、……ごめんなさいっ」

恥ずかしいやら情けないやらで涙目になれば、赤面症でもある神堂の頰の赤さに香澄はうろたえ、今度はなにがあったんだと覗きこんでくる。

「いや、ごめんじゃなくて、なに？　俺、なんかしちゃった？　マジで」

「違う……違います、ごめん、ほっといて……っ！」

「ほっといてって、ほっとけないだろ⁉」

もう逃げだしたくてたまらず、無言のまま蓑虫《みのむし》よろしく布団にくるまると、真剣味を帯びた香澄の声が苦しそうに耳を打った。

（言えないよ）

いままでに他人に憧《あこが》れたことはあれど、羨《うらや》み、妬《ねた》むといった感情には縁のなかった神堂には、はじめて知った淡い嫉妬は耐えがたい羞恥を伴った。

こんなわがままな感情を香澄に知られて、呆れられたりきらわれたりしたらどうしよう。

実際にはあまりに微笑ましい悋気《りんき》を持て余し、神堂は身体を縮める。

たかがとは、笑えない。思春期をいまごろやり直しているような世間知らずな彼にとっては、身には覚えのない、なまなましく濁った感情は苦痛に近くて持てあますのだ。

「……っとに、もう。強情なんだから」

唇を嚙んでいれば、布団越しに少しくぐもった呻きが聞こえ、次の瞬間。

「うわ⁉」

ぐるん、と世界が回転して声をあげれば、布団ごと持ちあげられてひっくり返された。

そのまますっぽりと長い腕に抱きこまれてしまうと、めずらしくも不機嫌そうな香澄の顔が至近距離にある。

「こら、もぐったらだめ」

「う……」

もぞもぞと布団に埋もれようとした矢先に制されて、困り果てた神堂は涙目で香澄をそっとうかがう。憮然《ぶぜん》としたまま、香澄はじろりと睨《にら》んできて、その迫力に思わず首をすくめた。

「俺だって少しは学習してんですから。先生ひとりでほっとくと、どんどんわけわかんない方向にいっちゃうでしょ」

「わ、わけわかんないって……ひどい」

それはたしかに他人に理解されにくいタチであるのは自覚しているが、誰よりも心を許した相手に言われるとかなり傷つく。じわっと目が潤みかければ、一瞬だけ香澄は唸《うな》って、しかし腕の力は緩めない。

「だからね。ほっとくのは、俺がやなの。わかる？」

「う、ん？」

「ほっといて、ってさ。実際にはほっとかれてんのはこっちになるじゃん？」

ぎゅうっと布団ごと抱きしめられつつ、ストレートな言葉がまるで拗《す》ねたように響いて、神堂は驚いてしまう。

哀しげに眉を寄せて、少し上目に覗きこんでくる表情はふだんの彼から想像もつかないほどに頼りなく見える。濡れた髪も相まって、なんだか濡れた子犬のようなそれに、胸がつまった。

可哀想で、そのくせにずきずきと指先まで疼くような気分になって、くらくらする。

「そういうのさびしーじゃん。なんかしちゃったんなら、怒っていいから、……言ってよ」

「兵藤、くん」

実際にはこれこそが、数ヶ月の間に学んだ香澄の『対神堂用、マックス甘えモード』という大変ずるい手口であるのにも気づかないまま、おずおずと細い指は伸ばされた。

「ご、ごめんね、あの」

「……言ってくれる？」

鼻先を、ちょこんとキスをするようにくっつけられれば、もう陥落まで数秒。

ふだんはまるっきり面倒を見られているだけに、年下らしく弱い顔を見せられると、神堂はそのかたくなさも振り捨ててどうにかしてやりたくなってしまうのだ。

「あの、なんか気分悪かったんじゃ、なかったみたい、だから」

「うん？」

こめかみが痛くなるほどに赤らんで、それでも痛ましいような目を向ける香澄をどうにかしたくて、神堂は懸命に言葉を綴った。

「さっきまで、よくわかんなかったんだけど。や、ヤキモチ……だった、みたい」

「……え？」

「ぼく、あの、兵藤くんが外で、ほかのひとと話してるの、はじめて見て」

誰にでも好かれる香澄。やさしくおおらかで、明るくて、きれいな目をしていて。

それがなんだか、やるせなかったのだと、神堂は目を伏せる。

「あたりまえなんだけど、ぼくだけの兵藤くんじゃ、ないんだなあって」

ようやく気持ちと重なった言葉を口にすれば、なぜか哀しい気がした。それをあたりまえとあきらめているからこそのせつなさに、神堂の表情は不思議な笑みをかたちどる。

「なんかそういうの、やっと気がついた、っていうか」

予想もしなかったのか、香澄は目を瞠《みは》ったまま声もない。呆れたのかもしれないとひやりとして、あわてて神堂は言葉をつないだ。

「あ、あのね。だからなんだっていうんじゃないんだ。どうこうしてって、言ってるつもりもないんだよ？」

彼が誰かと交流することや、愛する波と戯れることを制限するようなつもりはなかった。楽しげな香澄を見ているのはとても好きだし、だからこそ相反する気持ちを感じる自分が息苦しかったのだ。

「帰ってたのはね、べつに邪魔するつもりとかじゃなくて、逆で……ああでも、嫌味なことしちゃったのかなあ？　ごめんね？」

言い訳がましく響くだろうかと懸命に言葉を探すと、ふっと吐息した香澄は、小さく呻《うめ》いて腕の力を強め、ばふっと上掛けに顔を埋める。

「うあー……マジっすか？」

「え、え？」

「妬《や》いたの？　ほんと？」

「う、うん……」

力ないようなその声に、やはり不愉快にさせたのかと神堂がうろたえるけれども、ぎゅうぎゅうと苦しいほどに抱きしめてくる腕は、なにか衝動を堪えているような感じがした。

「……ちょー照れる」

「え？　あ、あの、兵藤くん？」

そしてややあって、「くはあ」とうわずった声で告げられたそれに、神堂は目を丸くした。

「つか、ごめん、いま、顔見ないで。俺、でろでろだから」

「なんで？　あの、ごめんね？　変なこと言ったからって、気にしなくてもいいよ」

「ちっがーう！　そうじゃないよっ」

「……わっ」

思ってもみない反応に驚いていれば、香澄は身もだえしつつ、体重をかけてくる。

「あーくそ。かわいいなあもうっ！　ちくしょう、好きだっ」

「え、ええっ？　ふ……っ？」

あげくには布団ごと押し倒されて、わめくように告げられたとたん唇をふさがれる。

「んー、んー……っ！」

不意打ちのキスと、のし掛かられた重さに面食らう。神堂がわけもわからずじたばたとしていれば、派手な音を立てて離れた口づけのあと、言葉どおり相好《そうごう》を崩した香澄が額をあわせてぐりぐりと押しつけてきた。

「ああもう、先生にヤキモチ妬いてもらえる日が来るとは思ってなかった。幸せ……」

うっとりと夢見心地に呟かれ、神堂はいよいよ目を丸くした。

「えーと。それって、嬉《うれ》しいこと？」

行動を束縛されるような言動など、ふつうはいとわしいものではないのかと思うのだけれども、香澄は「あたりまえでしょう！」と断言する。

「俺だって年中煮え煮えっすよ！」

「は？　兵藤くんが？　なんで？」

いったい誰に、と神堂はとぼけたことを思う。

自身が仲井に対して依存めいた信頼を寄せていることや、実際世間に出れば名の通った小説家であり、万人のファンがいるような、求められている存在であることに、いささか苦い

ものを感じている香澄を、神堂は知らない。

「いや、わかんなくていいんだけどね。だから、いいんだけど」

「なにが？」

「んん。先生はそのままでいいよ」

家のなかでどんなに役に立たなくても、世間から見たらベストセラー作家である神堂の細い背中に対し、香澄がときどき焦燥感と縮まらない距離を感じていることなども、むろん神堂にわかるわけもない。

「とにかくね、いま、俺は嬉しいです」

「そ、う？」

満面の笑みで告げられて、さきほどまでの緊張の赤さとは違うものを頬にのぼらせた神堂は、もう一度重なった唇が冷たいことに気づく。

おまけに、邪魔だと剝《は》ぎ取られた布団を失い、直《じか》に抱きしめられればそのウエットスーツの冷たさに小さな悲鳴をあげた。

「っ、兵藤くん、お風呂！」

「あ、やべ！　布団！」

砂混じりの潮水に、当然布団はやられている。しまった、と顔を歪めた彼は恋人のそれから、有能な家政夫の顔へと表情を変化させてしまった。

「布団はいいから、風邪ひくから、お風呂いってきて」

「あー、すみません。先生も濡れちゃった」

「そんなのいいよ、着替えればいいもの」

少しだけそれを残念に思う自分がわからないまま、自身の湿ったパジャマをつまみ、着替えなければと神堂も身を起こす。

洗い立てのそれを引っ張りだし、さてと上着のボタンに手をかければ、早々に風呂場へ行ったと思っていた香澄がじっとこちらを見ていた。

「……どうしたの？　兵藤くん」

凝視されては服を脱ぐのもためらわれる。かすかに頬を赤らめた神堂がとまどいながら香澄を見やれば、なにごとかを思いついたように肉厚の唇が笑みに歪む。

「もう、具合悪くないんでしょ？」

「え？　あ、うん。べつに、ふつうに寒いだけで……」

なんだろう、と意味がわからないままにも不穏なものを感じてあとじさろうとすれば、素早く腰を抱かれてしまう。

「あのっ……？」

「一緒に、お風呂はいる？」

逃げ損ねて腕のなか、耳にぴたりと唇をつけて囁《ささや》かれたそれに、一気に頭に血がのぼった。

「あ、あとでいいです！」

「なんで？　寒いんでしょ」

なんだかちょっといやらしげに笑われ、ぶんぶんと神堂は首を振った。

「なんでー。いいじゃないっすか、べつに男同士だし、それに――」

裸なんかもうさんざん見たし、知ってるよ。

そこだけ声をひそめるからよけい、恥ずかしい。

ふだんがからりと明るくさわやかな香澄だからこそ、卑猥《ひわい》なのだ。こうしてにおい立つような夜の気配を見せつけられると、ふだんとのギャップも相まって、強烈に神堂を惑わせる。

「や、だ……」

「だから、なんで？」

「だ、だって、見るから」

あえぐような声で告げれば、これもまたシーツのうえでしか見せないような表情で香澄は笑った。

「前は見たって照れなかったのに。最近どうしたの」

指摘され、そのとおりだけれどと神堂は顔をうつむける。

「だ、って、それは、いっつも、電気消してくれないから……っ」

なかばパニックに陥りつつ、思わず恨みがましく告げたそれは、このところふたりの間でささやかに揉めている事柄だ。

「えー、だって暗いと怖いでしょ？」

「でも、でも……」

どんどんきわどい方向へ向かう会話を知りつつも、素知らぬ顔でとぼける香澄とは結局、神堂は場数が違いすぎる。

さきほどの混乱に同じく、以前だったならば気にもしなかったような事柄が、強烈な羞恥を運ぶことが近ごろ増えて、神堂自身とまどうことも多い。

それが結局、香澄の存在によって長らく幼かった情緒が一息に育てあげられ、神堂自身の心構えが変わってしまったせいだということくらいは、さすがに自覚しているけれど。

「怖いのいやでしょ、先生」

「そうだけど！」

闇を怖がる性格を知っていて、逆手にとっては行為の間中、煌々《こうこう》と灯《あか》りをつけたままでいる香澄の確信犯ぶりに、思うところがないわけもない。

「自分で見せてくれたりしたのに、最近逃げるの、なんで？」

はじめのうちにはただ香澄についていくのに夢中で、なにがなんだかわからなかった。言われたまま、素直に恥ずかしい格好をしていた。

だが次第に、自分の身体の反応や相手のそれを覚えた神堂は、無邪気に反応していられなくなっていった。

「だって、ひょ、兵藤くんが……すぐ、からかうからっ」

「からかってないですよ」

「う、うそ。あ、あそこがどうだとか、すぐ、言う……」

濡れてる、赤い、ひくひくしてやらしい。興奮しちゃう、と耳元で熱のある声で囁かれて、ふつうひとに見せない場所を、どうして見せないでいるのかということを、神堂はやっと覚えたのだ。

ついでに言えば、いままで軽く読み流したりしていた、小説におけるベッドシーンなどの意味を体感として理解してしまったがゆえに、知らずにいた感情や羞恥がいっぺんに襲ってきてしまった。

「かわいいから言ってるだけなんだけどなあ。……それに、先生、言われるのきらいじゃないだろ」

「うー……」

それが事実だから、言わないでほしい。なんでわからないのかと涙目で睨むけれど、にやにやしている香澄がすべてわかったうえでのことだと知る。

これだから、恥ずかしいのだ。

慣れるどころか日々深まっていくような官能に、怖いようなものを覚えはじめている。

直に触れた熱い肌に溺《おぼ》れれば、なにもかもわからなくなる自分を知って、だからこそ正気の残るうちには、いたたまれなくなってしまうのだ。

香澄は本当にやさしいと思うし、モノ知らずな自分が悪いとは思うけれども、少しばかり余裕のそれが、近ごろでは少しだけ、恨めしい。

（もうやだ、なんでそんなのいまごろわかるんだろ）

以前にはよくわかっていないからこその強烈な大胆な発言で香澄を驚かせていた神堂だが、近ごろはその意趣返しとばかりに香澄が意地悪なことを言うほうが多い。

それも、からかわれているとすぐに気づけば反論のしようもあるが――実際できるかどうかはともかく――その場ではひたすらうろたえて困惑し、さらに素《す》っ頓狂《とんきょう》なことを言ってしまって後悔することも多い。

――兵藤くんも苦労するだろなあ……。

あれこれと思い病むたび、のろけなのかなんなのかわからない相談事を聞かされる仲井などは苦笑混じりにそう言うけれども、これで神堂なりにいろいろ、がんばってはいるのだ。

しかしそこで、そんな物事を仲井に相談してしまうこと自体が恥ずかしいのだとは、気づけないあたりが神堂の神堂たる所以でもある。

「……いやなら、しないよ？」

困り果て、肩をすくめた神堂に、からかいがすぎたと苦笑した香澄は、やんわりと長い腕で包んでくれる。言葉と抱擁にほっとしながら今度は素直に身を預ければ、その代わり、と彼は言った。

「いっこ、お願いなんですけど」

「う、ん？」

「今日、着物着てくれないかなあ」

わざわざ前置きするなんてなんだろうと身がまえたのに、そんななんということもないことを香澄が告げるので、神堂は拍子抜けする。

「お正月だし。気分かなって」

「それは全然、かまわないけど……？」

いずれにしろ着つけをするのは香澄であるし、手間ではないのかと、出会ったころの言い訳を信じたままの神堂はきょとんと首をかしげてみせる。

「風呂あがったら、着せてあげるから。ね、お願い」

「う、うん？　そんなことでいいなら」

全然かまわない、と素直にうなずく神堂ににんまり笑って、「それと」と香澄は言う。

「じゃ、着物着て、お雑煮とおせち食べて。それから、しようね」

「え？　なにを？」

「なにをって、そりゃ」

さらっと言われて、なんのことだかわからない。今日の香澄はちょっとわかりづらいな、と目をまたたかせた神堂は、続いた言葉に今度こそ茹《ゆ》であがり、絶句した。

「この流れならやっぱ、姫はじめでしょ？」

＊　＊　＊

塩抜きしたかずのこに田作り、大根とにんじんの紅白なますに、車海老の塩焼き。ごぼうの牛肉巻きや松葉ぎんなんと、お重にきれいに並んだそれらはすべて、香澄の手作りである。

「先生、お餅いくつ？」

「ひとつ」

ご丁寧なことに栗きんとんに錦卵までこの器用な彼はうつくしく美味に作りあげ、黒豆もふっくらと炊きあげた。

むろん、子ども味覚の神堂が食したのは甘いものばかりで、せいぜいがかまぼこを少しつまんだくらいである。

「前に勧めてたおうちなんですけどね、料亭のおせち配送だったんですよ。で、二年前に頼んだのはおいしくなかったから、って次は四万円のを俺が買ってきたんだけど」

ダイニングで餅を焼く彼は、愛用のエプロンを纏ったまま手と口を同時に動かす。一緒にお風呂だけは絶対にいやだと死守した神堂は、少しばかり困った顔で湯あがりの身体にひさびさの着物を纏っている。

濃緑のシルク素材の紬《つむぎ》はきゃしゃな身体にやわらかなラインを添え、兵児帯《へこおび》に細い腰が強調されていた。

「値段は気にしないっていうんで、俺的にはずいぶん高いの選んだんだけど、今年のはそんなに安くてだいじょうぶなのか、って奥様に言われて、去年はいったいどこのいくらだったんだっつったら、お重四段で二十五万の、料亭のだったたっていうんですよね」

「へえ……」

「でも結局、お気に召したのは四万のほうだったみたい。味は価格じゃないってことなのかなあ……はいどうぞ」

「はい、いただきます」

塗りの椀《わん》に満ちる関東ふうに具の少ない雑煮は、ほうれん草と鶏肉、薄く輪切りにした大根のみ。透明な出汁《だし》に浸かったそれらだけは、残さないで食べなさいと香澄は厳命した。

「先生、鶏ばっかり食べないの」

「……だって」

「きんとんさげちゃうよ？」

思い切りしかめ面で、それはいやだと行儀悪く箸《はし》のさきを噛むと、じゃあ食べなさいと駄目押しされる。無理矢理放りこんだ青苦い野菜は、咀嚼《そしゃく》もそこそこに流しこんだ。

「おいしくない？」

「お出汁はおいしい」

もそもそと箸を運ぶ神堂の口が重いのは、苦手なほうれん草を噛み潰しているせいだからというばかりでは、むろんない。

あんな淫《みだ》らな宣言をしておいて、平然としていられる香澄の神経が信じられないのだ。

結局あのあと、なにごともなく香澄は風呂に入り、神堂もまたそのあとで入浴して、言ったとおりに着物に着替えさせられた。

しかしこのおせちを食べるまで、とくにキスもされていない。

――ひ、ひめはじ、はじめって……！

――あれ、先生知ってるんだ。

真っ赤になった神堂へ、知らないかと思ったのにとからりと笑ってみせたあたり、本気ではなかったのだろう。

真に受けた自分はひとりでもやもやとしてしまって、それが恥ずかしくてたまらない。

(だって兵藤くん、大掃除のあと疲れちゃってて、そのまま寝てたし。今日はサーフィンするからって、早寝しちゃったし)

要するにこの二日、なにもしていない。不満に思うほど間が空いているわけでもないけれど、神堂としてはのんびりとしたお正月ムードにいきなり差した艶めかしさを、どう扱っていいのかわからなかった。

そうしておたおたするうちに、冗談と笑って終わりにされてしまったのだ。

(……むずかしい)

もの慣れない神堂は香澄との関係性にいちいち驚きとまどうことも多い。年齢はともあれ、まっさらだった彼にとっては、気を許しあった間柄だからこその駆け引きめいたからかいや、ふざけた言葉のやりとりはまだ荷が重い。

ともすれば、その気になった自分を笑われたようで、哀しい気分になることもある。

自我が芽生えはじめたからこその、純情な混乱をいま、少しの痛みとともに噛みしめる気持ちは、たしかにわかりにくいものだろうけれど。

香澄にしてみれば、抑揚のなかった声音や乏しかった表情が日々あざやかになっていくことがかわいくて、自分の言葉でそれを引き出せるのが嬉しいらしいのだけれども、神堂にしてみればけっこう必死だったりもするのだ。

「ごちそうさまでした」

「もういいの?」

「ん……」

浮かない顔のまま腰を浮かし、もう今日は休んでしまおうと神堂は思った。これ以上ぐるぐるしていると、なんだかもっと哀しくなりそうだったから。

しかし、すっと立ちあがる神堂に、香澄が目を瞠る。

「あれ、どこいくの？」

「どこって、もう寝ようかと思って」

ちょっと寒いし、風邪を引いたかもしれない。本当は気まずいせいなのをごまかすためにそう告げると、一瞬の間を置いて香澄はそっと笑った。

「そっか、疲れた？」

「え、と……？」

「うん、じゃあおやすみなさい。あったかくしてね」

その、なにかを押しこめたような表情に引っかかり、神堂はその場に留まった。

食べ終えた器をさげる彼の隣に並び、高い位置にある横顔をじっと見つめた。

「ね、あの。兵藤くん」

「ん？　なに？」

声も表情も平静で、しかし、なにかが違う。

気取られぬように逸らされた視線の意味を知りたいと思う。

それが、こっそりと期待していた自分のなかにあるものと同じならば嬉しいけれどと、鈍い神堂にしては、考えた末。

「あの……ほんとに、する？」

「なにが？」

「なにがって、だから……ひ、姫はじめ……」

おずおずと頬を赤らめ、問いかけと言うよりも誘うように切りだすと、流しに立った香澄の手が、ぴたりと止まった。

「するなら、ぼく、まだ……」

寝ないけど、という言葉は次の瞬間、あたたかく湿った口づけに消されて、くぐもった響きに変わっていく。

「んん……んん」

ねっとりしたキスに、夢中になる。帯で締めつけられた腰を、香澄の長い腕でもっときつく締めあげてと願うよりさき、ぐっと引き寄せられて嬉しくなった。

「ん……先生も成長するよなあ」

「な、にが？」

ぎゅうっと抱きしめられると、安心するのに胸が騒ぐ。香澄にしかもらうことのない高揚にくらくらとしながら、神堂は広い背中に腕をまわした。

「さっきの仕返し？　俺のこと焦《じ》らすなんてひどいな。からかって、楽しい？」

「え……そんなんじゃ……」

問われても、なんと答えたものかと困っていれば、ふと仲井の言葉が思いだされた。

――ときどき、兵藤くん、答えようがないこと訊くんだけど……。

主に艶《つや》っぽい場面においてのことで、本当に意味がわからないことが多い。

そう告げれば、幼なじみのあけすけな、しかし自覚のないのろけを聞かされた敏腕担当は、困ったように笑っていた。

――そりゃ、俺だって答えようがないよ。

――たかちゃん、まじめに訊いてるのに、笑わないでよ。

――笑うなったっておまえ……笑うよ、笑うしかないだろう。

でも本当に困るのだから、どうすればいいのか教えてくれ。問う神堂に根負けしたのか、やや意地悪く笑った彼は、ひとつだけ対処法を教えてくれた。

――そうだなあ。今度、困ったときがあったら、こう言ってみなさい。

ちょっとうつむいて笑って、なにを言われても『知らない』――と。

そうすればたぶんうまくいくよと笑った、仲井の目の奥にあるものがなんであるのか、神堂にはさっぱりわからない。

第一、年がら年中困っているから、今度もなにもないものだと神堂は首をかしげるばかりだったのだが。

「ねえ、先生。こんな意地悪なんかどこで覚えたの」

たぶん、これがその『今度困ったとき』なのではないかと、なんとなくひらめいた。

「……しら、ない」

さすがに笑えはしないまま、それでも目を伏せて、仲井の入れ知恵どおりの言葉を口にすれば、抱擁を深めた香澄のため息にはなぜか、熱がこもった。

(OKだった、みたい？)

無言で身体を縛《いまし》める、痛いくらいのそれに、もう香澄もあまり余裕はないのだと知らされるようで、じんわりと足先から痺れるような幸福感が襲ってくる。

「どしたの、ほんとに……そんな顔、どこで覚えたの。誰がさせたの？」

「……ん？」

今度は少し、笑えた。困ったような顔をしているくせに、目だけひどく強い香澄に見据えられれば、心臓が破れそうに痛くて、けれど気持ちよくなるのはもう知っている。

綻《ほころ》んだ気持ちのまますべて預けたやわらかな表情は、香澄の息を止めてしまうほどの効果がある。もともと精緻《せいち》な人形のような作りである神堂の、うつくしい顔立ちに甘やかな艶を乗せていることを、それを浮かべた本人ばかりが知らないまま。

「やだなもう。外、連れてくのやになる」

「え？　なんで？」

「なんでもない。……ああくそ、天然って手に負えねえ」

へろへろと呟き、力を抜いた大柄な彼に体重をかけられよろけながら、聞こえなかったと問いかけるため、神堂が顔をあげた。

日を追って甘く蕩《とろ》けていく恋人が、自分のせいで魅力的になっていくことに、複雑な気分でいる香澄の心境など、神堂にわかるわけもない。

「あの、どうか、した？」

ただ訝《いぶか》しむ声に答えたのは、手前勝手な不安を覚えた男の、強引で甘ったるい口づけのみだった。

＊　＊　＊

着物を身につけたまま布団へ倒れこんだのは、はじめての日以来のことだった。

「あ、ん……っ」

腰を抱かれたまま、台所から香澄の部屋に来るまでの間中、延々と唇を弄《もてあそ》ばれた。ぐずぐずになったのはあちこちまさぐられた衣服の合わせと、その中身。

「あ、やっぱ着物って……だよな」

「ん、ん……っ？」

くるぶしから這《は》いあがった手のひらに裾《すそ》を乱された。ほっそりとした膝を撫でながら、香澄が思わずと言ったふうに呟いている。

「きも、の、なに？」

敏感なそこをじりじりと撫でられるだけで早くも息をあげて、なにかおかしいのかと問えば、複雑そうに笑った香澄が髪を撫でてくる。

「いや。最初会ったときも、こんな格好だったなって」

「あ、……そう、だっけ？」

原稿明けと空腹でもうろうとしていた神堂には、正直初対面の日はあまり記憶になかった。香澄の印象はよく覚えているけれども、自身がどんな格好であったかとか、なにを言ったのかなどは、どうにも曖昧で頼りない。

それよりなにより、肌に口づけを落とす香澄に夢中であえいでいると、恋人はなぜかむすっとした顔をしていた。

「やっぱりさ、着物。今度から、やめようね」

「え？　あの、だって……」

今日はきみが着ろと言ったのにとまどっていれば、きつく身体を抱きすくめた香澄は、どこか苦いような声を出す。

「ん、だから人前では」

そんなに変なのだろうかと神堂が眉を寄せれば、そうじゃなくてと香澄は苦笑する。

「あのね、先生ほんっとわかってないんだね」

「え？」

「きれいなひとが、こんな格好してたら、やばいの。俺みたいのもいるんだから」

「や、やばいってなにが？」

ますます意味がわからないと首をかしげれば、「わかんなくていいんだけどさ……」と呟く香澄は手のひらを乱れた合わせに滑らせた。

「……あっ」

「ビジュアルのインパクトって、すっげえなあ……」

「なに、なに言ってるかわかんな……っ、あっ！」

硬い指先が触れたのは、すでに尖《とが》っていた胸のさきで、悪戯するようにつまれると腰が浮いてしまう。

「あのとき、ここさ。最初の日、全部見えちゃってて……びびったんだよね、俺」

「ん、んん……？　あ、んっ」

「だめだよ、こんなかわいいの、あんな無防備に見せたら」

ぎゅっと軽く潰すようにされて、跳ねあがった膝がさらに開く。纏わりついた襦袢《じゅばん》の感触が、しっとりと湿った肌を神堂に教えて、その中心に挟みこんだ香澄の引き締まった身体に無意識にすり寄った。

薄い肉づきの胸を、揉むように撫でられる。手のひらの下で弾んでいく鼓動を知られて恥ずかしく、それなのにもっと強くと思ってしまうのはなぜだろう。

はじめて触れられた日からずいぶん敏感だったそこは、最初のうちは痛みが強かった。けれど香澄がいじったり、吸ったり舐《な》めたり、ときどき嚙んだりするうちに、気持ちいいことを覚えてしまった。

いままでは、ちょっと撫でられるだけで腰の奥にずんと来る。こういうのを、開発されるっていうのかな、そんなことをぼんやり考え、早く吸ってと神堂は腰をうずうずさせた。

きゅんと硬くなった乳首を、器用な指でこりこりいじられると、腰の奥が甘くなる。

(気持ちいい……)

香澄の触れかたは、恥ずかしくていやらしい。なのに、言葉だけでなく、かわいい、かわいいと告げられているのがわかるから、どうしようもなく気持ちよくなる。

「み、見えるのだめって、なにを?」

かわいいのってなんのこと。なにか変なものついているの?

感じすぎる身体への困惑で手いっぱいの神堂には、香澄の言葉はもう、意味をなさない。

「いいから。とにかく、俺以外のひとがいるとき、これ着たら、だめだよ?」

念を押す香澄が、やっぱりよくわからない。いずれにせよ自分ひとりでは着つけもままならないのだ。ぐちゃぐちゃになった衣服で人前に出るほど神堂は恥知らずではないし、そもそも他人に積極的に会うような機会がほとんどない。

「う、んっ、きな、着ない……から……っ」

そんなありもしない状態を心配して咎《とが》めるよりも、このいま火照《ほて》っている身体をどうにかしてほしい。必死にすがると、香澄はふっと息をつく。

「着ないから？」

「き、キスして……お願い」

吐息がかすめただけでもびくりとなった頬を啄《ついば》まれ、上下の順に甘く噛まれた唇は開いて、待ちわびた舌先を迎え入れる。

「ふぅ、……んっ」

口のなかをいっぱいにしていくぬらりとするそれは、まるで生き物のようにも感じられる。自由自在に動いて形を変えながら、背筋が引きつるような感じのする場所ばかりを撫でていくから、吸いこんで応えることに夢中になってしまう。

香澄の唇は見た目のとおりやわらかく、ふわふわとした感触がする。軽く触れられただけでうっとりするほど快いのに、濃厚なそれに次第に濡れてくれれば、そこから溶けてしまいそうな気分になって、たまらない。

「や……、やめちゃ、いや」

「ん？」

心地いいそれが唇を離れ、長い髪に隠れた耳朶を探るけれど、もっとキスしていてほしいと神堂はぐずった。甘ったれたようなそれが恥ずかしいけれど、こうなってしまうとこんな声しか出ないからもう、しかたない。

「やだ、もっと……舌も、舐めて」

「うん、もっとね」

焼けた首筋に腕を絡《から》めてせがめば、笑んだ形の唇を軽く突き出されて、もう羞じらいもなく吸いついてしまう。

「かわいい、先生。エッチな顔してる」

「や……」

「もっとしていいよ。もっと、やらしくなって」

それに香澄も、甘ったれる神堂がいちばん好きらしい。年がら年中こうでもいいと言うくらい、ふだんから甘やかしてくれるけれども、神堂はさすがにそうはできない。

きちんと仕事して、雇い主で居続けないと、香澄を自分のところに置いておけない。仕事まで辞めさせて独占してしまったのだから、神堂にはとても大きな責任があるのだ。

マネージャーになってもらってからは、だから前よりもたくさん仕事を入れたし、根をつめるようになった。その代わり、こういう時間はうんとたくさん、甘えることにしている。

香澄の作る料理もお菓子も、快適な生活のためのすべても好きだけれど――キスして、セックスして、とろとろにしてもらえるこの時間は、神堂にとってご褒美《ほうび》なのだ。

（だから、いつもはちゃんとするよ。ちゃんとするから）

こういうときはもう、めちゃくちゃにしてとすがりつく。そうすれば香澄は、求めた以上のものを、これでもかと与えてくれるのだ。

「ん……あう、ん、ん、ん、……っ」

何度も角度を変えて舌を舐めあいながら、重なりあった身体をお互いに撫でまわした。

細い骨のうえにどうにか最低限の肉が乗っているようなきゃしゃな神堂とは違い、かっちりと重みのある筋肉の張りつめた香澄の身体は、しなやかでとてもきれいでかっこいいと思う。

「……兵藤、くん……」

「ん？」

薄い手のひらで、香澄のシャツを捲《まく》りあげ、海辺でも眺めた背中に触れる。縒《よ》りあわせたようなような筋肉の感触に、明るい日差しのなかで惜しげもなくさらされていたラインを思いだすと、喉が干あがるような気分になった。

「電気……」

「なに？　今日、ちゃんと消したよ」

「あの、じゃ、なくて」

ぐずったせいか、この日は部屋の灯りはちゃんと落とされていた。といっても真っ暗になればやはり怖いので、小玉のそれに光量が絞られてはいる。

だがそうなると、ただでさえも視力の悪い神堂には、覆い被さった香澄の姿は、曖昧な陰影でしか見て取れない。

「点《つ》けても……いい？」

「え？」

甘ったるさを伴う不安とともに、こみあげた衝動のまま口走れば、香澄は少し驚いたようだった。

「み、見てもいいから……顔、ちゃんと見たい」

恥ずかしいことをねだったということだけはわかっていて、それだけに過分に羞じらいながらのそれを、香澄はからかいも笑いもしなかった。

「これでいい？」

「……うん」

ただ長い腕を伸ばし、シェードのついた天井の灯りを点ける。神堂が眩しく目を眇《すが》めたのは、いきなりの光のせいばかりではなく、あらわになった広い肩の持ち主のせいだろう。

やわらかい唇は笑んでいるのに目だけはきつい光を放っていて、視線に撫でられる乱れた脚がぞくぞくと震えた。

　言葉もないままきつく抱きあって、お互いの髪を乱しては唇を濡らすと、早くも脚の間がじんわりと湿り、腿《もも》が小さく痙攣《けいれん》しながら熱を持っていく。

（なんだろ……）

　神堂はいつもよりもひどく、自分が高ぶっていることには気づいていた。総じてあまりあがることのない感情のボルテージが高く波打ったままになっていて、ふだんならば考えもつかないような淫らな気分に、神堂は抗《あらが》えないまま飲みこまれていく。

　それが、この日はじめて知った嫉妬から起こる激しさとは、さすがに知らないままだったけれど、香澄のほうがそれを知っていたのだろう。

「あ、ん……っ、ん、ね……？」

「なあに？」

　さらにはだけられた裾に潜りこんだ香澄の指は、誰にも触らせるなと告げたあのやわらかな丸みに触れて、妖しく蠢《うごめ》いている。

「さ、触ってもいい？　兵藤くんに」

「いいよ」

　肉をたわめられる感触に引きつったあえぎを漏らしながら問えば、それもまた受諾された。

　少しだけ身体の距離を開いて、自由になった手のひらを硬く厚みのある肩に這わせた。

いつも自分を抱きしめる長い腕や、引き締まって無駄のない胸から腹へ、形をたしかめるように這わせていく神堂の手の動きは、愛撫《あいぶ》と言うよりも無心な子どものようでもある。

香澄の、見せつけるためでなく必要に応じて鍛えられた身体は、どこまでも自然な流れが見える筋肉が張りつめ、神堂にはうつくしくさえ思えた。

(身体、きれい)

あたたかく、硬く、またやわらかい、不思議な感触に夢中になって撫でさすれば、激しく鼓動を刻む胸の奥は、心地よい痛みに埋め尽くされた。

ただそれが、彼の腰穿《ば》きのジーンズに辿り着いた瞬間には、さすがにためらいがちになる。

「これも脱ぐ?」

「う、ん」

硬い布地のうえからでも、高ぶった香澄自身はもうはっきりとその形を浮きあがらせていて、神堂はぼんやりと頭が霞《かす》んでしまった。

荒い仕種でそれらが脱ぎ捨てられれば、均整の取れた身体にはもうなにも纏うものがない。いつも押し潰されるように抱かれていたから、香澄の身体をこんなにじっくりと見つめたことなどなかったのだと、いまさらに神堂は思い知った。

(う、わあ)

こめかみががんがんするほどに顔が熱く、逃げだしたいような叫びたいような気持ちになって、そのくせに手のひらは香澄から離れない。

むしろ、さきほどよりも淫らな意図の混じった動きへと、どうしても変わってしまって、きりきりと絞られた腹筋の下に、逸らしても逸らしても視線がいってしまう。

「どうしよう……」

途方に暮れたような声が無意識に出て、苦笑した香澄に抱きしめられれば胸が震えた。

「俺が、電気つけたいのわかった？」

「どう、どうしよう、こんな……っ」

くすくすと笑いながら膝立ちのまま囁いてくる香澄に答えることもできず、神堂は必死になってすがりつく。

（心臓、壊れそう）

見るってすごい。震えながら神堂はあえぐ。いつもされるままで、緊張してぎゅっと目をつぶっていたから。高ぶった恋人の身体を見るのが、こんなに興奮するのなんて知らなかった。香澄が恥ずかしい格好をさせたがるのもちょっとわかった。

「まだ、触る？」

「ふ……っ、うん、うん」

耳朶を含まれながら問われ、びくびくと震えあがるくせに、うなずいてしまう自分がもう、よくわからない。ただ、うながされるまま手を、長い脚の間に伸ばしてしまう。

「じゃ、ここ。やさしく撫でて、先生」

導かれたさきにはくらくらするようなそれがあって、そのくせにもう逃げられない。告げられて、おずおずと神堂は指を伸ばす。自分から望んだとはいえ、ずいぶん恥ずかしいことをねだったのだと気づいたのは、その張りつめてぬるみを帯びた香澄自身をまじまじと見つめてからだ。

「俺が、頭撫でるときみたいに、いい子、って……そっと」

「う、……うん」

そろりと手を伸ばし、まるくなめらかな先端に触れた。生き物のように動くので、触れるだけでもびくびくしながらの愛撫は、しかし香澄の熱のこもったため息に、次第に大胆になっていく。

「ん、いい……上手」

男らしい、凛々《りり》しい眉をひそめた香澄の表情に、神堂はうっとりと見惚《みと》れた。

「きもち、いいの？」

「うん」

こんなぎこちない手つきでもいいんだろうか、と少し不安になりながら問えば、肩を抱いた香澄は軽く笑いながら耳元を啄んでくれる。

「せんせが、触ってるってだけで、やばい」

「ほんと……？」

かすれた声に、ぞくぞくとなった。どうしようもなく不器用で、細いばかりの指が恋人を喜ばせられるのなら、もっとなんでもしてあげたくなる。

両手に包んで、いつも香澄がしてくれることを思いだしながら神堂は指を使った。自分のそれをひと包みにする香澄の手とは違い、十本の指を全部使っても恋人の性器は持て余すようで、その逞しい感触にもどうしてか、ため息がこぼれてしまう。

「兵藤くんの、おっきいね……」

「う……ん？」

こするたびに濡れて、感触はなめらかになっていくのに、手のひらがびりびりするような感じが強くなる。無意識に疼いた腰がもぞりとして、すぐに気づいた聡《さと》い香澄が、そっと小さな尻を撫でてきた。

「……や」

「なんで。触らせて？」

いいでしょ、と裾を割って、そのカーブをたしかめるように何度も撫でられ、痛みを感じさせない程度に軽く揉まれるとたまらなくなる。膝が崩れて腰が浮きあがり、はしたないような格好になってしまう。

「あ、だめ、……だ、め」

長い指が下着のうえから、狭間《はざま》のきわどい部分に触れた。焦らすようにそのラインをなぞって、神堂はだんだん身体が前屈《かが》みに崩れていってしまう。

そうすると手のひらに包んだ香澄の性器に顔が近づいて、どうしようもなく卑猥な格好になった。

「先生、そんなにしゃがんじゃうと、やばいよ」

ついには鼻先の距離に近づいて、香澄のにおいが濃く感じられた。ぬめぬめと光った先端を撫でる手はすでにしつこいようないやらしさを増していて、その感触にも光景にも、自身のしていることにも煽《あお》られて、神堂は頭がぼうっと霞んでいく。

「ああ……だって、あ……っ」

「あ、……ん……っん」

「気持ちいいの？　触ってるの」

「う、ん……さわ、るの、きもちい」

唇がひどく乾いて、香澄を見あげたまま何度も舌でそこを湿した。なぜかそうすると香澄は息を飲み、手のなかのものは熱く、これ以上はないと感じたのにさらに硬く大きくなる。

なにかを耐えるように引き結ばれた唇、そこにいまうずうずと尖りはじめた神堂自身をくわえられたのはもう何度もある。蕩けてなくなってしまいそうで、啜り泣きながらもあの愛撫を待ち焦がれている自分がいるのを、もう知っている。

「ほら、あんまり近くで見ない。……ほかのこと、してもらいたくなるよ」

苦笑して、ゆっくり顔を遠ざけようとする香澄の手に、めずらしく神堂は抗った。

いつも、やさしく気持ちよくしてもらうばかりで、少しはなにかを返したくて、だから。

「……っ、せん、せ？」

「ふ……う」

きゅっと両手で握ったものに、唇を寄せた。まだためらいがあるぶん、小さく震える唇はつぐんだままで、けれども軽く口づけただけで香澄のそれが、なんだか喜んでいるように震えたのを感じれば、もっとなにかしてあげたくなった。

「せ、先生、まずいって、それ」

「ん、ん、……っ」

ほんの少し出した舌のさきで、先端を舐める。変な味がして、さすがに顔が歪んだ。あわてたような香澄がやめろと言ったけれども、かぶりを振って拒む。

「ねえって。おいしくないでしょ」

たぶん自分のそれも、こんな味がするはずなのに、香澄はいつも最後まで舌で撫でてくれていた。やさしく啜って、つけ根のところを嚙むようにして、それがたまらなく気持ちよかった。だから自分も、ちゃんとしたい。

いつも、食べたい、舐めたいという彼の気持ちがわかった気がする。気持ちいい声や、顔や、反応をちゃんと引き出したい。

そんな能動的な欲情が、自分にあるなんて意外だったけれど。

(舐めて、いっぱい、よくしたい)

いまはもう、香澄の手は困ったように自分の頭を撫でるだけで、それなのに、愛撫されているときよりも満足感が強い。

「も、う。知らないよ」

かすかにあえぐ香澄の声のせいだろうと思う。低くて甘い香澄のそれが神堂はとても好きで、耳の奥をやさしく揺さぶるような響きにいつでもうっとりする。

「こういうとき、妙に大胆だよね」

「ん……?」

ため息混じりの香澄の声は色っぽくて、ぞくぞくする。あてがわれているだけになっていた指を、物欲しげに揺れた尻が軽く挟んだまま締めつけたのが、ひどく恥ずかしい。

「んー……んん!」

欲したものをすぐに察して、香澄の手がさらに薄い布のなかへ忍んでくる。

「なにもう、ここ……こんな動いちゃって」

「んあ、ん……っ」

くすりと笑われて、顔が熱くなる。香澄のそれをしつこく舐めながら、器用な指先にその収縮する粘膜の入り口を押され、じんじんとした疼きがあきらかな欲望に変わるのを知った。

つられて、おずおずとしていた舌の動きは次第になめらかになり、呆れるような淫らさで香澄をくわえ、舐めしゃぶってしまう。

「あふ……は、ふ、……んむ」

もうろうとするままに吸いついていれば、香澄の手が裾を捲りあげ、下着を押し下げるのがわかった。つるりとした丸い尻を撫でられながら、もう一方の長い腕が枕元を探っているのが見えて、無意識のままに神堂は腰をあげてしまう。

「入れてほしい？」

「ん……んんう！」

意地の悪いことを言うから、上目に睨んだあとに先端を食《は》んでやった。すぐに、ぬるっとしたものが肉を割って入ってきて、口腔《こうこう》もその場所も香澄でいっぱいになってしまう。

「あ……先生、ここもう、やわらかい……ね？　きもちい？」

「んふ、ん……っあうんっ！」

たっぷりとジェルを塗りつけ、確認するように一度、いちばん長い指をずるりと含ませた香澄は、抵抗がないと知るやいきなりそれを抜き差しした。

一定のリズムを持ったその感触は、神堂がいちばん感じてしまう動きに似ていて、びくびくと震えるままかぶりを振れば、口腔に含んでいたものが抜けていってしまう。

「ゆっくり、好きだよね」

「あは、あっん、あんっ……やあ……すき……っ」

ぷちゅぷちゅと音を立てている香澄の指が、二本、三本と増えながら蠢く。広げたり、まわしたりされるとその関節の位置や角度によって、内壁がこすられるのがひどくよかった。

「ね、こっちにお尻向けて？」

「ん、んー……っひあ、ああう！」

腰を抱かれ、逞しい腕は言葉と同時に細い身体をあっさりと動かしてしまう。膝のうえに腹が乗りあがるように抱えられ、腕の長さぶん距離が縮まれば、指の動きはさらに激しくなり、びくびく、と神堂は腰を跳ねさせた。

「あ、あ、あ、だめっ、あっ、そこ、あっ！」

「うーわ、とろっとろ……」

脚の間の張りつめたものが香澄の長い脚にこすれる。神堂の腰がいやらしく動いてしまうせいで、それは香澄の指に無意識にあわせてしまうからだ。

「ひょ……ど、くん、も……っ、もうっもうっ」

「欲しい？」

「んん、ほし……っ」

うずうずしてたまらない。甘ったるく蕩けた身体に、なにかしっかりした太いものが欲しい。そう思う身体に変えられてもうずいぶん経《た》って、日を追うごとに強くなるようなこの衝動が、ときどき怖い。

怖くて怖くて、それなのに。

「うしろからする？　好きだよね？」

「うん、好き……して……っ」

大好きな声で低く囁かれると、思考は完全に停止する。従順に腕をついて、教えられたとおりに脚を開いて、早くとうねる身体が止められない。

どうしてとか、なぜと思うよりも、触れあった粘膜同士の飢餓《きが》感に勝るものはなくて、軽くつつかれただけでも卑猥な声が漏れてしまう。

「ああ、兵藤く……早く、早く、あ、……んああっ！」

「ふー……」

腰を揺すりながら、香澄が入ってくる。一瞬の圧迫感のあとにずるりと一気に押しこまれて、全身が痙攣してしまう。

「ん、あ――……んんっ！」

「うっわ、ほんと今日、すげっ……やばっ」

内部にも伝わるその激しさに、背後の香澄も背筋を震わせるのがわかった。そして、もうなかば意識の飛びかけた神堂は、ふだんの慎《つつ》ましさもなにも忘れて、腰を支えた大きな手を両方摑み、愛撫をねだった。

「あー……ねえ、……ねえっ、ここも……」

して、と身を捩《よじ》りながら、袂《たもと》から腕を滑らせる。押し潰されるように揉まれると、なにかいけないものが胸いっぱいに広がる。

れると、じんと甘い刺激が腰を重くした。ちりちりと痛い乳首に香澄の硬い指が触
「あん、いい……あ、あ、いいっ」

腹につくほど反り返った自分の性器を握りしめると、もうぐしょぐしょに濡れている。こういうことも、香澄が教えた。我慢できなくなったら自分でいじって、好きにしていいと言われているから、神堂は彼の視線の前で幾度もここを溢れさせている。

「あれ。もう、こっちだけでこんな？」

「へ、ん？　ぼく……っお尻で感じて、いけない？」

涙目に問えば、どこか獣じみた表情で香澄が笑う。野性的で精悍な彼の容貌《ようぼう》に、その危険な笑みはよく似合って、神堂は軽く身震いした。

「いーや。変じゃない。むしろ……男冥利《みょうり》につきるってゆーか」

「あ、ん！」

「もうとにかく、先生、最高。大好き」

言いながら突き上げられ、びくりと背中が反った。千切れそうに尖った胸のさきを両手で

転がされながら、腰を使われればたまらずに悲鳴が漏れていく。

「あ、あ、……あ、そこっ……ねえ、そ、こ……っ」

「ん？　……ここ、なに？」

うしろに入れられた大きいものが気持ちよくて、甘ったるく泣きながら、もっと欲しくなる自分が怖くもある。硬い指につままれる、こりこりになった場所が痛くて、そうなったときにどうしてもらえばいいのかすでに知っているから、ねだるように神堂は言葉を紡いだ。

「そこ、……ちゅうってして……いっぱい、舐めて……」

「うっわもう……先生、かわいすぎ……」

湊を啜りながら振り向いてせがめば、香澄はなぜかその顔を歪め、吐息混じりに呟いた。

だめなのか、と涙目で訴えれば、細い腕を取って身体を捩るようながされた。

つながったまま右腕だけを香澄の肩にまわすようにされて、半身を捩った脇の下から、香澄が胸に吸いついてくる。

「あっ、はう、……んん、んっ、ひょ……ど、くんっ」

恋人が小さな乳首にやさしく吸いついてくるのを眺めていると、不思議な気分になる。この愛撫をされるのは、視覚的にも神堂は好きだった。

（赤ちゃんみたい）

いつも年下とは思えない包容力で自分を包んで、大事にしてくれる香澄が無心に求めてくれる、そのときだけは彼の余裕も薄れるようで、少し嬉しい。

角度的に男らしい顔を見下ろすようになるから、その目線の目新しさにもときめくし、伏し目の表情が少し幼げに見えるのもかわいくてたまらなくなるから、震える指を伸ばしてその髪を撫でてしまう。

「ねえ、先生」

「ん……っ？」

ゆるやかに作り出される香澄の波に、ふわふわと漂うようになりながらうっとりとその顔立ちを眺めていれば、ふっと笑った香澄が尖ったさきを舐めながら、上目に見つめてくる。

「ベタだけど。いま、香澄、って呼んでみて？」

「う、うん？　かず、みくん？」

視線が絡んだ瞬間、かわいかった表情は一瞬で消え失せて、獰猛《どうもう》な笑みを讃《たた》えた目が神堂を甘く震えあがらせる。そしてその野性的な表情もまた、かっこよくてかっこよくてどうしたらいいのかわからない。

「くん、いらない。香澄。言って」

「かず、……ああ、あっ、かず、香澄っ」

いつものように甘くない、抑えて強い語調で囁かれて、心臓が痛くなる。反射で呼び捨てると同時に香澄を含んだあそこがきゅうんと窄《すぼ》まった。

「……きつくなったよ、先生」

「やだ、なんで……あん、ああ、んっ、香澄ぃ、変、ぼく、変、かず……っ」

名前を呼ぶと、なぜか甘酸っぱいようなせつなさが広がる。もうこれ以上ないと感じるほどに近かった彼の存在が、その呼びかけでさらに内側に入ってきたような錯覚があった。

「ああ、すご、い、なか、なかに来ちゃう……っ」

「つわ、すげえきゅうきゅう……っ」

さらにはうねうねと神堂さえも知らないような動きで、身体の奥が香澄をこねまわし、その分だけ自分もまた感じてしまって、切れ切れのあえぎが止まらなくなってしまった。

「あ！　や……っ、抜かない、でっ」

「ん、ちょっと待って」

何度かきつく揺すぶられて、くらくらになったところでそれを抜き取られた。まだいや、と追いすがる神堂の身体が仰向けにされ、脚を大きく広げられる。

「やだ、や、やめな……でっ」

もがくように爪先を躍らせても、強い腕に抱えられていて身じろぎもままならない。

駆けあがる途中で放りだされた身体が焦れて、魚の口のように香澄を欲してぱくぱくと淫らに蠢くそこが、濡れそぼってひんやり寂しい。

「先生、もいっこ、お願いなんだけど」

「なに、も……っはや、早くぅ……」

意地悪しないでくれと見あげれば、香澄も息を荒らげながら頬を啄み、ぎりぎりに張りつめたものを腿にこすりつけてくる。

（おかしくなっちゃうよ。そんな目で見ないで）

そのねっとり濡れた硬いものの感触にも、かすれた色っぽいような声の、せっぱ詰まった響きにも震えあがりながら、必死に広い背中を抱きしめた。

「オフのときだけでいいんだ。こういうときだけで、いいから、お願い、許して」

「な、に……？　いいよ？」

こんな焦らしかたをしなくても、香澄の言うことなら自分はなんでも聞いてしまうのに。

そう思いながら、言ってと背中に爪を立てれば、耳朶を噛んだ声に神堂は目を丸くする。

「ほんとに？　じゃあ、名前、呼んでい？」

「……え？」

そういえばいつも『先生』としか呼ばれたことがなかったと、いまさらに気づいた。

それはペンネームと本名とを使い分けている自分を、どっちで呼べばいいのかわからなかった香澄が、いつの間にか定着させせたものだったのだけれども。

「えと、……どっち？」

「ホントのほう」

改まって言われるまで、神堂自身も考えたことさえなかった。そもそもいずれの名前も自分がつけたものではなく、両親にお座なりに呼ばれていたそれも、便宜上つけたまま定着したペンネームも、正直あまり愛着も感じたことはない。

「裕さん、って。呼んでいい？」

「――……っ」

それなのに、香澄のあの低い声で呼ばれた瞬間、背中がぞくりと震えた。反射的に引きつった腿で年下の恋人の腰を挟んで、はしたなくねだりそうな身体を必死にこらえる。

「い、いいけど……なんで？」

耳まで赤くなりながらの問いには、苦く笑った香澄は答えない。香澄のそれがまさか、神堂自身が気づかないまま消えてしまった、初恋の相手に対する複雑な対抗意識とも知らず、ただその響きに酔いしれそうになる。

「いいんだよね？　ね、裕さん」

「あ、……っ！」

ふるふると震えた身体を抱きしめなおされて、お預けを食らっていたその場所に熱の塊を押しあてられればなおさらで、とろりと溶けていく意識のまま、神堂は甘えた声を発した。

「あ、ん、でも……かず、香澄、って、くんは、いらないって」

待ちわびたそこに、あたたかい香澄が埋まってくる。幸福が注ぎこまれる瞬間はきっとこんな感じだと思いながら、うずうずする腰を揺すりながら恋人の動きに協力するのももう、覚えてしまった。

「ぼく、呼び捨てなのにっ、だから、それ……ああっ、あん！」

なんでこっちだけさんづけなんだと、ぐずぐずになる言葉で問えば、淫らでゆるやかな抽挿を送りこむ香澄は笑いながらさらりと言った。

「だって、俺年下だもん。失礼でしょ？」

「そ、なの……かんけ、なっ……あ、あっあっあっあっ！」

はぐらかさないでと言いたかったのに、小刻みに何度もそこをこすられて、動きに連れて切れ切れになる悲鳴しか口にできない。正面から抱きあって入れられると、香澄の鍛えた腹筋に濡れて立ちあがった性器の先端がこすられてしまって、その微妙な感覚にも翻弄《ほんろう》されてしまうから弱い。

「あ、いっぱい……っ、なか、きもちい……っ」

「いいの？　どういうのが？」

長いストロークで内壁をこすりあげられるたびにぞくぞくする。濡れた粘膜同士が、粘ついたクリームを混ぜるような音を奏でて、その響きにも香澄の腰の複雑な動きにもたまらなくなり、神堂も細い腰を前後に揺すぶった。

薄い痙攣する腹をさすった香澄の「ここどうなってるの」という問いかけの意味もわから

ず、神堂は全部素直に答える。

「ぐ、ぐりぐりって、するのっ、ん、それいい、っい、いいー……っ」

顔がくしゃくしゃに歪んで、変なところに力が入る。そうして揺すられると、あん、あん、とひっきりなしに声が出る。変で変で怖いのに、ちっともやめられたくない。

「やーらしい、裕さん」

「ひ、や……っ、ん、だってぇ……がま、ん、できな……っ」

香澄のそれが体内で動くと、つられるようにして淫らな声がこぼれてしまうのは、そうするように教えられたせいでもあるのに、からかうように言われて泣きそうになった。

「やらしくて、すごくいいよ。もっとやらしいことしてみせて、言って」

「あぅう、おっきいの動く……っ」

自分の腹を押さえた手のひらのうえから手を添えて、涙目で見つめながら腰を揺すった。

こんなことはすべて香澄が教えたことだから、いいのかいけないのか、恥ずかしいのかどうか、言われるまでなにもわからない。

「動くのが、なんか、ここに、とろとろって……」

「うん、俺ちょっと……出ちゃってるかも？　先生、色っぽすぎ」

よすぎてだめ、と腰を震わせる彼のほうが、よっぽど色っぽいのに。どうしていいのか、わからなくなるくらい、もうぐちゃぐちゃなのに。

「ごめ、なさい。が、我慢……する、から」

耐えきれず、神堂は自分の髪に指を絡ませ、きつく引く。頭皮の引っ張られる痛みに快感を散らそうとしたのに、だめだとその手を奪われて、咎めるように指先を噛まれる。

「だから、我慢しちゃだめだって。……もっと、やらしくなれって」

「あひっ、ひ、い、んっ、……いいぃ……っ」

こうやって動いて、と抱えられた腰をまわされて、悲鳴じみた声をあげながらうながすそれに従うと、さらに内部がこすれあう。しまいには香澄のそれを凌駕《りょうが》するような淫蕩《いんとう》な動きをみせてしまったけれども、もう神堂にはなにがなんだかわからなかった。

「乗って、そう、それで肩、摑んで」

「あ、う、……奥、奥までくるっ、おっきいのくる……っ」

抱き起こされて、あぐらをかいた香澄の膝のうえに乗りあがらされると、ずぶりと深くに香澄の性器が突き刺さった。もう呼吸さえもできないまま、彼の腰を挟んで立てた膝が意味もなく開閉して、その振動がなかに伝わる。

「ね、……脚開いて」

「あ、あっ、こう？　こう、で、いいの？」

「そう、それで……腰あげて……下ろして」

その膝を捕まえられ、やさしい命令を下される。もうぐちゃぐちゃになった着物の裾をからげたままの細い脚は、逆らうことも考えつかないままに開いてしまう。

言われるまま、ゆるゆると腰を上下させると総毛立つような感覚が襲ってきた。最初はためらいがちだったそれも、体感に飲まれてしまえばもう止めどなく、とんでもない音が立つほどに腰を振ってしまいながら神堂は泣きじゃくる。

「は、ずかし……っああ、見ない、で、ああ……捲っちゃ、やだっ」

「だあめ。隠さない」

どうにか股間《こかん》を隠していたのに、裾を捲られて恋人の前にはしたなく濡れそぼった場所をさらすはめになった。ぴんとうえを向いた場所はさっきから指一本触れられていないせいか、涎《よだれ》を垂らすように濡れそぼって香澄の指を待っていて、隠そうとした手のひらごと握りこまれればまた、とろりとしたものをこぼしてしまう。

「ぐちょぐちょになってるじゃん……ね？　ここ、いじったほうがいいでしょ」

「あ、ん、……っだって、ぼく……っ」

自分の指ごと上下に動かされるからそのいつもと違う感触に首を振る。自慰を強要されているようで哀しくて、それなのによけい感じているのも否めない。

「ゆび、やっ、……っずみが、香澄、が、ちゃんと、いじって……っ」

少しざらざらして硬い、香澄のあの指にしてほしいのに。そう思いながら止まらない卑猥な律動で身体を揺すりながら、歪んだ目元から涙がこぼれる。

「も、いじめな……で」

「……裕、さん」

追いつめられるような行為に、官能からではない涙が溢れれば、やりすぎた香澄もばつが悪いような顔をした。

それでも、意地悪をした分もと、やさしく口づけあやすように舌を舐められると、それだけでなんでも許したくなる。

結局なににつけ、香澄に対しては、怒れるものではないから困るのだ。

「ごめん、ちょっと調子のった」

「い……けど」

ゆっくり仰向けに倒れた香澄のうえで、洟を啜った神堂は赤い目をまたたかせる。

「ぼく、……ぼくだけじゃなくて、ちゃんと、して……？」

「……うん？」

香澄がそうしてほしいのなら、どんな淫らな真似もしようと思う。けれど、自分だけの体感を追いかけてひとりで淫らになるのはいやだった。

わけがわからないままに溺れるのでは、なんだかひとりで置き去りにされるようで、だから香澄にも、この身体で感じてほしいのだ。

「いっしょに……いやらしく、なろ？」

「……先生」

額をあわせてねだれば、少し驚いたような香澄がいつもの呼び名に戻っている。そっちじゃないよと唇を尖らせて、ついでに香澄の半開きの唇をそっと啄んだ。

「んふ……」

そのまま強く抱きしめられ、引きずり出すようにされた舌を何度も嚙まれる。逃げては追われ、また吸いこまれながら、何度も互いの唇の間を濡れた舌が行き来した。

「ふ、……んぁ、んっ、ん！」

その動きにあわせるように、下から香澄が突き上げてくる。知らない角度に重なった身体が、新しい官能の湧泉を神堂に教えて、息苦しさに口づけをほどけばまた、甘ったるい声がこぼれていった。

「やあ、そこ……っ、そこだめ、そこっ」

「ん……ここ？　ここいいの……？」

首を振るたびに、震えた細い肩があらわになる。合わせの崩れた着物はもう、腰帯でどうにか引っかかっているだけだったから、汗ばんだ薄い胸が淫らな風情で香澄の眼前にさらされる。

「これ……いいんだ？」

「ああう……っ！」

腰を摑んだ香澄が強く自身を押しこんできて、肘《ひじ》でさえももう身体を支えられなくなる。香澄の鼻先に胸を押しつける形になって、苦しいだろうと体勢を整えようと思ったのに、次の瞬間にはきつく乳首を嚙まれてまた、腰が砕けた。

「嚙んじゃ、やっ、ああ、なかもそんっ、そんな……っ」

「なに？　ここ嚙んだらだめ……？」

もう身も世もなくよがっているだけの神堂に、卑猥に笑った香澄は「じゃあ舐めてあげる」と尖りきったそこを舌先で弾く。

「んう、んっ、あぁあ、あ——……っ！」

そのまま両手で小さな尻を開かれて、埋めこまれたものを激しくされて、なにがどうなっているのかわからないまま、ただ開きっぱなしの唇からは嬌声《きょうせい》がこぼれた。

「あ、も、……いっいっ、ヘン、なっちゃうっ……やだぁ…っ！」

「……っ、ヘンに、なってよ……」

「ふぁう！」

いやらしくなろうって言ったでしょう、そう言いながら香澄の息ももう苦しげで、乱れたそれが耳元にかかればよけいに感じた。

みっともないようなうわずったあえぎはいくつもこぼれて、恥ずかしくてたまらなかった。感じすぎて歪んだままの顔など見られたら、香澄が興ざめするのではないかと怖いのに、隠そうとすればだめだと止められる。

「すげえ……ね、こっち向いて」

「ん、ん、んんっ」

「泣いちゃってるね？　いいの？　ね、もっと、かわいくして？」

「あっあっ……やん……！　ど、やって……っ」

もっと乱れてみせてとねだられては、逃げるどころかしがみついて鼻にかかる声をあげるしかない。

「……って、言って？」

「そ、そんな」

恥ずかしい言葉を囁かれて、言えないと身をよじればなおのこと抉《えぐ》られて、しゃくりあげながら結局神堂はその声に従ってしまうしかない。

「……っ、かず、香澄、かずみぃ……っ」

なぜならば息を切らして、許してと啜り泣きながらも、施されるそれを望んでいるのは、自分自身だからだ。

「あ、ん、……いっぱい、おしり突いて、……なか、で、いって……っ！」

かすれきったそれでどうにか言葉を発した瞬間、壊れるほどに揺さぶられ、悲鳴があがる。

「ああ、くそ、やっぱエロい。たっまんね……っ」

「あ――……っ！」

そうして体内に熱を伴うしぶきを感じれば、神堂もまた割れて砕ける波のようにただ堕《お》ちて、溺れていくしかないのだ。

＊　＊　＊

くたくたに疲れて、汗の引いた身体を撫でられながら、もう海には行かないか、と問われた神堂は、ひりつく喉をこらえて少し、考える。

「香澄が、海に入らないなら、行ってもいい、けど」

「あれ。ほかに、誰もいないときでもだめ？」

てっきりひとが少ないときならと答えると思っていたのだろう。少し意外そうに問う彼に、誰がいてもいなくてもだめ、と神堂は答えた。

「うーん……なんで？」

答えず、冷え切った風のなかでただ眺めるばかりだった背中にそっと腕をまわして、知ったばかりのささやかな嫉妬に、これからますます振りまわされていくことを知る。

ふたりきりずっと過ごしていたから、与えられる甘さにどっぷりと浸かって忘れていたけれども、外の世界には自分以外にも、彼を愛するひとたちがたくさんいるのだ。

麻衣とのじゃれあいはその事実がひとつの象徴になったに過ぎない。どころかたぶん、彼を魅了している海にさえも、妬けてしかたなかった。

「……背中、遠いから」

「え？」

ごく小さなそれは聞き取れなかったのだろう、覗きこんでくる彼から逃れるようにして、神堂は広い胸に顔を埋める。

（あ、そうだ……）

とろとろとしたまどろみのなか、ふと思いついたのは、香澄に車を与えるのはどうだろうか、ということだった。こんな寒いなか、ウェットスーツでゼファーに乗るなんて、寒くてしょうがないだろう。

そうすればボードをいちいち誰かに預けなくてもいいし、それこそ一緒に乗っていける。

「いっしょに……」

同じものを見るのなら、隣にいてほしいと思う。

ただそこにある海は広く、どこまでも変わることはない。

けれど立つ位置が違うまま、そのあまりに大きな蒼さを眺めることは、まだここにいることに慣れきらない恋人との距離を隔てるようで、少し怖い。

「いっしょに歩いてくれるなら、行く……」

だから、それがいま告げられるすべてと答え、健やかな鼓動のうえに唇を寄せて、神堂は目を閉じた。

甘く頬を撫でた指先に、了解と教えられ、今度こそ肩の力を抜いて眠りにつく。

寄り添った胸から聞こえる香澄の身体を流れる血液の音と、その鼓動のリズムは、凪《な》ぐ風と波の音に似ていた。

おいしい生活

兵藤香澄《ひょうどうかずみ》が小説家、神堂風威《しんどうふうい》宅での専属マネージャー兼住みこみハウスキーパーになって、一年近くが経過した。季節は陽光きらめく夏となり、湘南の風は変わらずさわやかだ。

この日は月に二度と決められた香澄のオフ日だった。同居した状態で、家事炊事をやるのは変わらないわけだが、朝の波乗りについて時間を気にせず自由にしていい、というのがふたりの間での決まりごとだったりする。

とはいえ、昼過ぎまで時間を忘れたのは、完全に香澄のミスだった。

「やべえ、遅くなっちゃったよ」

香澄の運転する、サーフボードキャリアをつけたジムニーは、住宅街のなかをすいすいと進んだ。鎌倉、谷戸《やと》のこみいった古い街並み、しかも坂道の多いこのあたりでは、小回りがきいてなおかつ馬力のある車でなければ、思うように走ることもできない。

税金対策だと購入されたこれは、名義こそ神堂のものだが、彼は免許がない。つまりはほぼ香澄専用で、車体と道幅がほぼジャストフィット、というくらいの狭い路地から、庭先の駐車場に車を入れるのにももう慣れたものだ。

「ただいま、遅くなりましたっ。先生、おなかすいてない？」

荷物を持って車から飛び降りた香澄は、セパレートタイプの夏用ウエットスーツのトップを脱いだだけの格好だった。つまりは、上半身裸の状態で、濡れた金髪の男が、スーパーの袋を抱えているというかなりシュールな状態だが、閑静なこの住宅街では見咎《とが》めてぎょっとするものはいない。

「おーい、先生？ 寝てるの？」

勝手口の鍵を開け、買いこんだ食材をどさりと置いた香澄は、返答がないことを訝《いぶか》しむ。

（どうしたんだろ……）

昨日までは、少し締めきりに遅れている原稿のために、昼夜逆転状態で働いていた神堂だが、昨晩やっとあがったと喜び、早めに就寝していた。おそらく香澄が海から戻る前には起きているだろうと踏んでいたのだが、まったく返事がない。

とりあえず、勝手口前の洗い場で砂まみれの足を洗い、雑巾で拭いながら狭い扉をくぐった香澄は、廊下の真ん中でうずくまる影に気づいてぎょっとした。

「せ、先生!? なにしてんのっ。どうしたの、その格好」

「……香澄ぃ……」

白い単衣《ひとえ》をぐちゃぐちゃに纏《まと》った神堂が、そこにへたりこんでいた。大あわてで近寄り抱きかかえると、彼はひどく哀しそうな声で言う。

「起きたら、香澄いなくて、お風呂入ったあとの着替え、わかんなくて」

「ああ、ああ、昨夜はいらなかったもんね。それで、あるもの引っ張り出したの？」

うん、とこっくりする神堂は顔色まで悪い。この着物は、朝方手入れのために陰干ししていたものだ。箪笥《たんす》の中身を探ることもろくにできない神堂は、おそらく目についたものを引っかけたのだろう。

「で、なんでこんなとこでへたりこんでるの」

もしかして、細いわりに燃費の悪い——つまりけっこうよく食べる——彼は、低血糖でも起こしてはいないかと睨《にら》んだ香澄の読みはあたっていたようだ。

「おなかすいて、台所、なにかないかなと思って、でもなに食べていいかわかんなくて」

「あー……ごめんね、俺、遅くなったから」

「なんか、寒いなー、と思ってたら、動けなくなった」

考えこんでいたら貧血になった、と哀しそうな顔になる神堂を、よいしょと香澄は抱きあげた。貧血だけでもなく、夏場でもひんやりした廊下に座りこんでいたせいで、手足がすっかり冷えきっている。

「すぐ、簡単なもの作るから待ってて。簡単スープとレタスチャーハンでいい？」

「うん、いい……」

テーブルに座らせ、香澄はもう着替えている暇もあるものかと、上半身裸のまま備えつけのエプロンをひっつかみ、手早く纏うと冷蔵庫を開ける。冷凍庫には作り置きのコンソメスープがキューブ状態で保存してあり、それをスープカップに入れて電子レンジへと突っこむ。同じくパックに小分けして冷凍してあった白飯を、手で簡単に割りほぐし、買ってきたばかりのハムとネギとレタスを速攻で刻み、あたためた中華鍋に溶いた卵を入れ、残りの具材も手際よく炒めて、ものの十分もせずにできあがり。少し前に解凍できていたスープも鍋で一煮立ち、これにも卵を流し入れて、神堂の前に差し出した。

「はい、できた。食べて」

「いただきます……」

空腹のあまりテーブルに沈没しそうになっていた神堂は、のろのろとスープカップを手にした。ふうふう、こくこくと飲むと少しだけ人心地ついたのか、ほうっと息をつく。

「遅くなってごめんね」

「んん」

一心にレタスチャーハンをかきこむ恋人の頭を撫《な》でると、ふるふる、とスプーンをくわえたままの神堂がかぶりを振る。

「お休みなのに、自分でできなくてごめんね」

「それはいいの。こんなに遅くなるつもりなかったんだから、俺が悪いの」

ひとくちごとに顔色のよくなる小さな顔を前にして、香澄は反省に眉をひそめた。

「……あ、おべんとついてるよ」

「あ……」

　もぐもぐと口を動かしつつ、じっと香澄を見ていた神堂の口の端には米粒がついている。無意識のままつまんで口に入れた香澄が指先を舐《な》めると、なぜか彼はいきなり赤くなった。

「か、香澄、その格好、寒くない？」

「へ？　格好？」

　言われて、ああ、と香澄は苦笑した。肩掛けタイプのエプロンの下はウエットスーツのアンダーのみで、健康的に盛りあがった筋肉は、背中でクロスした布紐に直接触れている。

「すげえ、なんだこりゃ。俺ヘンな格好してんなあ。裸エプロンじゃん、これじゃ」

　からからと、おのれの滑稽さを笑った香澄だったが、目の前にいる小説家はなぜか黙ったままだ。あらかた食べ終えた皿を前にして、スプーンを握ったままうつむいている彼に、香澄は「はて」と首をかしげる。

「先生、どうかした？」

「な、なんでもない……ごちそうさま」

「え？　もういいの？」

　いつもならもうちょっと食べたいと言うような量なのに、どうしたのか。やはり具合でも悪いのだろうか――と心配になって香澄が顔を近づけると、椅子ごと飛びあがる勢いで、神堂はあとずさった。

「あの……どしたの？」

「あ……う……」

ぱくぱく、と口を動かした神堂は、ひどく焦ったように目線をうろつかせた。そうして、心配そうに眉をひそめた香澄の視線に負けたように、うつむいたまま『こっちに来て』と手だけで語る。いったいなにごとか、と怪訝なまま香澄がテーブルを回りこみ、椅子のうえでちんまりと身を縮めている恋人に近づくと、いきなり抱きつかれた。

「……たい」

「え？　な、なに？　なんて言った？」

帆布のエプロンに吸いこまれた声はあまりに小さく、よく聞こえなかったとつやのある髪を撫でて問い返すと、細いうなじまでが赤かった。香澄のエプロンをぎゅうと握った震える手も、同じ色に染まっている。

（あ、もしかして）

そういえばこのところ原稿に根をつめていたから、いろんな意味でご無沙汰だった。ぴんと来た香澄は、腹にしがみつくようにしている神堂の首筋を、思わせぶりに撫でてみる。

「……っ、や」

「先生。……裕《ゆたか》さん？　なに言ったか、もうちょい大きい声で俺に教えて」

楚々とした風情でいるけれど、神堂はじつのところ非常に、本能に素直な行動を取る。

眠い、お腹がすいた、という欲求を案外と我慢できなくて——それはもうひとつの欲につ
いても同じくだと、香澄はすっかり学んでいる。
「おなかいっぱいになって、眠くなった？　お布団、行く？」
わかっていてはぐらかすと、ちらりと上目に睨まれた。もじもじする細い脚は、乱れた着
物の裾《すそ》のせいで、ほんのり染まったまま腿《もも》まで見えている。
「お布団、行くけど……香澄も」
「俺？　一緒に行ってなにすんの。言ってくんなきゃわかんない」
にやにやしながら言うと、「うう」と唸った神堂が、香澄にしか聞こえない小さな声で、
かつて気持ちを通わせた夜に告げたのと、まったく同じ言葉を口にする。素直でかわいい告
白に、香澄はもちろん、熱意のある口づけを持って答えた。
「ん……ん……」
舌を含ませると、たったいま食べたばかりの昼食の味がする。けれどすぐに気にならなく
なって、海水に濡れて軋《きし》む金髪を梳《す》く細い指の必死さと、乱れた裾に差し入れ、手のひらで
撫でまわした太腿のなめらかで湿っぽい感触が香澄のすべてになった。
そして口づけをほどいたあと、神堂がしきりに首筋と肩のあたりの骨に唇を押し当ててく
るのを知り、なんとなく、なにがスイッチを入れてしまったのか香澄は知った。
（けっこう、エロいんだよなあ）

こういう即物的な感じはやっぱり男性なのだなと感心しつつ、椅子に腰かけたままのきゃしゃな身体を撫でまわし、着物の裾をさらに乱して奥に触れた。

「ねえ、あの……お、お布団、いかないの……？　あ、あっ」

「んー、べつに布団じゃなくても、エッチってできるんだよね」

「えっ、そう、なの？　あ、あっやっ、そこだめっ」

濡れた下着のなかに手を入れると、びくっとしがみついた神堂の手が、香澄のエプロンの肩紐を引き下ろした。表れた胸などもう見慣れているはずなのに、神堂はまた赤くなる。

「……裕さん、俺の裸好き？」

引き寄せて、まだ海のにおいが残る肌に小さな顔を押しつけると、震えながらうなずいた。指を早めて追いこむと、神堂はせつなくあえいで身悶え、香澄の手をさらに濡らしていく。

「だめ……いく……いく……そこ、そこが」

狭い椅子のうえでできる限界まで愛撫をしかけ、もう欲しいと泣くから指を抜き、ぐったりと火照《ほて》った身体を香澄は抱きあげた。

「あとは、お布団でゆっくりしようね」

頰《ほお》に口づけて告げると、焦《じ》らされて苦しいと睨む恋人は、エプロンの紐を抗議するように引っぱって——けれど誘いを断ることは、まったくしないのだった。

今回の本は、二〇〇二年刊行、同タイトルのノベルズの文庫化となります。ルチルさんではこれで文庫化は三冊目で、ありがたいことだなと思います。

この「きみと手をつないで」という話は、私自身が鎌倉に住みはじめた直後くらいに思いついたものであり、当時の自分の印象のようなものも多分に描写のなかに含まれています。改稿のため読み直し、いくつか現時点での事実にそぐわない部分などは多少変更しましたが、基本的には五年以上前の自分の目とその変化、のようなものが見えておもしろかったです。

冒頭とエンディングも変更し、いろいろすっきりさせてみたのですが、自分自身の変化のみならず、この町の変化というのも実感できて、なかなか不思議に楽しい改稿作業でした。

餌づけするひととされるひと、お世話するひととされるひと、というバランスが好きで、何作か書いているのですが、この本をまたいだ二作（他社ですが）も、なぜかその手の話が集まってしまいました。しかも三作続けて年下攻というのもめずらしいかも。なんかもう、嗜好に偏りがあってすみません……お約束的に楽しんでもらえるといいな、と思っています。

同時収録の短編は、趣味の場で書いたものですので、ちょっと濃いです。ぽよんとしている神堂視点ですが、彼もそれなりに考える頭はあったようです（ひどい）。

それとページ数が半端だったので、今回新作書き下ろしショートも収録になっています。

香澄について、『ガングロメイド』だの『メイドサーファー』だのいろいろ言ってくれた坂井さんが攻めの裸エプロンをどうしてもというので、書き下ろしショートはそんな感じに。裸エプロンでメイドさん、っていうととっても萌えな感じで流行りっぽいんですけどね。そうです、最近の流行りに乗ってみました。……うそだぜんぜん乗れてない！（自滅）

冗談さておき。改稿にあたってツッコミをいただいた毎度のRさん、書き下ろしにご意見（笑）くださった坂井さん。お世話さまでした、どうもありがとうございました。

今回うるわしいカットで飾ってくださった緒田涼歌さま、他社含めますと二度目のお仕事なのですが、なぜか双方湘南サーファーの出てくる話で……偶然とはいえ、不思議な巡り合わせです。美人かわいい神堂と、ワイルドな香澄をありがとうございました。

そして今作は、自分としてもかなり気に入っている話だったのですが、出版社の倒産により絶版になっていたものです。再度日の目を見せることをOKしてくれた担当さまにも、もろもろお世話になりました。前回は腕を怪我し、今回は体調を崩し、と微妙に予定を狂わせてしまって申し訳ありません、お手数おかけしますが今後ともよろしくおねがいします。

そしてここまで読んでくださった皆様、ありがとうございました。文庫化ですが毎度ながら手もかなり入れています。既読の方は当時との違いをいっそお楽しみいただき、初読の方にも楽しんでもらえるといいな、と思いつつ、また次回作などでお会いできれば、幸いです。

✦初出　きみと手をつないで…………ラキアノベルズ「きみと手をつないで」
（2002年10月刊）を加筆修正
海まで歩こう…………………同人誌収録作品を加筆修正
おいしい生活…………………書き下ろし

崎谷はるひ先生、緒田涼歌先生へのお便り、本作品に関するご意見、ご感想などは
〒151-0051 東京都渋谷区千駄ヶ谷 4-9-7
幻冬舎コミックス　ルチル文庫「きみと手をつないで」係まで。

幻冬舎ルチル文庫

きみと手をつないで

2007年1月20日　第1刷発行
2010年8月20日　第3刷発行

✦著者　崎谷はるひ　さきや はるひ

✦発行人　伊藤嘉彦

✦発行元　株式会社 幻冬舎コミックス
〒151-0051 東京都渋谷区千駄ヶ谷 4-9-7
電話 03(5411)6431[編集]

✦発売元　株式会社 幻冬舎
〒151-0051 東京都渋谷区千駄ヶ谷 4-9-7
電話 03(5411)6222[営業]
振替 00120-8-767643

✦印刷・製本所　中央精版印刷株式会社

✦検印廃止

ISBN978-4-344-80915-4　C0193　Printed in Japan